월인석보、훈민정음에 날개를 달다

월인석보,
훈민정음에 날개를 달다

정진원 지음

조계종
출판사

여는 글

살아가면서 언제가 제일 즐거웠을까. 사람들에게 가장 행복했던 때를 물어보면 의외로 어릴 적 학교에 들어가기 전 마음껏 뛰어놀던 장면을 떠올리는 사람들이 많다. 그래서 인간을 여러 가지로 정의할 때 '놀이하는 인간', 호모 루덴스Homo Ludens라는 정의도 생긴 것일까. 사람은 좋아하는 것을 놀이처럼 할 때가 가장 재미있고 놀다 보면 배고픔도 잊고 시간 가는 줄 모른다.

세조가 《월인석보》를 만들 때에도 먹고 자는 것을 잊었다고 한다. 세조 5년, 1459년 집권도 안정적이고 한숨 돌리는 시간, 그는 수양대군 시절 아버지 세종의 명에 따라 만들었던 《석보상절》을 다시 매만진다. 개인적으로 슬픈 일도 많았지만 이 《월인석보》 작업을 할 때에는 식음을 잊고 바쁜 정사에서 시간을 쪼개가며 틈을 내어 하였다는 기록이 《월인석보》 서문에 전한다.

《월인석보》는 《월인천강지곡》과 《석보상절》을 합편한 책이다. 그 유래를 살펴보면 1446년 훈민정음을 반포한 지 10개월 만인 1447년 7월 보름에 24권의 대작 《석보상절》을 완성하였다. 그것을 보고 아버지 세종은 단숨에 노래를 지었으니 그것이 600수에 가까운 《월인천강지곡》이다. 1446년은 우리에게 훈민정음이 반포된 해로 기억되지만, 세종과 세조에게는 그해 3월 아내와 어머니 소헌왕후를 여읜 해이기도 하다. 나이 쉰의 아비와 서른의 아들이 세상이 무너지고 의지할 데 없는 큰 슬픔 속에 오직 바라는 한 가지는 소헌왕후의 극락왕생이었을 것이다.

때마침 그들에게는 출시를 앞둔, 세상을 가르칠 새로운 문자 훈민정음이 있었다. 이 새 문자로 먹고 자는 것도 잊을 만큼 열과 성을 다하여 두 부자의 작품이 탄생한 것이다. 세조는 그 후 12년이 지난 1459년 이제 둘 다 고인이 된 부모님과 요절한 아들 의경세자를 위하여 《월인천강지곡》의 '월인'과 《석보상절》의 '석보'를 따서 합한 책

《월인석보》를 만든다.

그러면 나는 어떻게 《월인석보》를 만나게 되었을까. 이 또한 우연을 가장한 운명처럼 다가왔으니 '월인석보', 이 한 단어를 마음속으로 읊조려보는 것만으로도 감회가 인다. 때는 거슬러 1980년대 중반 나에게 몰록 다가온 《월인석보》, 대학원 석사과정 때 중세 국어 훈민정음 자료로 발표를 하게 되었다. 그때 은사인 박병채 교수님께서 잘했다 해주신 칭찬 한마디에 덜컥 운명이 결정되었다. 그 주제로 박사 논문을 쓰며 《석보상절》과 《월인석보》, 《법화경언해》 등 텍스트 독해를 거의 독학으로 공부하기 시작했다. 1980년대에는 가르침을 받기도 어려웠지만 불교에 대한 깊은 이해까지 국어학자에게 기대할 수는 없었다.

한문 문장처럼 띄어쓰기가 전혀 되어 있지 않은 15세기 글을 '아버지 가방에 들어가신다'로 읽은 일도 부지기수. 또 그렇게 겨우 읽으면 무엇 하랴. '야수다라'가 석가모니의 부인 같기도 하고 '마야부인'이란 이름에 꽂혀 '마야부인'을 부인으로 헛갈리기 일쑤였다. 그래서 20대 후반 무턱대고 찾아간 절이 경복궁 옆 삼청동에 있는 법련사이다.

불교에 까막눈이었던 나는 아무 절이나 가면 스님들이 《석보상절》 속 석가모니 일대기를 척척 말해줄 줄 알았다. '석보상절' 이야기만 꺼냈을 뿐인데 당시 원주 스님께서는 그런 책은 국문학자에게 물어보라고 손사래를 쳤다. 그래서 국어학 전공인 나는 고전문학 교수한테 가서 물어보면 알겠지 하고 찾아가니 그런 건 불교학자한테 물어보란다. 결국에는 아쉬운 내가 직접 불교 공부를 시작할 수밖에 없었다.

이제 세월이 흘러, 처음 질문을 던졌던 그 법련사에서 강의하고 연재한 《월인석보》로 책을 출간하게 되었다. 이 모든 편력은 정현종의 시 〈방문객〉에 나오는 시구처럼 실로 한 사람의 일생이 걸어오는 어마어마한 시절 인연이 아닐 수 없다. 살아가면서 가끔 뭔가 예정된 느낌이 들 때가 종종 있다. 우연히 《월인석보》와도 관계가 있는 세종이 지었다는 경복궁 안의 절, 내불당의 위치를 찾아보았다. 광화문과 동십자각 근처 지금의 법련사가 있는 자리와 가까웠다. 기록을 더 찾아보니 경복궁 안에서 내불당은 이리저리 다른 곳으로 바뀌기도 하였다지만 하필이면 그곳에 자리 잡고 있는 법련사를 찾아갔다는 사실이 신기하다. 그렇게 1980년대부터 시작한 30년 선재동자 놀이가 이 책을 묶는 일이 되었다는 것도 시절 인연임에 틀림없다.

이제 작은 결실이지만 무엇보다 나를《석보상절》과《월인석보》의 세계로 이끌어준 국어학계의 선생님들을 거론하지 않을 수 없다. 나에게 국어학이란 학문으로 인도한 지도 교수 이근수 선생님, 강의는 물론 주례를 서주시기까지 한 한글학계의 거목 허웅 선생님, 동국대에서 나왔어야 할 박사 논문이라고 칭찬해주신 동국대 김영배 교수님, 중세국어의 실질적인 가르침을 주신 서울대 고영근 교수님께 먼저 감사드린다. 한편 불교 무식자를 면하기 위해 찾아간 중앙승가대학교 불전국역연구원의 월운 스님, 혜남 스님, 종범 스님, 각성 스님, 송찬우 선생님도 잊을 수 없다. 무엇보다 봉선사 불경서당 월운 스님께 배움을 빙자해 10여 년 넘게 절밥만 축낸 빚을 조금이라도 갚으면 다행이겠다.

이리저리 배우러 다녔지만 학교 공부에 익숙해진 필자에게 전통 방식의 불교 공부는 쉽게 다가오지 않았다. 결국 2004년 지금 몸담고 있는 동국대 대학원 불교학과에 다시 들어오게 되었다. 해주 스님을 지도 교수로 틈틈이 중앙승가대와 고려대장경연구소에서 훈민정음과《월인석보》특강과 강의를 하며 만난 선후배 동학들께도 감사드린다.

구결학회를 이끌어오신 남풍현 선생님과 고대·중세국어, 불교와 각필구결 연구에 눈뜨게 해준 선생님들께 감사한 마음을 전한다. 특히 연구 자료로 받은 월인석보 이미지 활용을 이해해주시리라 믿는다.

30년간의 인연이 닿아 2017년 법련사 불일아카데미에서 열게 된 《월인석보》 강좌와 잡지 《법련》 연재를 흔쾌히 도와준 법련사 주지 진경 스님과 광흥사 주지 범종 스님, 그리고 불일아카데미 동학 여러분 덕분에 이 책이 세상에 나오게 되었다. 이 모든 인연에 깊이 고개 숙여 감사드린다.

이렇게 1459년 《월인석보》가 탄생한 560년 후인 2019년 그 《월인석보》 스물다섯 권 중 첫 번째 책을 현대국어로 옮기고 다듬어 세상에 내보낸다. 세조의 절절한 사모곡과 사부곡, 자식 잃은 아비의 슬픔과 왕이 되기 위해 저질렀던 잘못의 참회로 가득한 《월인석보》 서문으로부터 석가모니의 과거세 연등불 시절 선혜와 구이 이야기, 불교의 우주관과 세계관, 모계 중심의 사회로 시작되는 인간 세계의 불교식 창세기가 《월인석보》 본문에 광대한 스케일로 촘촘히 실려 있다.

그 1권의 이야기는 모두 108장으로 이루어져 있다. 이 글을 읽노라면 108 염주 한 알 한 알을 실에 꿰듯이, 108배 한 절 한 절마다 정성을 다하여 기도하는 느낌이 든다. 인생의 무상함이 사무치게 느껴지는, 그럴수록 걸음마 시작하는 아이의 손을 잡고 걸음을 떼듯 만고의 진리를 배우게 하는 글. 그렇게 세조의 손을 맞잡고 더듬더듬 읽은 108장의 첫 권을 이제 독자들과 나눈다.

우리는 앞으로 《월인석보》라는 책을 통해 석가모니 일대기와 찬불가 공부는 물론 조선 건국과 불교로 이어지는 중중무진 인드라망 인연을 실타래처럼 차근차근 풀어갈 것이다. 조선의 건국, 유교 입국 속 왕실 불교, 훈민정음 창제, 불경 간행, 간경도감으로 이어지는 이숱한 다빈치 코드들 속에서 만나게 될 사건과 인물들이 자못 궁금하다. 그들이 과연 우리를 어디로 안내할지, 붓이 움직이는 대로 붓끝이 가리키는 곳으로 차분히 따라가볼 일이다. 에세이 형식이라 참고한 자료들의 출처를 일일이 밝히지 못하였으나 스승과 선후배, 동학들의 불교 논문과 불교 사전류, 불교 서적들을 두루 참조하고 사전적 정의는 인용한 부분도 많음을 혜량해주시기 바란다. 특히 나의 은사 허웅 선생님의 《월인석보》 제1권 번역을 많이 의지하였다. 오역과 실수는 물론 나의 몫이다.

한편 연재한 글을 고쳐서 출간하는 책이라 반복되는 부분이 있지만 중요하다고 생각되는 곳은 그대로 두기도 하였다. 특히 《월인천강지곡》 9장 두 줄 시로 불교의 세계관과 우주관을 여덟 번의 이야기로 풀어내야 하는 부분이 그렇다. 또한 독자들의 이해를 돕기 위하여 이리저리 원문과 세주의 형식을 바꾸기도 하여 전체적으로 통일했지만 때로 문장이 길면 융통성 있게 조절하였다.

현재 전하고 있는 《월인석보》는 모두 25권 중 19권이다. 제1권과 제2권은 있지만 제3권과 제4권은 아직 나타나지 않았다. 제2권을 낼 동안 그다음 권수가 차례로 나타나기를, 이번 생에 25권 전권을 현대국어로 모두 옮길 수 있기를 서원한다.

2019년 7월

놀이마다 공덕, 공덕동 아현글방에서

정진원

차례

○

차례

첫 번째 이야기

○

《월인석보》 탄생의 주인공, 소헌왕후

●

《월인석보》 이야기를 하기 위해서는 소헌왕후부터 만나야 한다. 만일 소헌왕후가 없었다면 《석보상절》도 《월인천강지곡》도 없었을지 모르기 때문이다. 있다고 해도 지금과 달라졌거나 더 오랜 시간이 지난 후 나왔을지도 모른다. 내가 좋아하는 법정 스님이 잘 쓰시던 말 중에 '시절 인연'이 있다. 두고두고 살아가면서 마음에 와 닿는 이 네 글자, 과연 《월인석보》의 탄생은 소헌왕후와 어떤 시절 인연이 되었던 것일까.

세종어제 월인천강지곡 소헌왕후 동증정각

조선 개국공신 청송 심씨 심온의 딸, 세종에게 시집가다

이제 세종(1397~1450)의 왕비이자 세조의 어머니, 소헌왕후(1395~1446)의 이야기를 만나보자. 시호는 '소헌왕후昭憲王后'로 그 삶을 요약하면 '뛰어나고 깊이 깨달은 것이 소昭이고, 선을 행하여 기록하는 것이 헌憲'이라는 뜻에서 지어졌다고 한다. 통찰력과 굳은 강단 그리고 평생 검소하고 선을 행하던 왕비.

곧 세종이 성군이라면 그 성군 노릇을 잘할 수 있게 한 내조의 여왕이 있으니 그가 바로 소헌왕후이다. 필자의 지론대로 항상 영웅 뒤에는 그보다 몇 배 훌륭한 여성이 있기 마련이다. 세종과의 사이에서 무려 8남 2녀를 낳은 그는 정 깊은 부부이자 다복한 어머니였다. 이뿐 아니라 세종은 두 살 연상인 아내 소헌왕후를 맞이할 때마다 반드시 일어서서 예를 갖추었다고 한다. 이들은 에리히 프롬(Erich Fromm, 1900~1980)의 《사랑의 기술(The Art of Loving)》에 나오는 '존경과 신뢰'에 바탕을 둔 부부였던 것이다. 사랑을 하려면 존경과 신뢰를 기반으로 하라는 말은 모든 인간관계에서 최상의 조언이다.

세상에서 가장 어렵고 괴로운 일, 세종의 왕비가 되다

세종이 왕이니까, 조선시대 최고의 성군이니까 부부 사이도 역시 좋았으리라고 지레짐작해서는 안 된다. 소헌왕후의 파란만장한 인생 역정을 들여다보노라면 세종보다 그이의 인품과 지혜가 한참 윗길에 있어야 비로소 가능한 일이었음을 인정하게 될 것이다. 먼저 가족의 비극. 그의 부모와 형제들은 그가 왕비가 됐다는 기쁨도 잠시, 왕비의 가족이라는 이유만으로 외척 세력을 근절하겠다는 시아버지 태종의 명으로 멸문지화를 당해야 했다. 그것도 세종이 1418년 왕으로 즉위하자마자 일어난 일로 지금으로서는 상상할 수 없는 일이다.

상왕이었던 태종은 먼저 소헌왕후의 아버지 심온에게 죄를 씌워 죽이고 어머니와 동생들은 관의 노비로 만들었다. 세종은 아버지 태종이 벌이는 그 참담한 상황을 속수무책으로 지켜보아야만 했다. 왕이면 무엇하랴. 무능하기 필부만도 못한 남편과 그 끔찍한 가족의 비극을 소헌왕후는 묵묵히 견뎌야만 했던 것이다. 이미 태종에 의해 시어머니 원경왕후의 친정이 풍비박산 나는 것을 목도한 전례가 있었기에 당시 4남매의 어머니였던 소헌왕후는 자신과 자녀들의 안위 또한 살얼음판에서 지켜내야만 했을 것이다. 훗날 연산군이 어머니가 폐비된 사실을 알게 된 뒤 벌인 극악무도했던 복수혈전을 보라.

사실 세종도 소헌왕후도 1408년 열 살 남짓한 나이에 결혼하였고 그때에는 왕과 왕비가 될 줄은 꿈에도 몰랐으니 누구를 탓할까. 우리가 잘 알고 있는 것처럼 태종 당시 세자는 첫째 양녕대군이었다. 둘째 효령대군 다음에 태어난 셋째 아들 충녕대군 세종이 두 형을 제치고 왕이 될 확률은 거의 없었다. 결과적으로 두 형제의 양보가 없었다면 우리는 지금 다른 역사를 살고 있을 것이다. 이를테면 한글이 없는 세상 말이다. 지금 세상을 들었다 놨다 하는 한류의 원동력에 여러 가지 요소가 있겠지만 과연 한글문화 없이 이루어질 수 있었을까.

세종 즉위와 함께 역적으로 몰린 친정아버지로 인하여 소헌왕후는 폐비까지 거론되었지만 이미 공주와 두 아들을 낳고 셋째 안평을 임신 중이었기에 이를 모면할 수 있었다. 태종도 외척 세력을 없애는 것이 목표였지 새 왕비를 뽑아 또다시 외척 세력이 생기는 악순환을 원치 않았다. 이렇게 조선시대 초기 건국의 기틀을 다질 당시에 왕비가 되는 일은 어쩌면 세상에서 가장 어렵고 무섭고 끔찍한 일이었는지도 모르겠다. 그러니 모진 세월을 함께 이겨낸 세종이 아내를 대하는 마음이 어떠했을까.

여자 세종 소헌왕후,
훈민정음 문자에 날개를 달다

이뿐이 아니다. 세종은 모두 22명의 자녀를 두었는데 후궁이 무려 12명이었다. 소헌왕후는 이들을 잘 거느려 조선 역사상 내명부를 가장 안정적으로 다스린 왕비로 알려지고 있으며, 이것이 세종의 업적에 좋은 영향력을 끼쳤다는 평가를 받고 있다. 조선시대 왕비의 롤 모델이었던 것이다. 뿐만 아니라 세종이 산행 간 사이 궁

궐에 화재가 났을 때는 직접 진두지휘해 불을 끄는 등 통솔력과 순발력도 뛰어나 부창부수, 여자 세종이라 불려도 손색이 없을 듯하다. 이 정도면 《석보상절》과 《월인천강지곡》이라는 조선 최고 걸작 탄생의 주인공이 될 만하지 않은가.

그러한 소헌왕후가 훈민정음 반포를 6개월 앞둔 1446년 3월에 세상을 떠났다. 반포는 모두가 아는 한글날로 음력 9월 상순을 양력으로 환산한 10월 9일이다. 갖은 어려움을 이겨내고 순탄한 40대를 보낸 소헌왕후에게 1444년부터 엄청난 일이 닥친다. 딸이 왕비가 된 탓에 한 많은 인생을 살다 간 친정어머니가 돌아가시자마자, 생때같은 스무 살 안팎의 5남 광평대군과 7남 평원대군이 연달아 세상을 떠난 것이다. 굳건했던 소헌왕후도 상심하여 건강을 잃고 말았다. 정인지(1396~1478)가 쓴 '소헌왕후 영릉지'에는 이렇게 소헌왕후를 기리고 있다.

> 왕후는 나서부터 정숙하고 완만하여 오직 덕을 행하였다. 우리 전하 세종께서 사저에 살고 있을 적, 태종께서 훌륭한 문족 중에서 배필을 구하였다. … 인자하고 검소하여 엄숙하고 온화한 아름다움을 이루었다. 왕후가 들어오고 물러갈 때는 전하께서 반드시 일어서시니, 그 공경하고 예로 대하심이 이와 같았다.

이러한 아내와 두 아들을 졸지에 잃은 세종 또한 세상이 무너지는 일이었을 것이다. 특히 어린 시절부터 함께 자라고 동고동락한 아내이자 어머니 같은, 어쩌면 그 둘을 합한 관세음보살 같은 존재 소헌왕후가 없는 세상이라니……. 그러나 엄마를 잃은 둘째 아들 수양대군(1417~1468)도 세종 못지않았으니 소헌왕후는 각별했던 수양대군의 집에서 며느리 정희왕후의 병간호를 받다가 세상을 떠난다. 수양의 슬픔은 깊디깊었다. 단종을 죽이고 세조가 된 포악한 수양대군만 알고 있다가는 큰코다칠 장면이다. 이 서른 살 아들의 엄마 잃은 절절함은 단숨에 24권짜리 《석보상절》을 짓고, 12년 후 1459년 세조가 된 후에는 아버지 세종과 합작한 《월인석보》를 만드는 것으로 이어진다. 그 슬픔을 《월인석보》 서문에 이렇게 토로하고 있다.

> 예전 병인년 1446년에 소헌왕후께서 이승을 빨리 하직하시니 섧고 슬픔에 싸여 어찌할 바를 알지 못하고 있으매, 세종께서 나에게 이르시기를 극락왕생 발원이 경전을 널리 알리는 것만 한 것이 없으니 네가 석보를 만들어 번역하는 것이 마땅하겠구나.
>
> — 《월인석보》 서문 중에서

세종과 세조 두 부자가 소헌왕후를 잃고 우두망찰하고 어쩔 줄 모른 채 시름에 싸인 장면이 눈앞에 그려진다. 문득 아버지로서 먼저 본분을 깨달은 세종이 어머니를 잃은 아들의 상심을 추스르게 하기 위해 쓴 짧은 글 한 대목만으로도 섧고 애달픔이 필자를 그대로 꿰뚫고 지나가는 것만 같다.

"아들아, 너까지 몸 상하면 안 된다. 그러니 어머니의 부재를 잊고 그 부재를 넘어설 뜻있는 일을 하는 것. 그것은 바로 어머니의 극락왕생을 발원하는 《석보상절》을 짓는 일이고 너만이 그 일을 할 수 있다"고 담담하지만 큰 울림으로 아들에게 말하고 있다.

소헌왕후에게 바치는 부자의 사부곡·사모곡

소헌왕후, 세종에게 어떠한 아내였던가. 그리고 아들 세조에게 어떤 어머니였던가. 언제나 내 편이었던 부자의 의지처가 이제 이 세상에서 사라진 것이다. '저세상에 가셔서도 우리를 위해 애쓰실' 소헌왕후에게 당신이 살아서 바라던 대로 잘하겠노라는 서약서가 바로 《석보상절》이요, 《월인천강지곡》이다. 수양대군이 10개월 만에 완성한 대작 《석보상절》을 보고 세종은 금세 노래를 지었다는데 그것이 《월인천강지곡》이요, 무려 600여 수이다. 이 부자의 신명을 보라. 낮밤을 잊고 정사가 바쁜 와중에 훈민정음으로 지은 최초의 산문 《석보상절》이 24권이요, 12년 후 합편한 《월인석보》는 25권이다. 세종의 대서사시 《월인천강지곡》이 가능했던 것은 그 당시에 있던 곡조에다가 노래 가사만 바꿔서 노래를 지었기 때문이라고 한다. 지금도 시조에서 곡조는 그대로 한 채 '청산리 벽계수'나 '동창이 밝았느냐'를 부르는 전승이 지속되는 것과 같은 이치이리라.

《석보상절》과 《월인천강지곡》의 의미

《석보상절》은 석가모니께서 태어나고 열반에 드실 때까지의 일생과 설법한 경전 내용을 자세히 할 것은 자세히 하고 간략히 할 것은 간략하게 편집한 조선시대 최초의 훈민정음 불경이다. 《월인천강지곡》은 불교의 진리를 상징하는 달이 하나이지만 지상에 있는 천 개의 강에 똑같이 도장 찍히는 것처럼 부처의 진리가 온 세상에 두루함을 노래한 것이다. 특히 《석보상절》의 내용을 게송처럼 요약한 것이다. 일반적인 불교 경전의 형식은 부처의 설법 내용을 전한 뒤에 요약한 게송이 이어지는 순서로 되어 있다. 우리의 최초 조선대장경도 그 형식대로 하자면 제목이 '석보+월인'이 되어야 한다. 그러나 수양은 세조가 된 뒤 5년 후인 1459년 아버지 세종의 노래 《월인천강지곡》을 앞세우고 아들이 쓴 《석보상절》 산문 순서를 뒤로 하여 '월인+석보'의 순서로 만든 것이다. 조선식 대장경의 시작이다.

이 대작 《석보상절》과 대서사시 《월인천강지곡》의 분량과 완성도의 속도는 기네스북에 오를 만하다. 21세기 데이터베이스를 바탕으로 해도 10개월 정도에 이렇게 방대하고 훌륭한 산문과 운문을 짓기는 불가능한 일이다. 이 말은 이 책이 훈민정음 창제 때부터 준비되어 있었다는 것이요, 조력자가 있었다는 말에 다름 아니다. 《월인석보》 서문에 명기된 열한 명의 동참자가 등장한다. 그러나 우리는 정독을 해 나가다 보면 《석보상절》 뒤에는 김수온이, 《월인석보》 뒤에는 신미가 서 있음을 본다. 꼼꼼히 읽은 독자라면 세종과 세조가 두 책을 짓기 충분한 역량을 갖춘 불교학자임을 믿어 의심치 않을 것이다. 그러나 이것은 단독 작업으로 할 수 있는 일이 아니다. 집단지성이 빛나는 작품이기 때문이다. 신미 대사와 김수온은 형제이다. 지금도 충북 영동 김씨 족보와 가문에는 그들이 훈민정음 창제와 그 문자를 활용한 《석보상절》, 《월인석보》 편찬에 관여했다는 이야기가 전해지고 있다.

소헌왕후의 극락왕생 발원이 창작 동기가 된 두 책. 반포 직전 소헌왕후가 돌아가시지 않았다면 이 책의 존재도, 훈민정음의 활용도 지금과 같지 않았으리라는 것은 자명한 사실이다. 그러므로 훈민정음 창제에서 그치지 않고 그 문자가 살아 숨쉬며 600년 이상 면면히 이어지게 한 일등 공신은 세종과 세조가 모든 일을 뒤로 하고 산문 '석보상절'과 운문 '월인천강지곡'을 짓게 한 소헌왕후의 공이라 해도 과언이 아니다. 소헌왕후 만세! '훈민정음'과 《석보상절》, 《월인천강지곡》이여, 다시 한 번 날자, 날자꾸나!

두 번째 이야기

○

《석보상절》 서문

●

사람들은 흔히 훈민정음을 얘기할 때 "나랏말씀이 중국과 달라……"로 시작되는 세종이 지은 《훈민정음》 책 서문을 읊조린다. 이 서문이 《월인석보》에도 등장한다. 《월인석보》의 차례는 '훈민정음' 서문과 예의例義로 시작해 팔상도八相圖, 《석보상절》 서문과 《월인석보》 서문, 《월인석보》 본문으로 이루어져 있다.

《월인석보》가 훈민정음으로 시작하는 것에 대하여 의구심을 품는 사람들도 있으나 먼저 새로 만든 글자 훈민정음을 익히고 그다음에 그 글자로 이루어진 문장을 차근차근 읽게 하려는 배려였다는 설이 일반적이다.

독자가 세종이라면 어떻게 했을까. 우리 할머니와 어머니 세대까지만 하더라도 글자를 못 읽는 사람들이 많았다. 심지어 내가 고

등학교에 다닐 즈음에도 여자는 대학에 갈 필요가 없다고 생각하는 부모들이 많았다. 나와 같은 또래의 그들은 이제 50대가 되어 대학에 가고 70대에 한글학교를 다니며 글자로 열린 새 세상에 태어나 두 번째 인생을 살고 있다.

21세기가 이러할진대 하물며 600년 전 계급사회였던 조선에서 중국의 한자로만 이루어진 문자 철옹성 바깥에 있던 사람들은 어떠했을까. 그들에게 새로운 문자 세계를 열어준 사람이 바로 세종이다. 그의 마음자리에 서서 아들 수양대군의 입을 통해 지은 〈석보상절 서문〉을 읽어보자. 서문의 형식은 본문이 나오고 그다음에 본문을 해설하는 주석으로 이루어져 있다. 그러나 주석을 일일이 풀이하다 보면 본문의 맥이 끊겨 유려한 수양대군의 육성을 듣지 못하는 문제가 생긴다. 그리하여 주석의 내용은 현대어 번역과 풀이에서 충분히 살리기로 하고 여기서는 서문의 본문 내용을 충실히 전달하고자 한다.

이 책은 먼저 한문에 토를 달아 굵고 큰 글씨로 원문을 쓴다. 그리고 거기서 설명이나 풀이가 필요한 사전적 정의를 한 줄에 두 칸으로 나누어 주석을 단다. 우리는 이것을 세주細註 또는 협주夾註라고 부른다.

그리고 줄을 바꾸고 한 칸 내려써서 훈민정음으로 지은 우리말 《석보상절》 서문이 펼쳐진다. 이 형식은 《월인석보》 서문과 《월인석보》 본문 형식에서도 동일한데 그때그때 덧붙여 설명할 것이다.

〈석보상절 서〉

釋譜詳節序

佛이 爲三界之尊ᄒᆞ샤

　부톄 三界옛 尊이 ᄃᆞ외야겨샤

弘渡群生ᄒᆞ시ᄂᆞ니

　衆生ᄋᆞᆯ 너비 濟渡ᄒᆞ시ᄂᆞ니

無量功德이 그지업서

　몯내 혜ᅀᆞᄫᆞᆯ 功과 德괘

人天所不能盡讚이시니라

　사ᄅᆞᆷ돌콰 하ᄂᆞᆯ돌히 내내 기리ᅀᆞᆸ디 몯ᄒᆞᅀᆞᆸᄂᆞᆫ 배시니라

—

〈석보상절 서〉

부처께서 삼계의 높은 분이 되어 계셔서

중생을 널리 제도하시니

그지없어 못내 헤아릴 공과 덕은

사람들과 하늘들이 내내 (다) 기리지 못하는 바이시다.

《석보상절》의 서문은 이렇게 시작한다.

부처께서 이 세상의 가장 높은 '세존世尊'으로 우리에게 오셔서 살아 있는 모든 것을 제도하셨다. 그러한 부처의 공덕이 그지없어 인간 세상과 하늘 세상에 이르기까지 이루 다 말로 찬탄하지 못하도록 크디크다는 것이다.

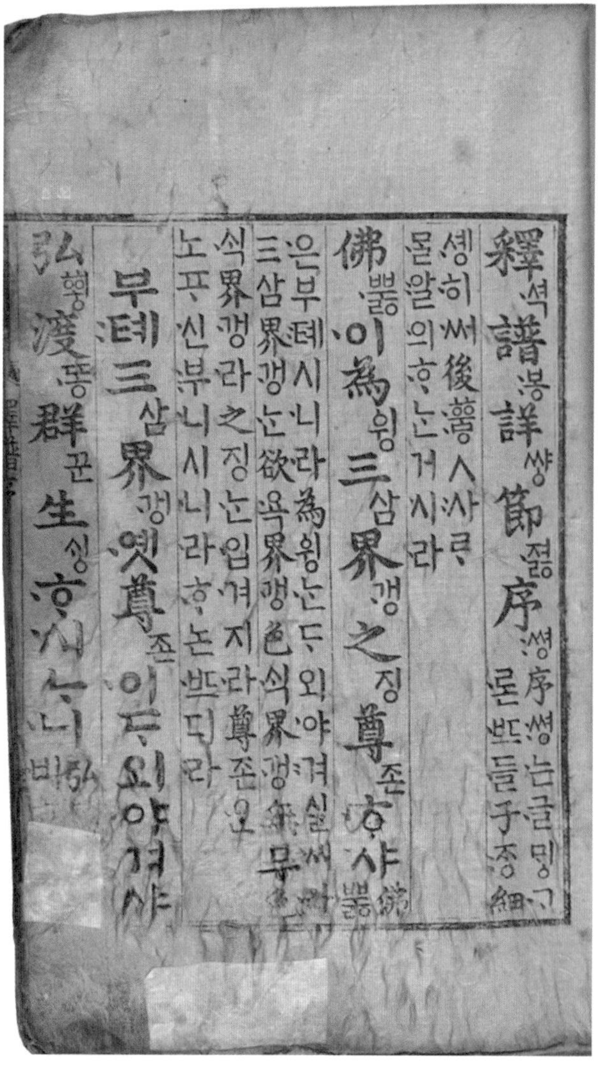
釋셕譜봉詳썅節졇序쎵 序쎵ᄂᆞᆫ 글 ᄆᆡᆼᄀᆞ론 ᄠᅳ디오 子종細솅히 써 後ᅘᅮᇢ人ᅀᅵᆫ 사ᄅᆞᄆᆞᆯ 알의 ᄒᆞᄂᆞᆫ 거시라
佛뿛이 爲윙三삼界갱之징尊존ᄒᆞ샤 佛뿛ᄋᆞᆫ 부텨시니라 爲윙ᄂᆞᆫ ᄃᆞ외야 겨실씨라 三삼界갱ᄂᆞᆫ 欲욕界갱 色식界갱 無뭉色식界갱라 之징ᄂᆞᆫ 입겨지라 尊존ᄋᆞᆫ 노ᄑᆞ신 부니시니라 ᄒᆞ논 ᄠᅳ디라
부톄 三삼界갱옛 尊존이 ᄃᆞ외야 겨샤
弘ᅘᆞᆼ渡똥群꾼生ᄉᆡᇰᄒᆞ시ᄂᆞ니 弘ᅘᆞᆼ

《석보상절》은 이렇게 부처의 공덕을 기리며 우리를 제도하러 이 세상에 온 목적을 명시하고 있다. 먼저 여기서 눈에 띄는 단어는 '부처'이다. '부처님'이라고 쓰지 않았다. 부처를 낮추기 위해서는 물론 절대로 아니다. 당시 훈민정음 표기는 '부텨'라고 썼다. 지금 우리가 'Buddha'를 '붓다'라고 표기하고 '붓다님'이라고 하지 않는 것과 같다. 부처를 존경하지 않는다는 표현이 아니라 산스크리트 원어에 가까운 직역이라고 할 수 있다. 한자로는 '불佛'이다. 15세기에 지금보다 더 원어에 가까운 번역이 이루어진 셈이다.

한편 '중생衆生'이란 말도 예사로 들리지만 세종 시대에 '중생'은 짐승을 뜻했다. 그 말의 의미가 넓어져 인간을 포함한 살아 있는 '유정有情'을 뜻하게 되었다. '유정'은 '무정無情'에 상대되는 말로, 중생이 모든 살아 있는 것들을 총칭한다면 유정은 감정과 의식이 살아 있는 존재(sattva)를 의미한다. 무정은 산천초목같이 마음이 있다고 할 수 없는 존재들이다. '중생'은 구마라집鳩摩羅什(344~413)이나 진제眞諦(499~569) 삼장三藏 때 번역이고, 《서유기》에 나오는 그 유명한 현장법사가 유정과 무정으로 번역했다고 한다. 이처럼 훈민정음으로 지어진 글을 읽다 보면 그동안 전혀 생각지 않고 살던 내 모국어의 뿌리와 의미의 변화 등을 알게 되는 직관력이 증폭되어 가외로 즐겁다.

世之學佛者ㅣ

世間애 부텻 道理 비호ᅀᆞᄫᆞ리

鮮有知出處始終ᄒᆞᄂᆞ니

부터 나아 ᄃᆞᆫ니시며 ᄀᆞ마니 겨시던 처ᅀᅥᆷ ᄆᆞᄎᆞᄆᆞᆯ 알리노니

雖欲知者ㅣ라도

비록 알오져 ᄒᆞ리라도

亦不過八相而止ᄒᆞᄂᆞ니라

또 八相ᄋᆞᆯ 넘디 아니ᄒᆞ야셔 마ᄂᆞ니라

—

세간의 부처 도리를 배우려고 하는 이가 (있어도)

부처 태어나 다니시며(활동) 가만히 계시던(임종) 처음부터 마지막

까지 아는 이가 드무니

비록 알고자 하는 사람이라도

또 팔상도에 나오는 그림을 넘지 못하고 마느니라.

이제 《석보상절》을 쓰게 된 본론이 나온다. 때는 1447년이다. 기억을 더듬어보라. 학창 시절 열심히 외운 실력을 꺼내어 훈민정음이 언제 만들어지고 반포되었는지를……. 1443년 세종 즉위 25년에 문자를 짓고 시험 삼아 1445년에 《용비어천가龍飛御天歌》를 지어 조선 건국의 정당성을 찬양하였다. 그리고 1446년 9월 상한上澣 곧 양력으로 10월 9일쯤 반포하였으니, 우리는 그날을 지금 '한글날'이라 부른다. 다시 1447년 음력 7월에 무려 24권짜리 방대한 《석보상절》이란 책을 출간하며 쓴 그 서문을 우리가 읽고 있는 것이다. 훈민정음 반포 후 채 1년도 못 되어 완성한 24권짜리 책. 이

것은 무엇을 의미하는가. 10개월 만에 24권짜리 전집을 완성한다는 것이 대체 가능한 일인가. 우리가 풀어야 할 첫 번째 '다빈치 코드'이다.

두 번째 다빈치 코드는 이 조선이라는 세상에서 훌륭한 부처의 가르침을 배우고자 하는 사람이 있다 하더라도 부처가 태어나서 살아가며 열반에 드실 때까지 '알파와 오메가'를 상세히 아는 사람은 아주 드물다는 구절이다. 비록 부처의 가르침을 더 알고자 하는 사람이라도 겨우 〈팔상도〉에 그려진 여덟 가지 그림의 내용을 이해하는 데서 그치고 만다는 것이다.

무엇인가 이상하지 않은가. 이때가 어느 시대라고. 조선시대이다. 불교가 국교였던 통일신라나 고려시대가 아니다. 조선은 '유교儒敎'를 국시로 삼고 억불숭유抑佛崇儒 정책을 펼쳤다고 귀가 따갑게 듣지 않았던가. 심지어 세종은 삼국시대 이래 고려시대 불교를 대표하는 다섯 가지 교종과 아홉 산문에 자리 잡았던 선종 5교 9산을 혁파하고 선종과 교종 곧 선교 양종으로 불교를 대폭 축소시킨 주인공이다. 그런 세종이 다음과 같이 말하며 세조가 왕자였던 수양대군 시절 《석보상절》을 짓고 서문을 쓰게 한 사실이 《월인석보》 서문에 자세하다.

> 세종께서 나(수양대군)에게 말씀하시기를 "추천推薦(세종 왕비 소헌왕후 극락왕생 기도)이 경전을 옮겨 쓰는 것보다 좋은 것이 없으니 네가 석보를 만들어 번역하는 것이 마땅하겠다" 하였다.

이것이 조선 왕실의 양면성이요, 진심을 담은 세종의 육성이다. 다음 구절은 수양대군의 목소리로 쓴 《석보상절》 출간 목적이다.

頃에 因追薦ᄒᆞᅀᆞ바

　近間애 追薦ᄒᆞᅀᆞ보ᄆᆞᆯ 因ᄒᆞᅀᆞ바

爰采諸經ᄒᆞ야

　이저긔 여러 經에 ᄀᆞᆯᄒᆡ여내야

別爲一書ᄒᆞ야

　各別히 ᄒᆞᆫ 그를 ᄆᆡᇰᄀᆞ라

—

근래에 (소헌왕후의) 명복을 빌기 위하여

이때까지 (나온) 여러 경전에서 가려내어

각별히 한 책을 만들어

소헌왕후는 앞서 본 바와 같이 세종의 부인이자 수양대군의 어머니이다. 일찍 세상을 떠난 소헌왕후를 위하여 남편과 아들이 극락왕생을 비는 것이 어쩌면 이 책을 출간한 직접 이유라고 할 것이다. 그러므로 만든 기간은 1년이 채 안 됐지만 책을 얼렁뚱땅 만든 것이 아니다. 조선시대까지 유통되고 가장 많이 회자된 불교 경전, 그 시대 사람들이 가장 중요하다고 생각한 '경, 율, 론' 삼장을 망라하여 엄선 또 엄선한 요체들을 모아서 '각별히' 만든 책이다. 다음에 살펴볼 《월인석보》 서문에 더 자세히 나오는데 12부 수다라를 섭렵할 능력이 있는 사람이 만든 것이다. 12부 수다라는 12부경이라고도 하는 석가모니의 교설을 12가지로 분류한 경전이라는 뜻이다.

그러면 누가? 세종 또는 세조가? 물론 이 두 왕도 불교에 조예가 깊고 세상이 다 아는 박학다식한 천재들이다. 그러나 기록은 남아 있지 않지만 《석보상절》 뒤에는 김수온의 그림자가 어른거리고 《월인석보》 뒤에는 신미 대사가 서 있는 모습이 보인다. 김수온은 신미 대사의 동생으로 1446년 '증수석가보增修釋迦譜'를 지었다는 기록이 있다. 《석보상절》보다 훨씬 자세하고 철학적인 《월인석보》에는 훈민정음 창제부터 깊이 관여하고 왕들이 스승으로 추앙해 신하들의 질시를 한 몸에 받았던 신미 대사의 자취가 남아 있음을 생각하지 않을 수 없는 것이다. 하지만 신미 대사에 대해서는 구전과 속리산 법주사와 복천암, 충북 영동 김씨 가문 등에 내려오는 일화들이 거의 대부분이다. 《조선왕조실록》에는 그와 반대로 간사한 승려로 매도되고, 기록을 찾아서 삭제라도 한 듯 남아 있는 것이 없다. 그렇기에 역설적으로 갈수록 흥미진진해지는 훈민정음과 그 문자로 지어진 《월인석보》의 세계!

名之曰 釋譜詳節이라 ᄒᆞ고

일훔 지허 ᄀᆞ로ᄃᆡ 釋譜詳節이라 ᄒᆞ고

名은 일후미니 名之ᄂᆞᆫ 일훔 지ᄒᆞᆯ씨라 曰은 ᄀᆞ로ᄃᆡ ᄒᆞᄂᆞᆫ ᄠᅳ디라 釋

은 釋迦ㅣ시니라 譜는 平生앳 처섬 乃終ㅅ 이를 다 쑨 글와리라 詳은 조슨ᄅᄫᆞᆫ 말란 子細히 다 쓸씨라 節은 조ᄉᆞᄅᆸ디 아니ᄒᆞᆫ 말란 더러 쓸씨라

旣據所次ᄒᆞ야

ᄒᆞ마 次第 혜여 ᄆᆡᆼᄀᆞ론 바ᄅᆞᆯ브터

繪成世尊成道之迹ᄒᆞᅀᆞᆸ고

世尊ㅅ 道 일우샨 이릐 양ᄌᆞᄅᆞᆯ 그려 일우ᅀᆞᆸ고

—

이름 지어 가로되 '석보상절釋譜詳節'이라 하고

이미 차례를 헤아려 만든 바에 따라서

세존의 도리 이루신 모습(팔상도)을 그리고

훈민정음으로 지어진 첫 책은 12부 수다라에서 철저히 가려 뽑아 '석보상절'이라 하였는데 주석에서 그 설명이 상세하다. 곧 석가모니의 '석釋', 일대기의 '보譜', 상세히 할 경전과 중요한 내용은 자세히 할 '상詳', 중요하지 않은 것은 과감히 절약한 '절節'이라 하여, '석보상절釋譜詳節'로 이름 지었다는 것이다.

그리고 앞서 말한 바와 같이 용의주도한 세종과 그 아들 수양대군의 의도대로 훈민정음 학습서 겸 불교 홍포 목표를 겸하여 책의 목차도 면밀히 정했다.

① 훈민정음 서문과 예의

② 팔상도

③ 석보상절 서

④ 월인석보 서

⑤ 세종과 세조 부부 패기牌記

⑥ 월인석보

이러한 차례에 따라 지금도 조선 초기를 대표하는 정교한 작품으로 손꼽히는 〈팔상도〉를 그렸다. 〈팔상도〉의 그림은 다음 여덟 가지이다.

① 도솔천에서 흰 코끼리를 타고 내려와 어머니 마야부인의 태몽으로 그려진 도솔래의상兜率來儀相

② 카필라국 룸비니 동산에 태어난 모습의 비람강생상毘藍降生相

③ 생로병사의 모습을 맞닥뜨리며 관찰하는 사문유관상四門遊觀相

④ 궁궐의 성문을 넘어 출가하는 유성출가상踰城出家相

⑤ 깨달음을 얻기 위해 설산에서 수도하는 설산수도상雪山修道相

⑥ 보리수 아래 수행 정진 중 마구니의 항복을 받아내는 수하항마상樹下降魔相

⑦ 녹야원에서 진리의 바퀴를 굴리는 녹원전법상鹿苑轉法相

⑧ 사라나무 사이에서 열반하는 쌍림열반상雙林涅槃相

애석하게도 서강대본 《월인석보》 제1권의 쌍림열반상은 떨어져 나갔는데 다른 책의 〈팔상도〉에서 보충할 수 있다. 그 후 이 〈팔상도〉는 조선시대 부처의 일대기 그림의 주요 저본이 되고 있어 중요한 가치를 지니고 있다.

又以正音으로 就加譯解ᄒᆞ노니

ᄯᅩ 正音으로ᄡᅧ 곧 因ᄒᆞ야더 翻譯ᄒᆞ야 사기노니

庶幾人人이 易曉ᄒᆞ야 而歸依三寶焉이니라

사ᄅᆞᆷ마다 수ᄫᅵ 아라 三寶애 나ᅀᅡ가 븓깃고 ᄇᆞ라노라

—

또 훈민정음으로써 그에 따라 더 번역하여 새기니

사람마다 쉽게 알아 삼보에 나아가 의지(귀의)하기를 바라노라.

이 그림을 그린 다음에 본격적으로 훈민정음으로 지은 책의 서문이 등장한다. 곧 지금 우리가 처음 한글을 배우는 방식대로 먼저 글자를 익혀 한글을 떼고 그림으로 석가모니 일대기를 학습한 후 쓰인 첫 번째 문장이 바로 이 《석보상절》 서문이다. 훈민정음 산문 책의 시작이다. 그동안은 《용비어천가》, 곧 운문체의 노래로 된 훈민정음 책이 있을 뿐이었다.

이제 훈민정음을 가지고서 중국 글자가 아닌 우리 글자로 더 자세히 번역하고 주석을 달아 알기 쉽게 부처의 일대기에 대한 책을

도솔래의(팔상도)

만들었으니 배우고자 하는 사람마다 쉽게 이해하여 불법승 삼보에 귀의하기를 간곡히 바라 마지않는다고 끝을 맺고 있다.

어디서 많이 본 듯한 문장이지 않은가. 그렇다. 《훈민정음》 서문의 마지막 "사람마다 쉽게 익혀 날마다 사용함에 편안하게 하고자 할 따름"이라던 세종의 문체 그대로이다. 그렇다면 이 서문은 세종의 문체인가, 수양의 문체인가, 왕의 연설문 담당관의 문체인가……. 이 또한 집단지성의 힘이 느껴지는 대목이다.

正統 十二年 七月 二十五日에 首陽君 諱 序ᄒᆞ노라

—

정통 12년(1447년) 7월 25일에 수양군이 서문을 쓰노라.

그리고 마지막 기록 1447년 음력 7월 25일에 세종의 둘째 아들 왕자 수양군 유瑈가 서문을 쓴다. 그러나 그의 이름은 끝내 쓰지 않고 휘諱라고 기록한다. 왕이나 그에 준해 높여야 할 인물의 이름을 우리는 피휘避諱한다고 한다. 즉 직접 이름자를 쓰는 것을 불경스럽다고 생각했다. 그렇지만 왕자 자신이 자기 이름을 쓰면서 피휘를 한다고? 아이러니한 일이다. 최소한 석보상절 서문은 수양대군 유의 이름이 기록되어 있지 않다. 그 시대의 관례였을지도 모르지만 여기서 그 글을 쓴 사람으로 《석보상절》의 저본으로 추정되는 '증수석가보'를 지은 김수온이나, 글자를 새긴 각수刻手를 떠올리게 되는 것이다.

이렇게 《석보상절》 짧은 서문 안에는 우리가 몰랐던 새로운 사실과 꼬리를 무는 궁금증 그리고 조선시대 불교 수용의 배경과 역사, 왕들의 개성과 성격 등 무수한 다빈치 코드들이 밤하늘의 별처럼 은하수를 이루고 있다. 이제 그 서문의 유려한 문장을 수양대군의 목소리로 다시 음미해보자.

〈석보상절 서〉

부처께서 삼계의 높은 분이 되어 계셔서
중생을 널리 제도하시니
그지없어 못내 헤아릴 공과 덕은
사람들과 하늘들이 내내 (다) 기리지 못하는 바이시다.

세간의 부처 도리를 배우려고 하는 이가 (있어도)
부처 태어나 다니시며(활동) 가만히 계시던(임종) 처음부터 마지막까지 아는 이가 드무니
비록 알고자 하는 사람이라도
또 팔상도에 나오는 그림을 넘지 못하고 마느니라.

세종께서 나(수양대군)에게 말씀하시기를
"추천追薦(소헌왕후 극락왕생)이 경전을 옮겨 쓰는 것보다 좋은 것이 없으니 네가 석보를 만들어 번역하는 것이 마땅하겠다" 하였다.
근래에 (소헌왕후의) 명복을 빌기 위하여

이때까지 (나온) 여러 경전에서 가려내어

각별히 한 책을 만들어

이름 지어 가로되 석보상절釋譜詳節이라 하고

이미 차례를 헤아려 만든 바에 따라서

세존의 도리 이루신 모습(팔상도)을 그리고

또 훈민정음으로써 그에 따라 더 번역하여 새기니

사람마다 쉽게 알아 삼보에 나아가 의지(귀의)하기를 바라노라.

정통 12년(1447년) 7월 25일에 수양군이 서문을 쓰노라.

세 번째 이야기

○

《월인석보》 서문

●

이제 드디어 《월인석보》의 세계로 첫발을 딛는다. 그 도저하고 유장하고 사무치는, 15세기까지 이어진 우리 선조의 정수를 담은 불교 이야기는 현재 《월인석보》 25권 중 19권 정도 발견된 상태이다. 처음 간행된 제1권, 제2권, 제7권, 제8권, 제9권, 제10권, 제11권, 제12권, 제13권, 제14권, 제15권, 제17권, 제18권, 제19권, 제23권, 제25권이 있고, 재간행된 제4권, 제21권, 제22권 등 총 19권이다. 그러나 스물다섯 권이 모두 발견되어 전편을 읽는다 해도 이생에 그 뜻을 온전히 이해하지는 못할 것만 같다.

사실 내가 불교에 입문한 동기와 목표는 간단명료했다. 《석보상절》에 나오는 불교 내용을 이해하는 것. '석보'가 석가모니 족보와 일대기의 뜻이니 한 십 년쯤 불교 언저리를 공부한 후에는 목표 달

성 200%라고 자만했던 적도 있다. 누구라도 불교 공부가 좀 됐다 싶을 때 '월인석보 서문'을 읽어보라고 권하고 싶다. 지금 다시 읽어도 나는 여전히 수박 겉핥기 신세를 면하지 못한다. 어째서인가. 읽어보기로 하자.

《석보상절》 서문이 간략할 '절節'이라면 《월인석보》 서문은 자세할 '상詳'이다. 자세해도 너무 자세한 《월인석보》 서문은 다음과 같이 시작한다. 《석보상절》 서문과 마찬가지로 서문의 주석은 현대어 번역에 풀어서 넣기로 하고 서문 본문의 내용을 중심으로 원문의 맥락을 충실히 살리는 데 중점을 둔다.

어제 월인석보 서

御製月印釋譜序

夫眞源이 廓寥ᄒᆞ고 性智湛寂ᄒᆞ며

　眞實ㅅ 根源이 뷔여 괴외ᄒᆞ고 性智 ᄆᆞᆰ고 괴외ᄒᆞ며

靈光獨耀ᄒᆞ고 法身常住ᄒᆞ야

　靈ᄒᆞᆫ 光明이 ᄒᆞ오ᅀᅡ 빗나고 法身이 샹녜 이셔

色相이 一泯ᄒᆞ며 能所都亡ᄒᆞ니

　色相이 ᄒᆞᆫ가지로 업스며 能所ㅣ 다 업스니

旣無生滅커니 焉有去來리오

　ᄒᆞ마 나며 업수미 업거니 엇뎨 가며 오미 이시리오

—

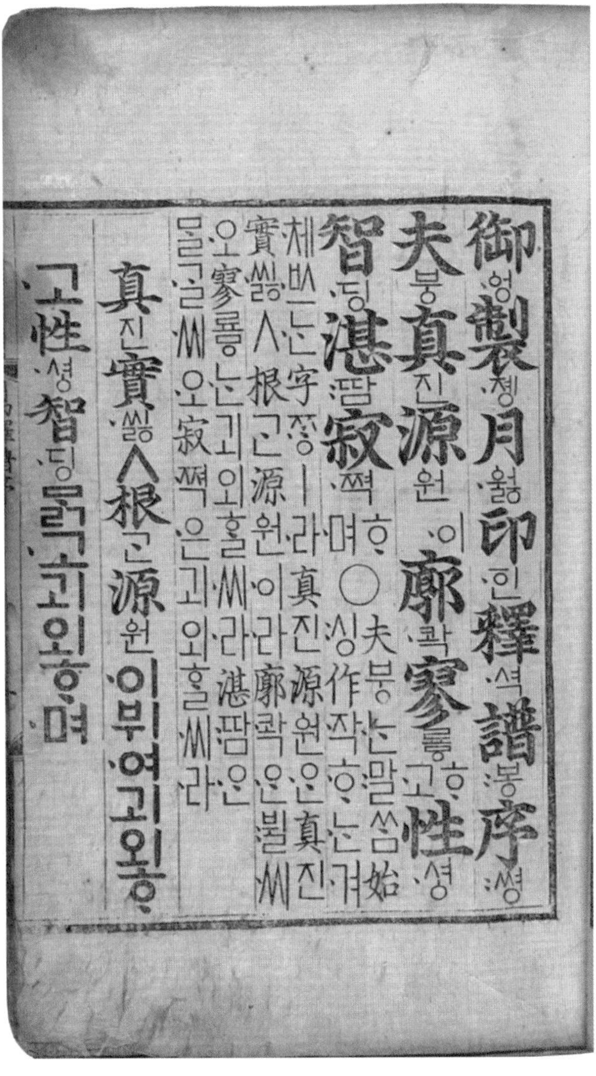

御·엉製·졩月·웛印·힌釋·셕譜·봉序:썽

夫붕眞진源원·이廓·콱寥룧ᄒᆞ고性·셩

智·딩湛땀寂·쪅ᄒᆞ며 ○夫붕ᄂᆞᆫ 말ᄊᆞᆷ始·싱作·작ᄒᆞᄂᆞᆫ 겨체ᄡᅳᄂᆞᆫ字ᄍᆞᆼㅣ라 眞진源원은 眞진實씷ㅅ根근源원·이라 廓·콱ᄋᆞᆫ 뷜·씨·오 寥룧ᄂᆞᆫ 괴외ᄒᆞᆯ·씨라 湛땀ᄋᆞᆫ ᄆᆞᆯᄀᆞᆯ·씨·오 寂·쪅ᄋᆞᆫ 괴외ᄒᆞᆯ·씨라

眞진實씷ㅅ根근源원·이 ·뷔·여 괴외ᄒᆞ

고 性·셩智·딩ᄆᆞᆰ·고 괴외ᄒᆞ며

〈어제 월인석보 서〉

진실한 근원이 비어 고요하고 성지性智가 맑고 고요하며
신령한 광명이 홀로 빛나고 법신法神이 상주하여
색色과 상相이 한가지로 없으며 능能과 소所가 모두 없으니
이미 나며 죽음이 없거니와 어찌 가며 옴이 있으리오.

《월인석보》 서문에서는 《석보상절》 서문에서 볼 수 없던 불교의 요체를 바로 눈앞에 목도하게 된다. 웬만한 국어학자나 일반 불자들은 이 첫 대목에서 포기하고 싶을지도 모른다. 불교 용어 하나하나도 모두 자기의 깜냥만큼 이해할 수 있으리라. 불교 가르침은 바로 이것이다.

먼저 제목부터 '석보상절 서'와 다르다. '어제御製'이다. 서문을 쓴 이는 같다. 세조가 수양대군 시절 쓴 《석보상절》이 그냥 서문이라면 왕이 되어 쓴 서문은 "임금께서 몸소 지으신" 《월인석보》 서문이다. 시작도 《석보상절》 서문과는 차원이 다르다.

진실한 근원이 비어 있어 충만하고 고요하기가 말로 표현할 수 없는 세계, 거기서 부처의 지혜가 맑고 고요히 비추어 홀로 빛나는 세상. 색과 상의 분별도 없고 주체와 대상도 사라진 자리. 이미 태어나고 죽는 생멸이 없으니 어찌 다시 생멸이 있는 자에게 생기는, 가고 오는 일이 있으리오.

해석에 대하여 왈가왈부 끝없을 이쯤에서 얼른 다음 문장을 만

나보자.

只緣妄心이 瞥起ᄒᆞ면 識境이 競動ᄒᆞ거든

오직 妄量앳 ᄆᆞᅀᆞ미 믄득 니러나ᄆᆞᆯ 브트면 識境이 난겻 뮈여 나거든

攀緣取著ᄒᆞ야 恒繫業報ᄒᆞ야

緣을 븓ᄃᆞᆼ기야 가져 著ᄒᆞ야 長常業報애 ᄆᆡᅇᅧ

遂昧眞覺於長夜ᄒᆞ며 瞽智眼於永劫ᄒᆞ야

眞實ㅅ 覺을 긴 바ᄆᆡ 어듭게 ᄒᆞ며 智慧ㅅ 누늘 긴 劫에 멀워

輪廻六道而不暫停ᄒᆞ며 焦煎八苦而不能脫ᄒᆞᆯᄊᆡ

여슷 길헤 횟도녀 잢간도 머므디 몯ᄒᆞ며 여듧 受苦애 봇겨 能히 벗디 몯ᄒᆞᆯᄊᆡ

—

오직 망량妄量의 마음이 문득 일어나는 것에 집착하게 되면

식경識境이 다투어 움직여 일어나거든

인연을 끌어당겨 가져와 집착해서 오래도록 업보에 매이게 되어

진실의 깨달음을 긴 밤에 어둡게 하며 지혜의 눈을 긴 겁에 멀게 하여

육도六道에 윤회하여 잠깐도 머물지 못하며

여덟 가지 수고八苦에 볶여 능히 벗어나지 못하므로

사실 이 단락의 내용도 녹록치 않다. 글자 자구의 대의만 파악

육도六道에 윤회하여 잠깐도 머물지 못하며

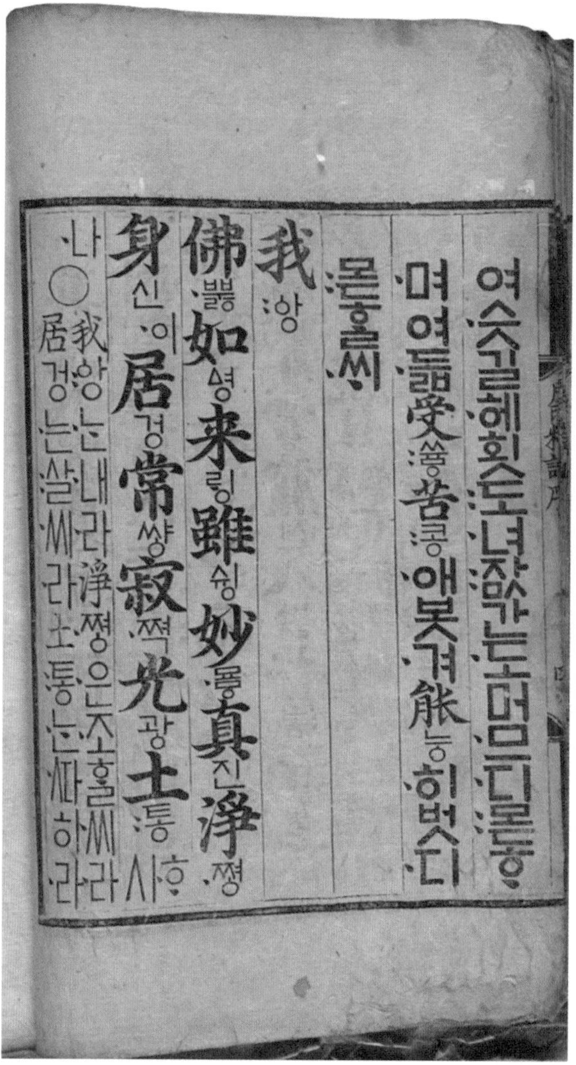
여슷길헤횟도녀잠깐도머므디몯ᄒᆞ
며여듧受쓯苦콩애ᄇᆡ겨能능히벗디
몯ᄒᆞᆯ씨
我앙
佛뿛如셩來ᄅᆡᆼ雖슁妙묭眞진淨쪙
身신이居경常썅寂쩍光광土통ᄒᆞ시
나 ○ 我앙ᄂᆞᆫ내라淨쪙은조ᄒᆞᆯ씨
居경ᄂᆞᆫ살씨라土통ᄂᆞᆫ따하라

하고 넘어갈까도 생각했지만 《월인석보》는 훈민정음으로 지어진 최초의 부처 '법사리'를 만난다는 마음으로 소개한다. 우리가 천수경 다라니 뜻을 모르고도 염송하는 것에 비하면 이 서문은 참으로 감읍해야 할, 이해하기 쉬운 우리말 문장임에랴.

번뇌가 소멸한 자리 니르바나(열반), 고요한 지혜의 빛 바이로차나(적광명), 수냐타(공)의 세상을 멀리하고 우리는 오직 마음에서 일어나는 온갖 집착과 분별에 끄달려 카르마(업보)에 얽매이게 된다. 그래서 깨달음과 지혜를 오직 캄캄한 한밤중에 영원히 잊어버린 소경이 되어 윤회와 괴로움 속에 헤어나지 못하는 것이 아닌가.

이제 이러한 캄캄한 세상에 슈퍼맨처럼 부처께서 나타나실 차례이다. 이 좋은 세상을 모르고 사고팔난四苦八難에 얽혀 윤회를 계속하는 중생들을 위하여 다음과 같이 등장하신다.

我

佛如來雖妙眞淨身이 居常寂光土ᄒᆞ시나

우리 부텨 如來 비록 妙眞淨身이 常寂光土애 사ᄅᆞ시나

以本悲願으로 運無緣慈ᄒᆞ샤 現神通力ᄒᆞ샤

本來ㅅ 悲願으로 無緣慈ᄅᆞᆯ 뮈우샤 神通力을 나토샤

降誕閻浮ᄒᆞ샤 示成正覺ᄒᆞ샤

閻浮에 ᄂᆞ려 나샤 正覺 일우샤ᄆᆞᆯ 뵈샤

—

우리

부처여래 비록 묘진정신妙眞淨身이 상적광토上寂光土에 살고 계시나 본래 자비慈悲의 발원으로 무연자비無緣慈悲를 움직이어 신통력을 나타내셔서
염부제閻浮提에 내려와 태어나셔서 정각正覺을 이루심을 보이시고

'우리'와 '부처'를 줄바꾸기 하고 있다. 이유는 원문에 그렇게 되어 있기 때문이다. 왜 그런가. '부처'를 '우리'라는 글자 밑에 써서 낮출 수 없기에 그렇다. 15세기에는 모든 책이 세로쓰기였다. 사실 우리가 지금 쓰는 것처럼 가로쓰기로 바뀐 지는 몇 십 년밖에 되지 않는다.

《월인석보》는 도도한 불교의 가르침을 전한 책이라는 점만으로도 세계문화유산이 되어야 마땅하지만 이러한 깨알 같은 원칙과 사실들이 더욱 중요한 정보를 담고 있는 세계 걸작이자 명작이다. 책의 저자가 높여야 할 부처라든지 왕의 경우에는 이처럼 줄을 바꾸어 대우를 달리한다. 같은 왕이지만 아들 세조가 아버지 세종을 호명한다든지 높여야 할 인물을 써야 할 경우에도 줄을 바꾼다. 이 구절을 풀어 쓰면 다음과 같다.

우리의 부처여래께서 육도 윤회하는 중생을 보시고 청정법신 비로자나로 상적광토에 살고 계시다가 자비를 베푸시어 우리가 살고 있는 중생세계 염부제에 싯다르타 태자로 몸소 태어나 깨달음을 얻어 석가모니가 되는 모습을 보이셨다.

號ㅣ 天人師ㅣ시며 稱一切智샤

일후미 天人師ㅣ시며 일ᄏᆞᄅᆞ보미 一切智샤

放大威光ᄒᆞ샤 破魔兵衆ᄒᆞ시고

큰 威光을 펴샤 魔兵衆을 ᄒᆞ야ᄇᆞ리시고

大啓三乘ᄒᆞ시며 廣演八敎ᄒᆞ샤

三乘ᄋᆞᆯ 크게 여ᄅᆞ시며 八敎ᄅᆞᆯ 너비 부르샤

潤之六合ᄒᆞ시며 沾之十方ᄒᆞ샤

六合애 저지시며 十方애 저지샤

言言이 攝無量妙義ᄒᆞ시고

말ᄊᆞᆷ마다 그지업슨 微妙ᄒᆞᆫ ᄠᅳ들 모도자ᄇᆞ시고

句句ㅣ 含恒沙法門ᄒᆞ샤

句마다 恒沙法門을 머구므샤

開解脫門ᄒᆞ샤 納淨法海ᄒᆞ시니

解脫門을 여르샤 淨法海예 드리시니

其撈摝人天ᄒᆞ시며 拯濟四生ᄒᆞ신 功德을 可勝讚哉아

人天을 거려 내시며 四生ᄋᆞᆯ 거려 濟度ᄒᆞ신 功德을 어루 이긔여 기리ᅀᆞᄫᆞ려

—

이름이 천인사天人師이시며 일컬음이 일체지一切智이신데

큰 위엄의 광명을 펴서 마구니들을 헐어버리고

삼승三乘을 크게 여시며 팔교八敎를 널리 연설하시고

육합六合(천지사방)에 젖게 하시며 시방十方에 젖게 하시고

말씀마다 그지없는 미묘한 뜻을 모두어 잡으시고
구절마다 항하사 법문을 머금으셔서
해탈문을 열어서 정법해淨法海에 들게 하시니
인천人天을 건져내시며 사생四生을 건져 제도하신 공덕을 어이 다 기릴 수 있으리오.

그분의 이름은 하늘과 중생계의 스승이시며 일체의 모든 지혜라고 하는데 대방광을 펴서 마구니魔軍들을 조복시키고 성문과 연각, 보살승을 가르쳐주시고 여덟 가지 돈교, 점교를 비롯해 별교, 원교를 설법하셨다. 그 가르침은 사방천지와, 팔방에 고루 내리는 비처럼 적셔 말씀마다 미묘한 뜻이요, 구절마다 무량한 법문으로 우리를 해탈문으로 인도하시고 고요한 법의 바다에 들게 하셨다. 인간과 하늘 세계의 모든 중생을 구제하고 제도하신 공덕을 어찌 이루 다 말할 수 있겠는가.

이 내용은 다음에서 볼 수 있는 《석보상절》 서문의 첫 구절 내용을 상세하게 해놓은 것이라 할 수 있다.

부처께서 삼계의 높은 분이 되어 계셔서
중생을 널리 제도하시니
그지없어 못내 헤아릴 공과 덕은
사람들과 하늘들이 내내 (다) 기리지 못하는 바이시다.

– 《석보상절》 서문에서

그래서 이렇게 비교하여 다시 읽어보면 《석보상절》 서문이 얼마나 쉽게 쓰였는지 확인할 수 있다. 《월인석보》 서문이 '상詳' 버전이요, 《석보상절》 서문이 '절節' 버전임을 확실히 볼 수 있는 장면이다.

더욱이 《월인석보》는 15세기 국어대사전의 결정판이라 할 수 있는 세주細註가 가득하다. 세주는 협주夾註라고도 하는데 본문 다음에 작은 글자 두 줄씩 들어 있는 것을 말한다. 예를 들면 "부夫는 말씀 시작하는 곁에 쓰는 글자이다. 진원眞源은 진실의 근원이다"와 같이 본문의 내용을 쉽게 풀이하고 정의하는 방식이다.

마치 훈민정음을 학습하고 〈팔상도〉를 이해한 사람이 처음으로 《월인석보》를 어린아이가 걸음마를 하듯 한글 한 글자 한 글자, 한 단어 한 단어씩 읽는 것처럼 그에 대한 풀이가 아주 자세하고 명료하게 되어 있다. 어쩌면 《월인석보》는 독학 학습서이거나, 600년 후 나 같은 후손이나 심지어 수백 년 후 외국인이 공부한다 해도 충분히 이해할 수 있게끔 염두에 두고 쓴 글인지도 모르겠다.

네 번째 이야기

○

인간 세조의 슬픈 뒷모습

●

지금부터 이어지는 《월인석보》 이야기는 세조 자신의 어린 시절부터 왕이 되어 고단하고 괴롭고 슬픈 인간적인 모습을 여과 없이 드러내는 장면이다. 이미 돌아가신 아버지 세종과의 애틋한 일화, 그리고 더 일찍 돌아가신 어머니 소헌왕후를 함께 그리워하는 아들과 부자의 모습으로 이어진다.

여기서도 《월인석보》는 한문이 크고 굵은 글씨로 먼저 나오고 한 칸 내려서 훈민정음으로 그 내용을 풀어 쓰는 형식이 잘 나타나 있다.

天龍所誓願以流通이시며 國王所受囑以擁護ㅣ니

天龍이 誓願ᄒᆞ샤 流通ᄒᆞ시ᄂᆞᆫ 배시며 國王이 付囑 받ᄌᆞ바 擁護ᄒᆞᄂᆞᆫ 배니

昔在丙寅ᄒᆞ야 昭憲王后ㅣ 奄棄榮養ᄒᆞ야시ᄂᆞᆯ

네 丙寅年에 이셔 昭憲王后ㅣ 榮養ᄋᆞᆯ ᄲᆞᆯ리 ᄇᆞ려시ᄂᆞᆯ

痛言在疚ᄒᆞ야 罔知攸措ᄒᆞ다니

셜버 슬ᄊᆞᄫᆞ매 이셔 ᄒᆞᇙ 바ᄅᆞᆯ 아디 몯ᄒᆞ다니

世宗이 謂予ᄒᆞ샤ᄃᆡ 薦拔이 無如轉經이니

世宗이 날ᄃᆞ려 니ᄅᆞ샤ᄃᆡ 追薦이 轉經곧ᄒᆞ니 업스니

汝宜撰譯釋譜ᄒᆞ라 ᄒᆞ야시ᄂᆞᆯ

네 釋譜ᄅᆞᆯ ᄆᆡᇰᄀᆞ라 翻譯호미 맛당ᄒᆞ니라 ᄒᆞ야시ᄂᆞᆯ

—

천룡이 서원하시어 유통하는 바이며 국왕께 부촉 받자와 옹호하는 바이니

예전 병인년(1446년)에 소헌왕후께서 영양榮養을 일찍 버리시거늘

섧고 슬퍼하오매 어찌 할 바를 알지 못하고 있으니

세종께서 나(세조)에게 말씀하시기를

"추천追薦(극락왕생 기도)이 경전을 옮겨 쓰는 것보다 좋은 것이 없으니

네가 석보를 만들어 번역하는 것이 마땅하겠다" 하셨다.

지난 이야기는 우리 석가모니 부처께서 자비하신 마음으로 인

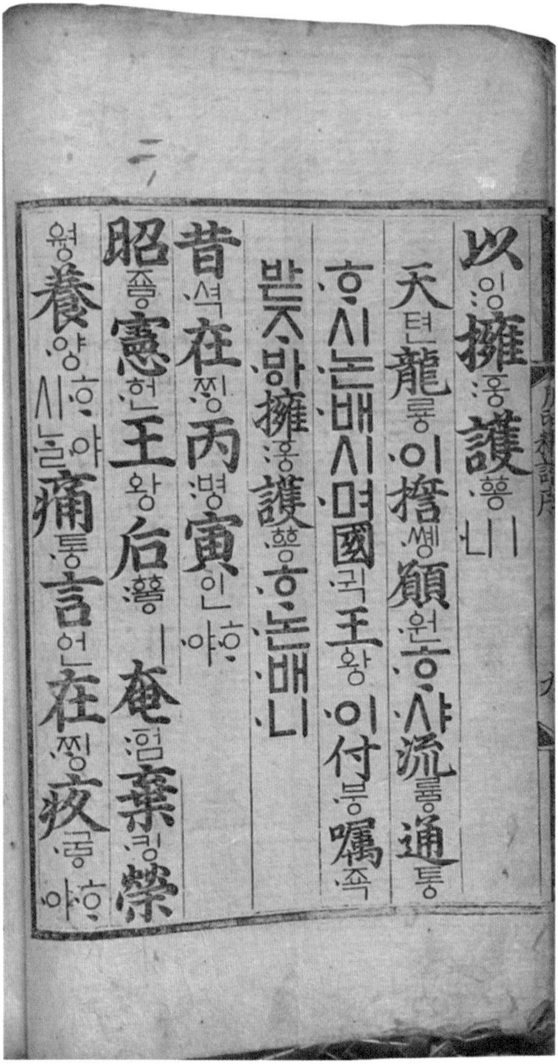

예전 병인년에 소헌왕후께서 : 〈월인석보 서 9b〉

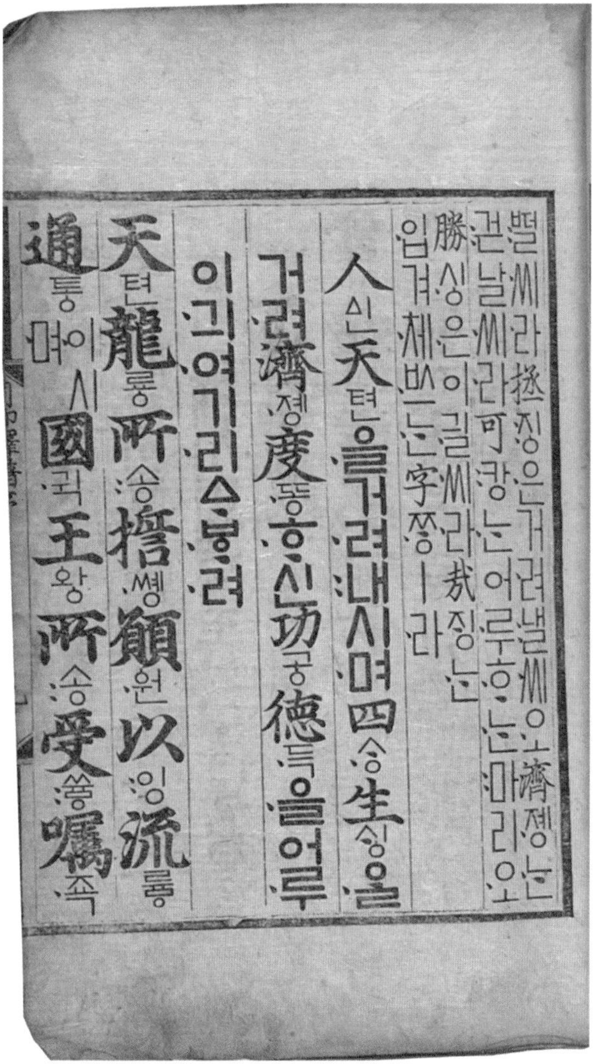

뼐ᄡᅵ라拯징은거려낼ᄡᅵ오濟졩ᄂᆞᆫ
건날ᄡᅵ라可캉ᄂᆞᆫ어루ᄒᆞᄂᆞᆫ마리오
勝싱은이길ᄡᅵ라哉징ᄂᆞᆫ
입겨체ᄡᅳᄂᆞᆫ字ᄍᆞㅣ라
人신天텬을거려내시며四ᄉᆞᆼ生ᄉᆡᆼ을
거려濟졩度똥ᄒᆞ신功공德득을어루
이긔여기리ᅀᆞᄫᆞ려
天텬龍롱所송擔셤願원以잉流륳
通통ᄒᆞ며이시國귁王왕所송受쓯囑죡

천룡이 서원하시어 : 〈월인석보 서 9a〉

간 세상 염부제에 내려와 중생을 제도하신 공덕을 길이길이 찬탄하는 내용이었다. 세조의 육성으로 그다음을 풀어보자.

부처님의 진리 말씀을 천룡팔부가 수호하여 유통하기를 서원하고 나라의 왕도 그 가르침을 부촉 받아 옹호하는 역할을 기꺼이 맡아 하는 이 시절, 나의 어머니 소헌왕후께서 1446년에 돌아가셨다. 내 나이 서른이었다. 지금 1459년 내 나이 마흔셋이 되었지만 그때를 생각하면 다시 그 마음 쉽디 쉽고 슬픔을 가눌 수 없어 어찌할 바를 모르겠노라. 이런 나의 모습을 지켜보신 내 아버지 세종께서 나에게 말씀하셨다.

"어머니의 극락왕생을 바라거든 불교 경전을 옮겨 쓰는 것보다 좋은 방법이 없다고 하니 아들아, 네가 석보를 만들어 훈민정음으로 번역하는 것이 마땅하겠구나."

앞에서 말한 바와 같이 세종의 아내 소헌왕후 심씨는 외척 세력을 경계한 태종의 명으로 세종 1년(1418년) 아버지 심온이 사약을 받고 가족은 관의 노비가 되는 등 딸이 왕비라는 이유로 온 가족이 풍비박산이 났다. 남편 세종과는 사이가 좋아 8남 2녀를 낳았으나 생전에 세 자녀를 잃는다. 특히 1444년부터 가까운 이들이 앞다투어 세상을 떠나는데 어머니 순흥 안씨와 5남 광평대군이 죽고 이듬해 1445년 7남 평원대군이 죽는다. 그리고 몇 달 후 1446년 소헌왕후 심씨가 그 슬픔을 이기지 못하고 승하한다. 그야

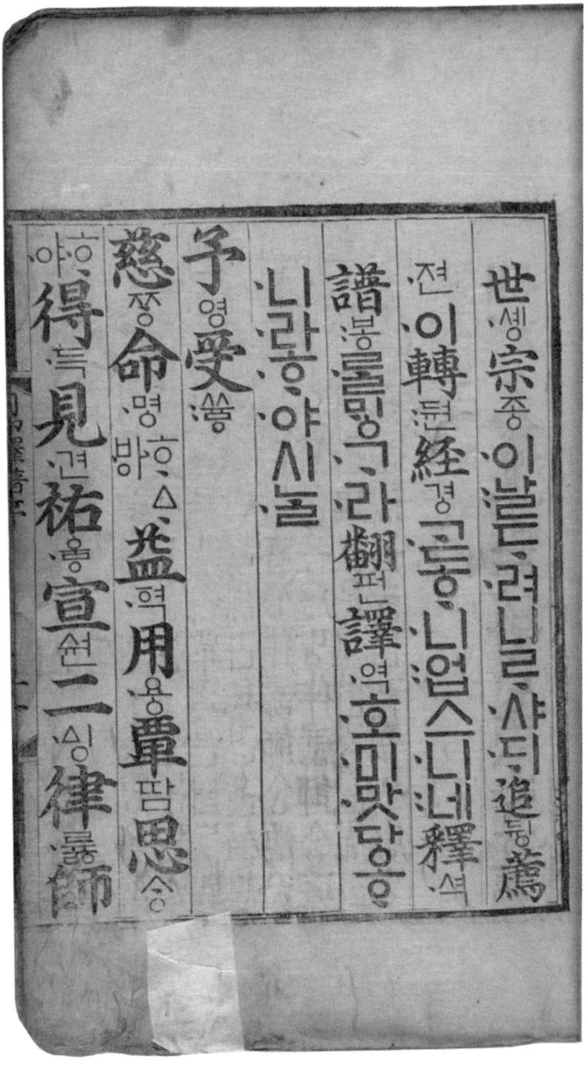

아버지 세종이 나 아들 세조에게 이르시되

말로 세종의 최고 업적인 훈민정음이 반포되던 그해, 태평성대 안정기를 구가했을 것으로만 여겨지던 그 시절 세종은 아들 둘과 아내마저 잃는 하늘이 무너질 것 같은 해를 맞는다. 세종의 시대 28년간 왕 노릇을 하는 동안 곁에서 피눈물 나는 인생 역정의 삶을 살았던 소헌왕후는 그렇게 생을 마감한다.

왕위에 오른 첫해에 태상왕 태종 앞에서 속수무책으로 장인이 사약을 받는 장면을 바라볼 수밖에 없던 힘없는 사위, 남편 세종의 마음은 어떠했을까. 한편 수양대군은 자신의 집에서 아내이자 소헌왕후의 며느리인 정희왕후의 간병을 받다 돌아가시는 어머니의 모습을 지켜보아야 했다. 누구보다 각별했을 아들이 어머니 소헌왕후를 보내야 하는 모습을 그려본다. 세조가 쓴 문장을 다시 한 글자씩 찬찬히 음미하노라면 지금이라도 《석보상절》을 세종과 함께 읽다가 슬픔을 가누지 못해 부둥켜안은 부자가 글 밖으로 뛰쳐나올 것만 같다. 이것이 조카 단종을 죽이고 왕위에 오른 세조 겉모습에 가려진 아들 세조의 슬픈 뒷모습의 첫 번째 장면이다.

予受

慈命ᄒᆞᅀᆞ바 益用覃思ᄒᆞ야

　내 慈命을 받ᄌᆞ바 더욱 ᄉᆞ랑호ᄆᆞᆯ 너비 ᄒᆞ야

得見祐宣二律師ㅣ 各有編譜호ᄃᆡ

　僧祐道宣 두 律師ㅣ 各各 譜 ᄆᆡᇰᄀᆞ로니 잇거늘 시러 보ᄃᆡ

而詳略이 不同커늘

詳略이 ᄒᆞᆫ가지 아니어늘

爰合兩書ᄒᆞ야 撰成釋譜詳節ᄒᆞ고

두 글워ᄅᆞᆯ 어울워 釋譜詳節을 ᄆᆡᆼᄀᆞ라 일우고

就譯以正音ᄒᆞ야 俾人人易曉케 ᄒᆞ야

正音으로 翻譯ᄒᆞ야 사ᄅᆞᆷ마다 수ᄫᅵ 알에ᄒᆞ야

乃進ᄒᆞᅀᆞᄫᆞ니

進上ᄒᆞᅀᆞᄫᆞ니

賜覽ᄒᆞ시고 輒製讚頌ᄒᆞ샤

보ᄆᆞᆯ 주ᅀᆞ오시고 곧 讚頌ᄋᆞᆯ 지ᅀᅳ샤

名曰 月印千江이라 ᄒᆞ시니

일후믈 月印千江이라 ᄒᆞ시니

其在于今ᄒᆞ야 崇奉ᄋᆞᆯ 曷弛리오

이제 와 이셔 尊奉ᄒᆞᅀᆞᄫᆞᄆᆞᆯ 엇뎨 누기리오

—

내가

(아버님 세종의) 인자한 명을 받들어 생각을 더욱 널리 하여

승려 우祐(석가보)와 도선道宣(석가씨보) 두 율사가

각기 (석가모니에 대한) 보譜 만든 것이 있거늘 얻어 보았더니

자세함과 간추림이 같지 아니하여

두 책을 아울러 석보상절釋譜詳節을 만들어 이루고

훈민정음으로 번역하여 사람마다 쉽게 알게 하여

진상進上하니

(세종께서) 보아주시고 곧 찬송을 지으셔서
이름을 월인천강月印千江이라 하시니
이제 와 높이 받들기를 어찌 느슨히 하리오.

1447년 그저 여덟 왕자 중 하나였던 수양대군, 그 서른 살 아들이 지극한 어머니에 대한 효심과 추모의 정성을 받들어 혼신의 힘을 다하면 이러한 책이 완성되는구나, 다시금 읽으며 마음에서 우러나는 감탄사가 흐른다. 자애로운 아버지 세종의 위로와 치유 방안 역시 현명하다. 자칫 슬픔과 자책에서 헤어나오지 못하고 망연자실 넋이 나가 있을 걸출한 둘째 아들, 문무를 겸비해 영웅호걸의 기개가 넘치던 아들 수양에게 슬픔을 잊게 할 방법은 그 어머니를 위해 어머니를 잊을 만큼의 태산 같은 임무를 내리는 것이다. '갓 창제한 훈민정음으로 지금까지 다시없던 석가모니 일대기와 평생 설법을 담은 최고의 책을 지어라.'

아들은 그 명을 기꺼이 수행한다. 그것이 승우의 '석가보'와 도선의 '석가씨보'를 능가하는 '석보상절'이다. 이 둘을 저본으로 하여 김수온에게 1446년 '증수석가보增修釋迦譜'를 만들게 했다는 기록이 전한다(세종 28년 12월 2일). '석가씨보'보다는 '석가보'의 내용이 더 많이 인용되었음을《석보상절》과 대조해보면 알 수 있다.

그리하여 1447년 완성된《석보상절》. 어머니가 돌아가신 지(1446년 3월 24일) 1년 4개월(1447년 7월 25일) 만이고 훈민정음을 반포한 지(1446년 9월 초순) 10개월 만이다. 모두 24권의 방대한 분량

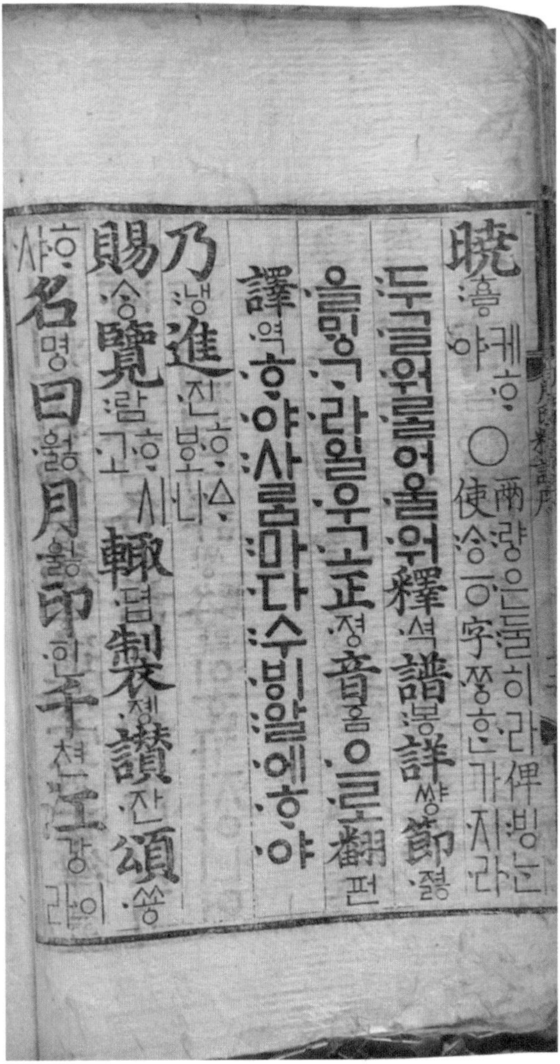
曉흫ᅌᅣ·케 ᄒᆞ노·니 ○ 兩량ᄋᆞᆫ 둘히·라 俾빙ᄂᆞᆫ 使ᄉᆞᆼㆆ字ᄍᆞᆼ ᄒᆞᆫ 가·지·라
두·글·월·를 어·울·워 釋·셕譜·봉詳썅節·졇
을 ᄆᆡᆼ·ᄀᆞ·라 일·우·고 正·졍音음·으·로 翻펀
譯·역ᄒᆞ·야 사·ᄅᆞᆷ마·다 수·ᄫᅵ 알·에 ᄒᆞ·야
乃냉進·진ᄒᆞ·ᅀᆞᄫᆞ니
賜ᄉᆞᆼ覽·람ᄒᆞ·시·고 輒텹製·졩讚·잔頌·쑝
ᄒᆞ·샤 名명曰·웛月·웛印·힌千쳔江강·이·라

석보상절을 훈민정음으로 만들어

월인석보,
훈민정음에 날개를 달다

이다. 이것이 과연 가능한 일인가. 세계 8대 불가사의에 들어갈 만한 일이다. 훈민정음은 전 세계에서 인정하는 바와 같이 거의 신의 경지에 가까운 완벽한 문자 체계이다. 《석보상절》은 어떤 오류나 옥의 티도 허락하지 않는 그야말로 신의 문자로 지어진 신의 한 수인 불교 작품이요, 문학 작품이다. 국보 제1호 남대문이 불탔다가 복원된 지금 '훈민정음과 석보상절'이 공히 함께 그 자리로 가야 한다는 것이 나의 지론이다. 문자가 있는 나라는 많다. 그러나 이러한 체계로 600년 동안 발전해 최고로 평가 받는 문자언어는 세상에 없기 때문이다. 이유는 이처럼 천재적인 활용과 일제 강점기 언어 말살 정책에도 살아남은 생명력에 있다.

그러므로 여기서는《월인석보》를 만든 아들 세조의 오롯한 모습만 들여다보기로 하자. 얼마나 간절했으면, 얼마나 그리웠으면 이렇게까지 할 수 있을까. 누구나 돌아가신 어머니를 사무치게 보고 싶어 한다. '그때 내가 조금만 더 잘할 것을…….' 뒤늦게 가슴을 치고 아이처럼 발버둥이라도 치고 싶고 꿈에라도 한 번 만나고 싶은 것이 인지상정이다.

소헌왕후는 세조에게 어떤 어머니였기에 남편 있는 궁궐을 마다하고 그 아들의 집에서 임종을 맞이한 것일까. 열 살에 시집을 와서 딸처럼 키웠을 며느리 정희왕후의 보살핌도 각별하였다 전해진다. 소헌왕후는 내명부의 기강을 잘 다스린 조선시대 최고의 왕비로 명망이 높고 세종이 일어서 맞을 만큼 서로를 아끼고 극진히 예우하는 부부 사이였음을 앞에서도 이야기하였다. 그의 후덕함은 세종의 치세 업적에 영향을 끼쳤다고 한다. 그러한 어머니가 아들의 집에서 눈을 감았다. 열 남매의 둘째 아들이요, 서열로는 넷째이다. 진실로 진실로 어머니의 내생을 편안케 하고자 하는 아들의 효선孝善, 그 극치를 보여주는 훈민정음 산문 작품이자 불교의 정수를 보여주는 문학 작품인 동시에 어머니의 극락왕생을 비는 보시공덕의 결정판이다. 신라에서 김대성이 현생과 전생의 부모를 위해 불국사와 석굴암을 지었다면, 그에 비견될 것이 조선의 석보상절과 월인석보라 하겠다.

그 아들에 그 아버지라고 세종은 아들의《석보상절》을 읽고 감명 받아 600여 수에 가까운 '월인천강지곡'이란 대서사시 노래와

작곡을 뚝딱 완성한다. 세종은 음악에도 밝아 신악을 제정할 때 막대로 장단을 두드리며 하루저녁에 지었다는 기록이 있다(上邃曉音律, 新樂節奏, 皆上所制, 以柱杖擊地爲節, 一夕乃定. 세종 31년 12월 11일). 반드시 '월인천강지곡'이라고 명기하지는 않았지만 세종 당시에는 기존의 곡조에 새 가사를 얹는 방식으로 노래를 지었다고 한다. 시조 또한 같은 곡조에 노랫말만 수천 곡인 것과 같은 이치이다.

현재 《월인석보》 25권에 583장까지 발굴되었지만 마지막 장이 아닌 것으로 보아 600여 수 악장에 가까운 대서사곡을 세종이 지었다는 것은 신미 대사나 김수온 등 신하의 도움을 받았음 직하다 해도 대단한 일이다.

세종과 세조는 무엇이든 하기만 하면 완벽한 신의 경지요, 기네스북에 오르거나 세계 불가사의에 추가될 만한 대단한 아버지와 아들이었던 것이다. 그 동력의 원천은 둘 다 사무치게 그립고 사랑해 마지않았던, 그러나 지켜주지 못했던 한 사람을 추모하는 마음이었다.

이 글을 쓰면서 사람이 사람을 사랑한다는 일이 과연 무엇인가, 세상에 아내와 어머니라는 힘의 깊이는 얼마나 도저한가를 생각한다. 내 어머니도 돌아가신 지 십 수 년이 되었다. 세조가 어머니를 기려 《석보상절》과 《월인석보》를 새로 쓴 시간이다. 나는 내 인생을 어머니가 살아 계실 때와 안 계실 때로 구분하곤 한다. 이 글을 쓰면서 문득 내 자신이 어머니를 얼마나 사랑하고 생각했는지 되돌아본다. 한 아들은 이만큼의 세월에서 600년이 지난 지금까지도 어머니를 위한 글을 써 내려가며 눈물을 훔치고 들썩이는 건장한 어깨가 잡힐 듯 눈앞에 아른거리는데, 나는 무엇을 했던가. 그동안 어떻게 살았나. 소헌왕후처럼 어질고 강인하고 한 많은 인생을 산 나의 어머니를 위해, 누군가에게 소헌왕후였을 세상의 모든 어머니들에게, 나는 그저 온몸으로 어머니를 불렀던 세조의 위대한 사모곡을 전할 뿐이다.

다섯 번째 이야기

○

아버지 세조가 아들을 앞세울 때

●

《석보상절》을 지은 서른의 수양대군은 그 후 10년 뒤인 1455년 조카 단종을 제압하고 왕위에 오른다. 그의 나이 서른아홉이요, 단종의 나이는 꽃다운 열여섯이었다.

그런데 즉위한 지 2년 만에 맏아들 도원군이 스무 살의 나이로 요절한다. 어려서부터 예절 바르고 글 읽기를 즐겼으며 해서楷書에도 능했던 의경세자. 병약했다지만 병세가 급격히 악화되어 세상을 떠난다. 아버지 세조는 아마도 머리를 쇠망치로 얻어맞은 것 같은 충격을 받았을 것이다. 어쩌면 왕위에 오르며 일어난 수많은 죽음에 대한 벌을 받는다는 생각도 들었을 것이다. 살아서 인과응보因果應報를 자식이 대신 받는 모습을 지켜봐야 했던 세조가 느끼고 보는 세상은 결코 전과 같지 않았으리라. 아들 도원군이 죽은 지 2

년 만인 1459년《월인천강지곡》과《석보상절》을 합편하여 수정증보판을 낸 것이 바로《월인석보》이다.

頃丁家戹ᄒᆞ야

長嗣ㅣ 夭亡ᄒᆞ니

父母之情은 本乎天性이라

哀戚之感이 寧殊久近이리오

近間애 家戹ᄋᆞᆯ 맛나

ᄆᆞᆮ아ᄃᆞ리 즐어 업스니

父母 ᄠᅳ든 天性에 根源혼디라

슬픈 ᄆᆞᅀᆞᆷ 뮈유미 엇뎨 오라며 갓가보매 다ᄅᆞ리오

予惟欲啓三途之苦ᄒᆞ며

要求出離之道ㅣᆫ댄 捨此ᄒᆞ고 何依리오

내 ᄉᆞ랑호ᄃᆡ 三途ㅅ 受苦애 열오져 ᄒᆞ며

나 여희욜 道ᄅᆞᆯ 求코져 ᄒᆞᇙ딘댄

이 ᄇᆞ리고 어ᄃᆡ 브트리오

—

요즈음에 집안의 액厄을 만나

맏아들(도원군)이 지레 죽고 없으니(요절)

부모의 뜻은 천성天性에 뿌리를 둔 것이라

슬픈 마음이 어찌 오래고 가까움에 달라지리오.

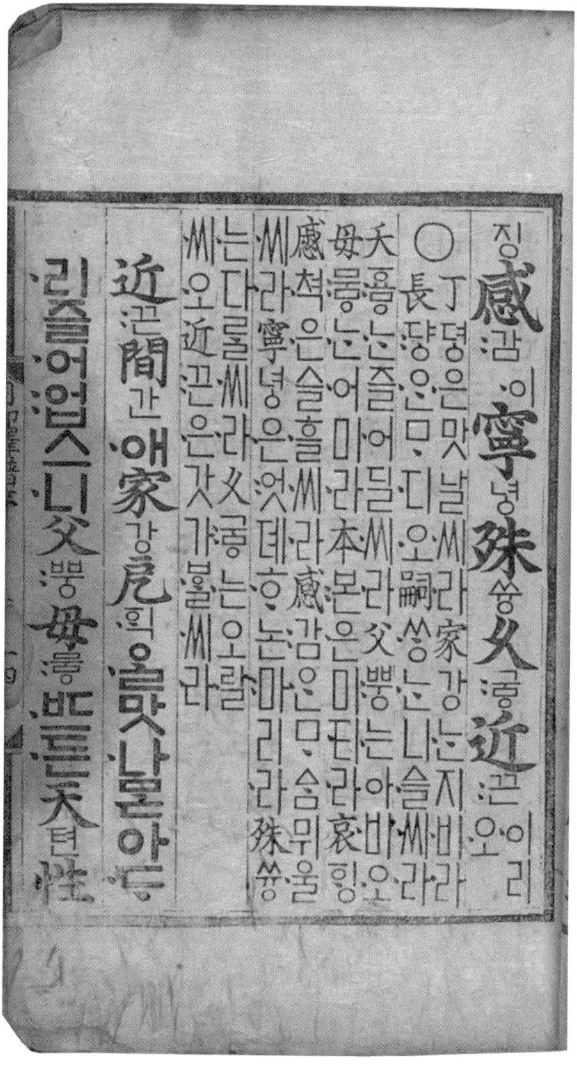
징感:감ᄒᆞ이寧녕殊쓩久:궇近:끈오·이리
○丁뎡은맛날씨라家강ᄂᆞᆫ지비라
長:댱은ᄆᆞ·디·오嗣쑹ᄂᆞᆫ니ᅀᅳᆯ씨라
夭ᅙᅧᇢᄂᆞᆫ즐어딜·씨라父뿡ᄂᆞᆫ아비오
母:뭏ᄂᆞᆫ·어미·라本본은미티라哀ᄒᆡᆼ
慼쳑은슬흘·씨라感:감은ᄆᆞᅀᆞᆷ뮈울
·씨라寧녕은엇뎨ᄒᆞ논마리라殊쓩
ᄂᆞᆫ다ᄅᆞᆯ·씨라久:궇ᄂᆞᆫ오랄
·씨오近:끈은갓가ᄫᆞᆯ·씨라
近:끈間간·애家강戹ᅙᅴᆨ·을맛나ᄫᆞ아ᄂᆞᆫ
·리슬·어엽스니父:뿡母:뭏·ᄇᆞ·른天텬性

내가 생각하기를
삼도三途의 수고受苦에서 벗어나게 하고자 하며
태어나고 죽는 도리를 구하고자 한다면
이것(불교)을 버리고 어디에 의지하겠는가.

《월인석보》는 이처럼 세조가 생과 사의 극단을 경험한 연후에 탄생한다. 세조가 이 모든 슬픔과 괴로움에서 벗어나고자 얻은 결론은 10여 년 전 아버지 세종과 함께 열과 성을 다했던 일, 돌아가신 어머니를 추모하며 의지했던 불교였다. 아이러니하게도 살생을 일삼았던 그가 살생을 금하는 불교에서 치유를 받는 것도 의미심장하다. 건국한 지 100년도 안 된 불안한 신생 국가 조선의 기틀을 안정시키겠다는 대의명분이 있었다지만 한바탕 피바람을 일으킨 주인공 세조에게 부메랑으로 돌아온 극한 괴로움의 인생유전. 이것이 우리에게 암시하는 것은 무엇일까.

轉成了義호미 雖則旣多ᄒᆞ나
了義를 轉ᄒᆞ며 일우미 비록 ᄒᆞ마 하나
念此月印釋譜ᄂᆞᆫ 先考所製시니
念호ᄃᆡ 이 月印釋譜ᄂᆞᆫ 先考 지ᅀᆞ샨 거시니
依然霜露애 慨增悽愴ᄒᆞ노라
依然ᄒᆞ야 霜露애 애와텨 더욱 슬허ᄒᆞ노라
—

생각하되 월인석보는 아버지 세종께서 지으신 것이니

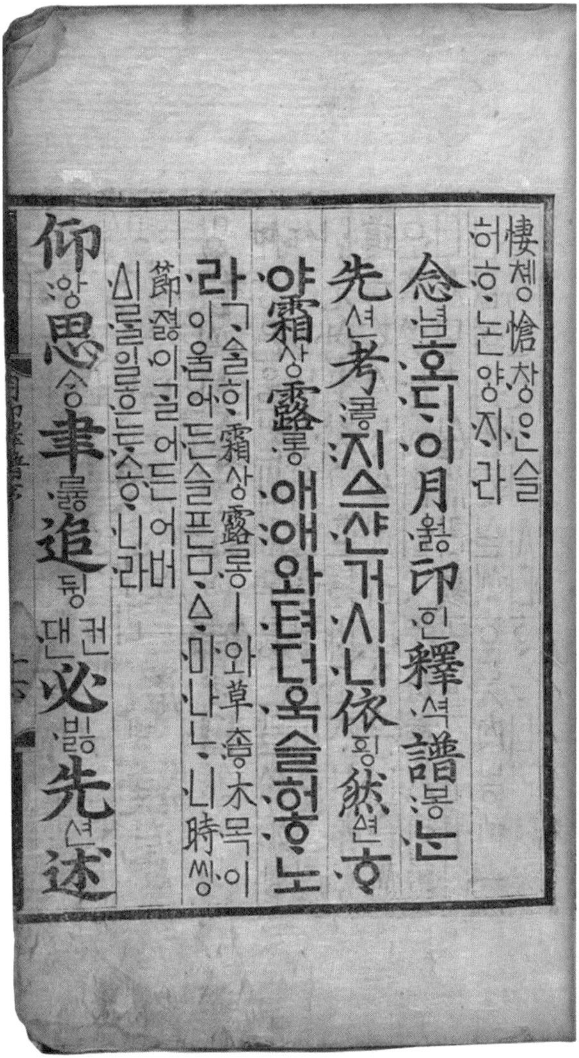

대승의 가르침(了義)을 전하고 이루어놓은 것이 비록 이미 많지만
생각하되, 이 월인석보月印釋譜는 선고先考께서 지으신 것이니
그때나 지금이나 다름없이(依然) 서리 오고 이슬 내리매
애달아 더욱 슬퍼하노라.

수많은 불교 경전 중 심사숙고 끝에 세조의 눈에 들어온 것은 아버지 세종과 함께 지은 《월인석보》였다. 돌고 돌아 마주한 아들과 아버지. 아들이었던 수양은 이제 아버지 세조가 되었다. 《월인석보》는 그러므로 1447년 처음 만들 때는 세조와 세종의 이야기였지만, 1459년에는 도원군과 세조 부자 그리고 세조의 조카 단종과 형 문종 부자까지 또 다른 의미에서 윤회를 생각하는 계기가 되었을 것이다.

부모, 조카, 자식이 떠난 뒤 살아남은 자의 슬픔을 이겨내고 할 수 있는 최선은 무엇일까. 아버지 세종이 이룬 업적, 그것을 잘 유지하고 발전시키는 것이야말로 아들이자 아버지이기도 한 세조가 할 수 있는 속죄 의식의 전부였을지 모른다. 무섭도록 자기를 바로 보는 것(正見) 그리고 돌아가신 이들의 극락왕생 발원이었을 것이다. 책을 다시 묶으며 생각할수록 수양대군 시절이 떠올랐을 그, 언제나 서리 오고 이슬 내리는 황량하고 피폐한 자기 마음 밭에서 스산함에 몸을 떨었을 세조. 강철 같던 세속의 욕망이 한순간에 덧없음을 목도하고서 한없이 나약해진 세조에게 구원이란 아버지 세종과 함께 만들었던 어머니 극락왕생 발원 《석보상절》과 《월인

천강지곡》뿐이었을 것이라고 나는 확신한다.

仰思聿追컨댄 必先述事ㅣ니

萬幾縱浩ᄒᆞ나 豈無閑暇ㅣ리오

廢寢忘食ᄒᆞ야 窮年繼日ᄒᆞ야

울워러 聿追ᄅᆞᆯ ᄉᆞ랑ᄒᆞ건댄 모로매 일 ᄆᆞᄌᆞ 일우ᅀᆞ보ᄆᆞᆯ 몬져 ᄒᆞᇙ디니

萬幾 비록 하나 엇뎨 겨르리 업스리오

자디 아니ᄒᆞ며 飮食을 니저 ᄒᆡ 다ᄋᆞ며 나ᄅᆞᆯ 니ᅀᅥ

上爲父母仙駕ᄒᆞᅀᆞᆸ고

兼爲亡兒ᄒᆞ야 速乘慧雲ᄒᆞ샤

逈出諸塵ᄒᆞ샤 直了自性ᄒᆞ샤

頓證覺地ᄒᆞ시게 ᄒᆞ야

우흐로 父母 仙駕ᄅᆞᆯ 爲ᄒᆞᅀᆞᆸ고

亡兒ᄅᆞᆯ 조쳐 爲ᄒᆞ야 ᄲᆞᆯ리 智慧ㅅ 구루믈 ᄐᆞ샤

諸塵에 머리 나샤 바ᄅᆞ 自性을 ᄉᆞᄆᆞᆺ 아ᄅᆞ샤

覺地를 믄득 證ᄒᆞ시게 호리라 ᄒᆞ야

—

우러러 효도를 생각하건대

모름지기 일을 마저 이루는 것을 먼저 해야 할 것이니,

임금의 정사(만기萬機)가 비록 많으나 어찌 겨를이 없으리오.

잠자지 아니하며 음식을 잊어 날이 다하도록 밤을 새워

위로는 돌아가신 부모(선가仙駕)를 위하고,

죽은 아이를 함께 위하여 빨리 지혜의 구름을 타서

모든 (속세의) 티끌에서 멀리 벗어나

바로 자성自性을 꿰뚫어 알고

깨달음의 지위를 문득 증득하시게 하리라 하였다.

사모곡으로 시작된 《석보상절》이 사부곡으로 합편된 《월인석보》를 세조는 오래전부터 계획하고 있었던 듯하다. 찬탈한 임금 자리에 올라 누구보다 왕 노릇을 잘했어도 역사상 길이 욕먹을 것을 알았는지 그는 정말 많은 일을 하였다. 중앙집권체제를 강화하고 국방, 경제, 학문 등에 두루 성과가 탁월하였다. 특히 훈민정음 보급에 혁혁한 역할을 한 간경도감을 설치한 것도 그이다. 그리고 정사가 바쁜 와중에 밤을 새우고 먹는 일도 거르며 한 일이 바로 부모를 기리고 아들의 극락왕생과 깨달음을 얻게 하는 《월인석보》 편찬이었다.

乃講劘研精於舊卷ᄒᆞ며

　넷 글워레 講論ᄒᆞ야 ᄀᆞ다ᄃᆞ마 다ᄃᆞᆷ게 至極게 ᄒᆞ며

檃括更添於新編ᄒᆞ야

　새 밍ᄀᆞᄂᆞᆫ 글워레 고텨 다시 더어

出入十二部之修多羅호ᄃᆡ 曾靡遺力ᄒᆞ며

　十二部修多羅애 出入호ᄃᆡ 곧 기튼 히미 업스며

增減一兩句之去取호ᄃᆡ 期致盡心ᄒᆞ야

ᄒᆞᆫ 두 句ᄅᆞᆯ 더으며 더러ᄇᆞ리며 ᄡᅮᄃᆡ ᄆᆞᅀᆞᆷ 다보ᄆᆞᆯ 닐위 ᄀᆞ장 긔지ᄒᆞ야

有所疑處ㅣ어든 必資博問ᄒᆞ야

疑心ᄃᆞ왼 고디 잇거든 모로매 너비 무루믈 브터

庶幾搜剔玄根ᄒᆞ야 敷究一乘之妙旨ᄒᆞ며

먼 불휘ᄅᆞᆯ 求ᄒᆞ야 다ᄃᆞ마 一乘의 微妙ᄒᆞᆫ ᄠᅳ들 펴 ᄀᆞ장ᄒᆞ며

磨礱理窟ᄒᆞ야 疏達萬法之深原ᄒᆞ노니

道理ㅅ 굼글 ᄀᆞ다ᄃᆞ마 萬法의 기픈 根源을 ᄉᆞᄆᆞᆺ게 코져 ᄇᆞ라노니

—

옛 글을 강론하여 가다듬어 지극함에 다다르게 하며

새로 만든 글에 고쳐 다시 더해

12부 수다라에 출입(참조)하되 곧 남긴 힘이 없으며

한두 구절을 더하며 덜어버리고 썼으며

마음에 들 때까지 기약하여

의심스러운 곳이 있으면 반드시 널리 물어 (그에) 의지하여

멀어서 끝이 없는 뿌리(玄根)를 구하여 다듬고

일승의 미묘한 뜻을 펴서 끝까지 하며

도리의 구멍을 가다듬어 만법의 깊은 근원을 꿰뚫게 하고자 바랐다.

그저 두 책을 합한 것이 아니라 다시 읽고 가다듬어 최선을 지향한다. 세조의 완벽주의가 읽히는 대목이다. 그렇게 만든 새 글을

다시 고치고 깁는다. 12부 불교 경전을 샅샅이 참조하여 한 치의 오차도 없이, 확신이 들 때까지 수정하고 또 수정하며 의심나면 백방에 물어 해결한다. 불교의 근본과 진리의 궁극을 마침내 꿰뚫고자 인간이 할 수 있는 노력을 다하였다. '그는 이러한 마음으로 책을 쓰는구나. 연구를 하는구나.' 학자로서, 글 쓰는 이로서 나를 한없이 부끄럽게 만드는 구절이다.

그렇게 자문을 구한 인물들이 세주 주석에 나온다. 곧 혜각존자 신미信眉와 판선종사 수미守眉, 판교종사 설준雪埈, 연경사 주지 홍준弘濬, 전 회암사 주지 효운曉雲, 전대자사 주지 지해智海, 전소요사 주지 해초海招, 대선사 사지斯智, 학열學悅, 학조學祖, 가정대부동지중추원사 김수온金守溫이 그들이다. 앞으로 이들에 대한 연구가 주목된다. 이 열한 명의 집단지성의 이력이 밝혀지면 《월인석보》 연구가 진일보할 것이기 때문이다. 이 글을 읽는 눈 밝은 이들을 기다린다.

세조의 육필을 읽어가다 보면 세조의 지난한 인생을 한 뼘쯤 이해하게 된다. 부모라면 아이가 아플 때 대신 아프기를 기도한 적이 있을 것이다. 그럴 때면 아이가 아픈 것이 내가 저지른 무슨 잘못 때문은 아닌지 무조건 참회를 하게 마련이다. 착한 사람이건 이기적인 사람이건 사기꾼이건 그 순간은 오직 한 가지, 내 자식이 낫는다면 무슨 일이든 하고 착하게 살겠다고 맹세해보았을 것이다. 세조도 아픈 세자를 위하여 승려 21명에게 경회루에서 공작재를 지내게 하고 신하들과 함께 기도하였다고 한다. 그런데 오히려 세자는 병이 급격히 악화되어 세상을 떠났다.

내가 저지른 씻을 수 없는 죄, 단종과 사육신 그리고 동생 안평대군을 죽이고 왕위에 오른 사실이 떠오르지 않을 리 없다. 게다가 단종의 어머니이자 형수 현덕왕후가 꿈에 나타나 왕위가 그렇게 탐나더냐고 세조 자신에게 침을 뱉고 나서 평생 피부병에 시달렸다는 이야기는 《연려실기술燃藜室記述》 제4권 문종 편에 나온다. 이것이 야사든 아니든, 고증이 되든 안 되든 구전으로 지금까지 전해져온다는 사실은 그래야 마땅하다고 믿고 싶은 선량한 사람들의 진심이었을 것이다. 어쩌면 역사의 기록보다 구전의 힘이 역사를 지탱하고 있는지도 모른다.

어떤 대의명분으로든 인간으로서 차마 못할 짓을 하고 무소불위의 권력을 누리게 되었지만, 어려서부터 불교를 신봉하고 경전 공부를 천착한 세조는 아들의 죽음에 비로소 자신의 가장 밑바닥에서 불교라는 귀의처를 만나게 되는 것이다. 이것이야말로 아버지를 만나고 어머니를 만나고 세자를 만나는 길임을 알기에 자기의 온 마음과 피로써 그야말로 심혈을 기울여 지극정성으로 만든 것이 바로 우리가 만나는 《월인석보》이다. 세조의 자리이타自利利他, 나를 구원하는 일이 곧 남을 구원하는 일이었다. 그리하여 《월인석보》는 21세기 가장 훌륭한 문자 훈민정음과 문화를 대표하는 세계문화유산이라 할 만하다.

여섯 번째 이야기

○

《월인석보》의 요체와 발원 공덕

●

《월인석보》 서문의 여섯 번째 이야기는 이제 정점을 향해 나아간다. 읽을 때마다 옛글의 묘미가 깊어지고 인간 세조의 모습이 오롯이 드러나는 이 경험은 '불후의 명작' 《월인석보》가 아니면 결코 만날 수 없는 일이다.

한 나라의 왕이 이렇게 모든 것을 내려놓고 자기 인생의 회한과 슬픔과 괴로움과 사무침을 진솔하게 털어놓기란 쉽지 않을 것이다. 우리는 어린 단종의 안타까운 죽음에 대한 투사로 세조를 극악무도하고 흉포한 인간으로만 바라보기 일쑤이다. 그런데 그의 《월인석보》 서문을 읽다 보면 살아서 그 인과응보에 해당하는 천벌을 감내하고 이승이라는 지옥을 치열하게 살다 간 지극히 인간적인 모습의 세조를 만날 수 있다. 그렇다고 그를 미화하거나 동정

글이 경전이 아니며

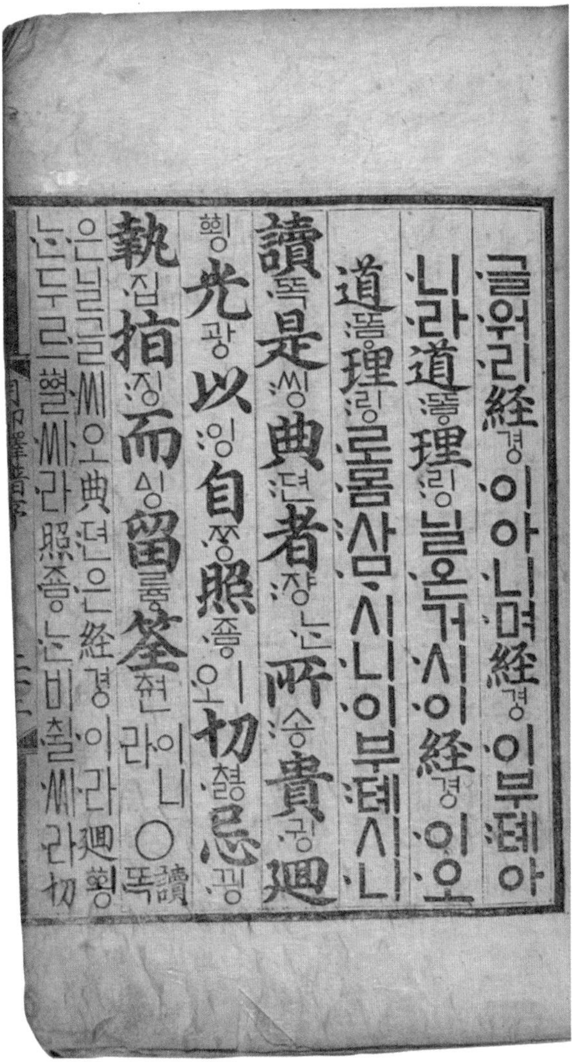
글워리經경이아니며經경이부텻아
니라道똥理링닐오거시아經경이오
道똥理링로몸삼시니이부톄시니
讀똑是씽典뎐者쟝는所송貴귕迴
횡光광以잉自쫑照졓一잃切쳉急깅
執집指징而싱留륳筌쳔이니 ○讀똑
은닐글씨오典뎐은經경이라迴횡
는두르혈씨라照졓는비췰씨라切

할 생각은 없다. 그저 자신이 자초한 '등이 휠 것 같은 삶의 무게'를 온몸으로 짊어지고 힘들게 한 발 한 발 걸어가는 시지프스 같은 사나이의 뒷모습을 엿볼 수 있다는 것이다. 예전에는 읽어내지 못했던 《월인석보》 서문을 정독한 뜻밖의 보람이다.

이제 대미를 향한 《월인석보》 서문의 결론에 해당하는 부분을 읽을 차례이다. 경전으로 치면 가장 마지막에 교법教法을 후세에 널리 전하도록 하는 말을 적은 유통분이라 할 수 있다. 《월인석보》의 요체와 이 책을 짓는 공덕을 통해 발원하는 내용을 살펴보자.

> 蓋文非爲經이며 經非爲佛이라
>
> 詮道者ㅣ 是經이오
>
> 體道者ㅣ 是佛이시니
>
> 글워리 經이 아니며 經이 부텨 아니라
>
> 道理 닐온 거시 이 經이오
>
> 道理로 몸 사ᄆᆞ시니 이 부톄시니
>
> —
>
> 글이 경經이 아니며 경이 부처가 아니라
>
> 도리 이른 것이 바로 경이요,
>
> 도리로 몸 삼은 것이 바로 부처이시니

심혈을 기울여 《월인석보》라는 책을 만들었다고 해서 그 글의 내용이 곧 불교 경전이라는 등식은 성립되지 않는다. 진리라는 본

질을 놓치고 《월인석보》라는 책 자체에만 중요성을 부여하면 강을 건널 때에 필요한 '뗏목'에만 집착하게 된다. 《월인석보》가 부처에 대한 이야기이기는 하지만 부처 그 자체는 아니라는 것이다. 《월인석보》는 불교의 진리, 곧 불교의 도리를 담은 그릇일 뿐이다. 그 그릇이 바로 경전이라는 성찰이요, 그 그릇 안의 진리로 몸 삼은 것이 부처이시라는 깨달음을 알리는 데 있다. 오직 그뿐이다.

> 讀是典者ᄂᆞᆫ 所貴廻光以自照ㅣ오
> 切忌執指而留筌이니라
>
> 이 經 닐긇 사ᄅᆞᄆᆞᆫ 光明을 두르ᅘᅧ 제 비취요미 貴ᄒᆞ고
> 솑가락 자ᄫᆞ며 筌두미 ᄀᆞ장 슬ᄒᆞ니라
>
> —
>
> 이 경 읽는 사람은 광명을 돌이켜 자신을 비추는 것이 귀하고
> (달 가리키는 손가락을 보고 달을 아니 보는) 손가락 잡으며,
> (고기를 잡고 고기 잡는 그릇을 버리지 않고) 그릇을 두는 것이 가장 좋지 않은 것이다.

그러므로 이 《월인석보》 경전을 읽는 사람은 진리의 광명으로 자신을 돌이켜 비추어야 옳게 공부한 것이고, 달이 아닌 달 가리키는 손가락을 《월인석보》라 생각하거나 고기잡이에 필요한 도구인 《월인석보》를 물고기로 오해하면 안 된다. 가장 어리석은 일이다. 그야말로 '월인月印'이 '천강千江'에 찍혔어도 달은 하늘에 하나

뿐이라는 사실이다. 《월인석보》도 다른 무수한 불교 경전과 마찬가지로 하나의 달 도장〔月印〕일 뿐이라는 사실을 명심할 일이다. 흔히 법보法寶를 삼보三寶의 하나로 부처와 동일시한다. 부처의 말씀을 모았기에 부처와 같은 위상임에 틀림없지만 부처를 만나러 가는 뗏목이라는 것도 명백한 사실이다. 우리가 이 둘을 흔히 혼동하며 사는 것을 거듭 경계한 말이다.

嗚呼ㅣ라 梵軸이 崇積이어든
觀者ㅣ 猶難於讀誦커니와
方言이 謄布ᄒᆞ면
聞者ㅣ悉得以景仰ᄒᆞ리니
西天ㄷ字앳 經이 노피 사햇거든
봃 사ᄅᆞ미 오히려 讀誦ᄋᆞᆯ 어려ᄫᅵ 너기거니와
우리나랏말로 옮겨 써 펴면 드릃 사ᄅᆞ미 다 시러 키 울월리니

—

서천(인도) 글자로 된 경이 높이 쌓였는데
보는 사람이 오히려 독송을 어렵게 여기거니와
우리나라 말로 옮겨 써서 펴내면
들을 사람이 다 얻어 크게 우러를 것이니

세조 당시 인도 글자로 된 경전이 상당히 많았다는 이 기록은 어떻게 해석해야 할까. 어쩌면 그 중심에 범어에 통달했다고 전해

지는 신미 스님이 있을 것이다. 신미 스님은 고려시대 우리나라에 온 인도 스님 지공指空(?~1363)에서부터 시작해 고려 말 나옹懶翁(1320~1376), 조선 개국공신 무학無學(1327~1405)으로 이어지는 법맥을 이어받았다. 그리하여 산스크리트 곧 범어에 능통했다고 알려져 있다. 훈민정음이 산스크리트를 참조한 신미의 창제라는 설도 꾸준히 회자되는 이유다. 일리 있는 말이다. 세조는 그를 존경하여 '정이품송'의 신화를 창조하며 속리산 복천암의 신미를 찾아갈 만큼 각별하였다. 앞으로의 연구가 더욱 이 사실을 공고히 해줄 것이다.

그러나 당시 산스크리트를 자유자재로 보는 사람들이 얼마나 됐을 것이며 그것을 독송하는 일이 얼마나 어려웠을지 지금 우리 세대가 수십 년 영어를 공부하면서 어려워하는 것과 비교해보면 쉽게 이해가 될 것이다.

그리하여 세조와 신미의 거국적인 한판 프로젝트가 펼쳐졌는지도 모르겠다. 훈민정음 글자로 산스크리트 경전을 번역해 책으로 펴내면 모국어 경전을 듣는 사람들이 얼마나 쉽고 신심 나게 우러러 받들 것인가. 이제 그 《월인석보》 짓는 일을 드디어 해내게 되었음을 만천하에 알리노라 하는 세조의 메시지를 전하고 있는 것이다.

肆與宗宰勳寂百官四衆과

結願軫於不朽ᄒᆞ며 植德本於無窮ᄒᆞ야

그럴ᄊᆡ 宗親과 宰相과 功臣과 아ᅀᆞᆷ과 百官四衆과

發願ㅅ 술위ᄅᆞᆯ 석디 아니호매 ᄆᆡ며

德本을 그지업소매 심거
冀神安民樂ᄒᆞ며 境靜祚固ᄒᆞ며
時泰而歲有ᄒᆞ며 福臻而災消ᄒᆞ노니
神靈이 便安ᄒᆞ시고 百姓이 즐기며
나랏 ᄀᆞᅀᅵ 괴외ᄒᆞ고 福이 구드며
時節이 便安ᄒᆞ고 녀르미 ᄃᆞ외며
福이 오고 厄이 스러디과뎌 ᄒᆞ노니

—

그러므로 종친과 재상, 공신, 친척, 백관, 사부대중이
발원의 수레를 썩지 아니하도록 만들 수 있고,
덕의 근본을 그지없도록 심을 수 있어
신령이 편안하시고
백성이 즐거워하며
나라의 변방이 조용하고
복이 굳으며
시절이 편안하고 풍년이 들며
복이 오고 액운이 스러지기를 바라노니

그러므로 이제 왕실 가족과 친인척을 비롯하여 재상과 문무백관 그리고 사부대중이 이《월인석보》를 독송하면 영원히 썩지 않는 발원의 수레가 만들어질 것이요, 공덕의 근원을 무궁토록 닦을 수 있을 것이다.

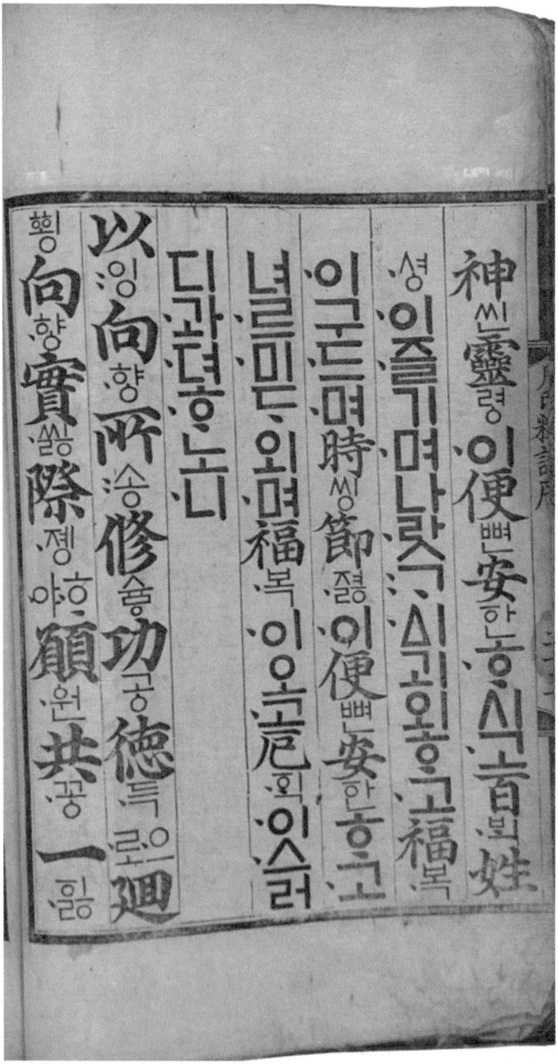
神씬靈령이 便뼌安ᅙᅡᆫᄒᆞ시고 百ᄇᆡᆨ姓
셩이 즐기며 나랏ᄉᆞ시 괴외ᄒᆞ고 福복
이 구드며 時씽節졇이 便뼌安ᅙᅡᆫᄒᆞ고
녀르미 ᄃᆞ외며 福복이 오ᄋᆞᆯ 危ᅌᅱᆡ 이ᄉᆞ러
디과뎌 ᄒᆞ노니
以잉向향所송修슐功공德득으로 廻
횅向향實씷際졩ᄒᆞ야 願원共꽁一힗

금상찬술 석보상절 자성왕비 공성불과

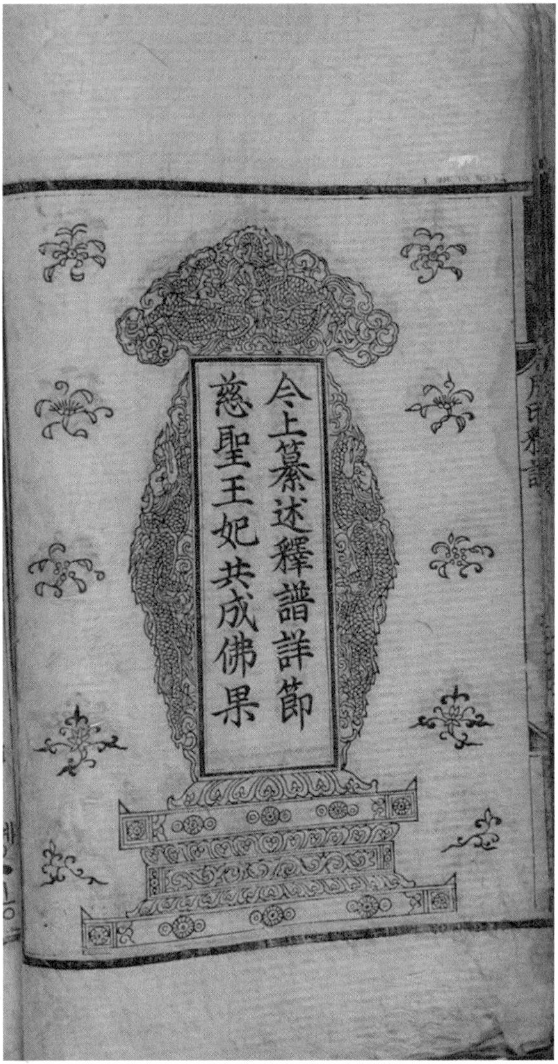

세종어제 월인천강지곡 소헌왕후 동증정각

그렇게 되면 영가를 비롯한 천지신명이 편안하고 백성들도 즐거워할 것이요, 이웃 나라의 침략 없는 태평성대가 되고 풍년이 들며 복이 들어오고 액운이 사라질 것임을 바라고 또 발원하였다.

以向所修功德으로 廻向實際ᄒᆞ야

願共一切有情과 速至菩提彼岸ᄒᆞ노라

우희 닐온 요ᄉᆞᅀᅵ예 ᄒᆞ욘 功德으로 實際예 도ᄅᆞ혀 向ᄒᆞ야

一切有情과 菩提彼岸애 ᄲᆞᆯ리 가고져 願ᄒᆞ노라

天順三年己卯七月七日序

—

위에 말한 요사이 지은 공덕으로 실제에 돌이켜 회향하여

일체중생과 (함께) 보리 피안에 빨리 가기를 원하노라.

천순 3년(세조 5년 1459년) 기묘년 7월 7일 서문을 쓰노라.

지금까지 내 인생의 소회를 모두어 담은 이 《월인석보》의 공덕으로 진제眞際, 곧 무여열반에 회향하여 돌아가신 부모님과 나의 잘잘못으로 인한 피안彼岸과 차안此岸의 모든 중생들과 함께 진리의 언덕에 속히 이르기를 발원하노라. 왕이 된 지 다섯 해째 1459년 칠석날에 《월인석보》 서문을 쓰다.

이 칠석날에 서문을 쓰는 것도 의미심장한 일이다. 칠석은 칠석불공이라 하여 인간의 길흉화복을 주관하는 치성광여래熾盛光如來

에게 가족의 무병장수와 자손 창성을 기원하는 공양을 올리는 날이기 때문이다.

그리고 두 장의 패기牌記가 이어진다.

세종이 지은 《월인천강지곡》 그리고 왕비 소헌왕후와 함께 정각을 증득하기를 발원하는 내용이다. 다음 쪽의 금상今上은 세조, 곧 세조가 찬술한 《석보상절》과 부인 정희왕후 곧 자성왕비도 함께 부처 경지의 과보를 이루겠다는 발원으로 이루어져 있다.

여러분도 이제 《월인석보》 서문을 함께 읽은 공덕으로 여래의 지혜를 얻고 발원하는 모든 일이 성취되시기를 바란다. 꼭 그렇게 되리라고 믿는다. 사실 《월인석보》를 꼼꼼히 읽으며 제일 많은 가피를 누리고 있는 것은 이즈음의 나 자신이다. 《월인석보》 공부를 시작한 지 30년 만에 아직도 한참 모자람에 대한 부끄러움을 떨치고 이만큼의 용기를 내어 책을 쓰게 된 것 자체가 기적이자 가피이다. 이 작은 씨앗 하나 책으로 싹틔우는 일이 앞으로 어떤 잎사귀와 꽃으로 자라날지 두근거린다. 채송화든 봉숭아든 내가 피운 《월인석보》라는 꽃이 마냥 설렌다. 혹시 싹이 나지 않거나 해도 나는 매일 물 주고 기도하는 일을 멈추지 않을 것이다.

이렇게 여섯 번째 이야기까지 《월인석보》 서문의 대단원의 막을 내리고 두 개의 위패로써 《월인석보》를 짓게 된 세종과 세조의 집필 의도와 발원을 들었다. 이제 본격적인 《월인천강지곡》과 《석보상절》의 시작, 조선 대장경의 세계로 초대하는 일곱 번째 이야기가 기다리고 있다.

일곱 번째 이야기

○

월인천강지곡과 석보상절의 의미

●

김춘수의 〈꽃〉이라는 시가 있다. 내가 이름을 불러주기 전에는 다만 하나의 무정無情, '월인석보'에 지나지 않았으나 내가 그의 이름을 불러주니 나에게로 와서 꽃이 된 책 바로 《월인석보》이다. 처음 이 책을 강의할 때는 글자 해석에 급급한 중세국어 전공자로서 내용 음미는 내 소관이 아니었다. 그저 문법이 현대국어와 다르고 문장의 길이가 길며 선어말어미의 순서가 어떻고가 중심이었다. 그러다가 불교 무식자를 벗어나고자 불교 공부를 훈습하고 나이를 먹어가며 다시 만난 '월인석보 서문'은 정말 새로웠다. 세조를 인간적으로 다시 들여다보게 되었으며 불교 경전에 대한 그의 해박한 지식에 압도되었다.

이제 서문을 끝내고 《월인석보》 본문을 마주하는 시간이다. 마

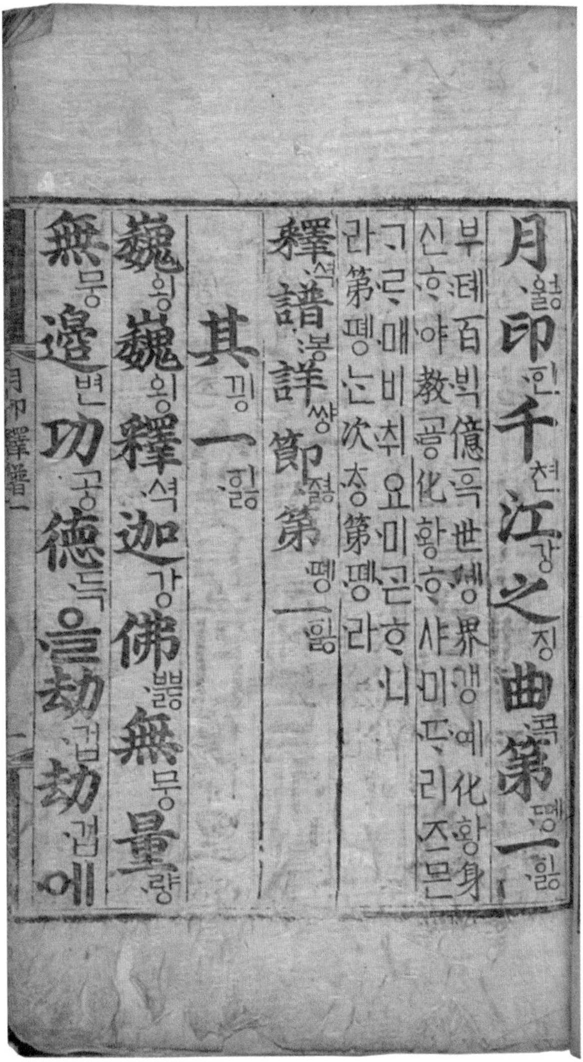
月印千江之曲 第一
부텨 百億世界예 化身ᄒᆞ야 敎化ᄒᆞ샤미 ᄃᆞ리 즈믄 ᄀᆞᄅᆞ매 비취요미 ᄀᆞᆮᄒᆞ니라 第는 次第라
釋譜詳節 第一
其一
巍巍 釋迦佛 無量無邊 功德을 劫劫에

월인천강지곡 첫 장。 달이 즈믄 가람에

음을 다잡고 책상에 앉으니 예전과 달리 또 어떤 새로운 모습을 보여줄까 황동규의 〈즐거운 편지〉를 읽는 기분이다. '내 그대를 생각함은 항상 그대가 앉아 있는 배경에서 해가 지고 바람이 부는 일처럼 사소한 일일 것이나 언젠가 오랫동안 기다리던 그 사소함으로' 그대를 기다리는 시간인 것이다. 글자가 낯설고 책의 체제가 600년 전 것이라 익숙해지는 데 시간이 걸릴지도 모른다. 그러나 서문에서 말한 호모 루덴스(Homo Ludens), 놀이하는 인간의 정의를 살려 600년 전 세종의 어린 백성으로 돌아가 '배우는 놀이' 여행을 떠나보는 거다. 이생에 언제 다시 《월인천강지곡》과 《석보상절》의 본문을 친견할 기회가 있다고 장담할 수 있을까. 우리는 백천만겁 난조우의 희유한 시절 인연의 주인공들인 것이다.

본문의 처음은 이렇게 시작한다. 불교 경전으로 말하면 요즘 서론에 해당하는 서분序分이다.

月印千江之曲第一

부톄 百億世界예 化身ᄒᆞ야 敎化ᄒᆞ샤미

ᄃᆞ리 즈믄 ᄀᆞᄅᆞ매 비취요미 ᄀᆞᆮᄒᆞ니라

第ᄂᆞᆫ 次第라

—

《월인천강지곡》 제일

부처께서 백억세계에 화신으로 나투시어 교화하심이

달이 천 강에 비치는 것과 같으십니다.

제第는 차례라는 뜻이다.

먼저 《월인천강지곡》의 제목과 세주細註 주석으로 제목의 뜻을 풀이하며 시작하고 있다. 그리고 한자나 어려운 용어, 들어보지 못한 용어에 대한 자세한 주석이 이어진다. 본문부터는 세주도 차근차근 들여다보자.

월인月印은 달 도장이다. 달은 하늘에 하나뿐이지만 이백李白(701~762)의 시처럼 호수에도 술잔에도 임의 눈동자에도 동시에 있다. 불교에서 달은 진리를 상징한다. 깨달음의 다른 이름, 부처의 가르침 '달님'이 세상 모든 곳 천 개의 강에 도장 찍혀 있음을 찬탄하는 노래 모음집이 '월인천강지곡月印千江之曲'이다. 그리고 이어지는 제일第一은 첫 번째 노래라는 뜻이라고 설명하고 있다. 그야말로 '친절한 월인석보 세주씨'이다. 그리고 훈민정음으로 그 의미를 상세하게 풀이하기를 "부처께서 백억만큼 수많은 세계에 화신으로 나타나 중생을 교화하는 것이 마치 달이 즈믄(우리말 : 천) 가람(우리말 : 강)에 비추는 것과 같다"고 한 것이다. 다시 살려 쓰고 싶은 '즈믄'과 '가람'이 《월인석보》에 오롯이 살아 있음을 만나는 일도 즐겁다.

《월인천강지곡》은 앞서 살펴본 대로, 아버지 세종이 1447년에 아들 수양대군이 지은 《석보상절》을 보고 그에 대한 화답가로 지은 것이다. 무려 600수가량 되는 대서사시이자 불교 경전 '게송'

의 성격을 띠고 있는 조선의 '석가여래행적송釋迦如來行蹟頌'인 셈이다.《석가여래행적송》이란 고려의 운묵雲默 스님이 석가모니의 생애와 불교 전래 과정 등을 776구의 게송으로 읊고 풀이한 책이다. 특히 일반적인 불교 경전의 형식은 '법문+게송' 곧 설법에 해당되는 산문으로 시작해 그것을 요약 정리하는 운문 형식으로 마치는 순서로 되어 있는데, '월인석보'는 아버지 세종이 지은 운문 게송 '월인천강지곡'을 앞에 놓고 아들 수양이 지은 산문 '석보상절'을 뒤에 배치한 순서로 구성되어 있다. 곧 '석보+월인'이 일반 불교 경전의 형식이라면 조선 대장경의 효시는 '월인(게송)+석보(법문)'의 형식으로 순서가 다르다는 것이 특징이다.

또《월인석보》서문에서도 보았듯이 조선시대 글쓰기는 부처나 왕, 윗사람을 지칭할 때는 항상 문장 처음, 제일 앞에 써서 존대를 하고 그다음 문장은 한 줄을 띄우거나 한 칸을 내려 쓰는 등 엄격하게 대우를 지켜 나간다.《월인석보》의 형식은 이렇게 훈민정음으로 기록하며 조선 대장경의 새로운 전범을 만들고 있다.

釋譜詳節第一(석보상절 제일)

其一

巍巍(외외) 釋迦佛(석가불) 無量無邊功德(무량무변공덕)을

劫劫(겁겁)에 어느 다 숣ᄫᆞ리

巍巍는 높고 클씨라 邊은 가ᅀᅵ라

'월인천강지곡 제일' 다음에 '석보상절 제일'이라는 제목이 나온다. 여기서 우리는《월인석보》가 '월인천강지곡'과 '석보상절'을 합편하여 앞의 두 글자씩을 떼어내 '월인+석보' 제목으로 결합하고 그 순서로 책을 엮었다는 것을 확인할 수 있다.

이어서 석가모니 부처님을 찬탄하는《월인천강지곡》첫 번째 노래가 나온다.

> 높고 크신 석가모니 부처님,
> 헤아릴 수 없고 가없는 공덕을 아무리 오랜 영겁의 시간이 있어도
> 어떻게 다 여쭈어 설명하오리까.

부처님의 크신 공덕은 아무리 설해보아도 갠지스강의 모래알(항하사)만큼도 표현할 수 없나이다 하는 뜻이다. 그리고 주석에 해당하는 뜻풀이. '외외巍巍'는 '높디높고 크디큰 모습'이라는 것이요, '변邊'은 '가장자리, 끝, 한계'라는 뜻이니 인간이 헤아릴 수 있는 한계인 태산보다 더 높고 우주보다 넓은 경지의 부처를 찬탄하는 노래임을 알 수 있다.

> 其二
> 世尊ㅅ 일 ᄉᆞᆯ보리니 萬里外ㅅ일이시나 눈에 보ᄂᆞᆫ가 너기ᄉᆞᄫᆞ쇼셔
> 萬里外ᄂᆞᆫ 만리밧기라
> 世尊ㅅ 말 ᄉᆞᆯ보리니 千載上ㅅ 말이시나 귀예 듣ᄂᆞᆫ가 너기ᄉᆞᄫᆞ쇼셔

어느다ᄉᆞᆯᄫᆞ리 巍욍巍욍ᄂᆞᆫ 놉고 클씨라 邊변은 ᄀᆞᅀᅵ라
其끵二ᅀᅵᆼ
世솅尊존ㅅ일ᄉᆞᆯᄫᅩ리니萬먼里링
外욍ㅅ일이시나눈에보논가너기
ᅀᆞᄫᅩ쇼셔 萬먼里링外욍ᄂᆞᆫ 萬먼里링 밧기라
世솅尊존ㅅ말ᄉᆞᆯᄫᅩ리니千쳔載ᄌᆡᆼ
上썅ㅅ말이시나귀예듣논가너기

千載上ᄋᆞᆫ 즈믄 ᄒᆡᆺ 우희라

—

세존이 하신 일을 말씀해 올리겠으니, 만 리 밖의 일이지만 눈앞에 보이는 것처럼 여겨주십시오.(만 리 외는 만 리 밖이다.)

세존이 하신 말씀을 여쭈어 올리겠으니, 천 년 전의 말씀이지만 지금 귓가에 들리는 것처럼 여겨주십시오.(천재상은 천 년보다 위이다.)

《월인천강지곡》 2장은 석가모니 부처의 행적과 설하신 법문을 이제부터 책으로 쓰겠으니 조선에서 만 리 밖의 먼 나라 인도에서 태어나신 분이지만 바로 눈앞에 있는 것처럼 생각해주시고, 이미 입멸하신 지 오랜 세월이 지난 부처의 법문을 책에 적지만 지금 바로 귀에 들리는 것처럼 가피를 내리셔서 살아 계실 때 부처의 모습 그대로를 전달할 수 있도록 해주십사 발원하고 있다.

그러므로 2장까지는 석가모니 부처에 대한 찬탄과 훈민정음 창제 첫 사업인 조선불교 대장경의 성공을 기원하는 '서시序詩'라고 할 수 있다.

어쩌면 발원문이기도 한 《월인천강지곡》의 이 두 수는 지금까지도 저절로 외워지는 내 젊은 날의 신심 나는 찬불가이기도 하다. 언젠가 이 아름다운 노랫말을 다시 21세기에 울려 퍼지게 하고 싶은 바람이 있다. 여러분도 모두 함께 K-Pop으로 부르는 《월인천강지곡》 노래가 온 세상에 울려 퍼지는 서원에 동참해주시길 부탁드린다.

여덟 번째 이야기

○

옛날 아주 먼 옛날 아승기겁 시절에

●

《월인천강지곡》 3장부터 본격적으로 석가모니 부처의 전생부터의 일대기가 시작된다. 《석보상절》도 법문처럼 산문으로 그 이야기부터 시작하고 있다. '본론'에 해당되는 불교의 '정종분' 3장에 대한 《석보상절》의 이야기는 다음과 같다.

其三

阿僧祇 前世 劫에 님금位ㄹ ᄇᆞ리샤 精舍애 안잿더시니

五百 前世 怨讎ㅣ 나랏 쳔 일버ᅀᅡ 精舍ᄅᆞᆯ 디나아가니

—

아승기 전세 겁에 임금의 자리를 버리시고 정사에 앉아 (수행하고) 있으시더니

오백 전세 (과거)의 원수가 나라의 재물을 훔쳐 (마침) 정사를 지나가니

《월인천강지곡》 3장은 석가모니의 과거 전생 이야기부터 노래한다. 그러나 이 노래만으로는 내용이 함축적이고 압축적이어서 자세한 전말을 알 수 없다. 여기에 《석보상절》의 위력이 빛을 발한다. 아버지와 아들이 주거니 받거니 명창과 고수처럼 이 노래에 대한 스토리텔링을 풀어놓기 시작하는 것이다. 마침내 《석보상절》의 내용이 등장한다.

녯 阿僧祇劫 時節에

ᄒᆞᆫ 菩薩이 王 ᄃᆞ외야 겨샤

나라ᄒᆞᆯ 아ᅀᆞ 맛디시고 道理 ᄇᆡ호라 나아가샤 瞿曇 婆羅門을 맛나샤

ᄌᆞ갸 오ᄉᆞ란 밧고 瞿曇의 오ᄉᆞᆯ 니브샤 深山애 드러 果實와 믈와 좌시고 坐禪ᄒᆞ시다가

나라해 빌머그라 오시니 다 몰라 보ᅀᆞᆸ더니 小瞿曇이라 ᄒᆞ더라

—

옛날 아주 먼 옛날 아승기겁阿僧祇劫 시절에 있었던 일이다.

阿僧祇ᄂᆞᆫ 그지업슨 數ㅣ라 ᄒᆞᄂᆞᆫ 마리라 겁은 시절이라 ᄒᆞᄂᆞᆫ ᄠᅳ디라

'아승기阿僧祇'는 한도 없고 끝도 없는 무한한 수라 하는 말이고

'겁劫'은 시절이라 하는 뜻이라고《석보상절》세주에서 설명하고 있다.

세상에 이보다 쉽고 명쾌한 아승기와 겁에 대한 설명이 있을까. 잊지 마시라. 세종의 훈민정음은 배우지 못해 자기 뜻을 펼쳐내 보이기 어려운 일자무식 백성도 한나절이면 깨우칠 글자요, 그 글자로 쓰인 이 책 내용도 그러한 백성들이 쉽게 이해하도록 쓴 초보자를 위한 석가모니 부처의 일대기《석보상절》이라는 것을……. 말하자면 난생처음 걸음마를 배우는 아이를 가르치듯 처음 글자와 글월을 가르치는 눈높이 교과서의 눈높이 설명이다.

> 석가모니 부처가 전생에 보살로 사실 적에 왕이 되어 계실 때가 있었다.
>
> —
>
> 菩薩ᄋᆞᆫ 菩提薩拖ㅣ라 ᄒᆞᆫ 마ᄅᆞᆯ 조려 니ᄅᆞ니 菩提ᄂᆞᆫ 부텻 道理오 薩拖ᄂᆞᆫ 衆生ᄋᆞᆯ 일울씨니 부텻 道理로 衆生濟渡ᄒᆞ시ᄂᆞᆫ 사ᄅᆞᄆᆞᆯ 菩薩이시다 ᄒᆞᄂᆞ니라

세주를 풀이하면 이러하다. '보살菩薩'은 산스크리트 보디사트바(Bodhisattva)의 음사音寫인 보리살타菩提薩埵의 줄임말이다. 보리는 부처의 도리이고 살타는 중생을 이루는 것이니· 부처의 도리로 중생을 제도하는 사람을 보살이라고 한다.

이제 우리는 조선시대 세조의 문장으로 '보리살타'의 뜻풀이를 들었다. 이보다 더 적확한 사전적 정의를 본 적이 있는가.《석보상

〈월인석보 1:4b〉

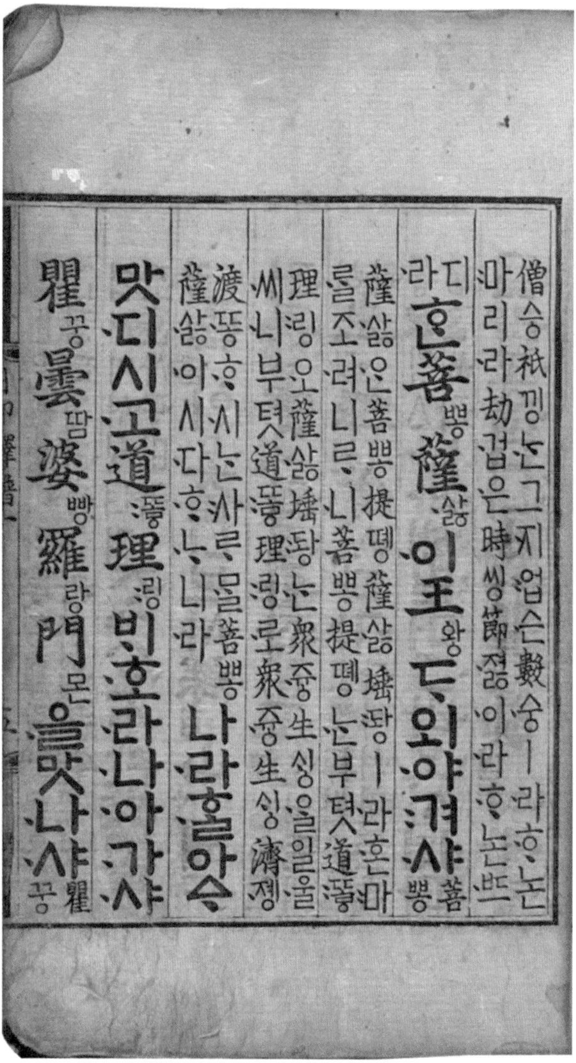
僧승祇낑ᄂᆞᆫ 그지 업슨 數숭ㅣ라 ᄒᆞᄂᆞᆫ 마리라 劫겁은 時씽節졇이라 ᄒᆞᄂᆞᆫ ᄠᅳ디라

ᄒᆞᆫ 菩뽕薩삻이 王왕 ᄃᆞ외야 겨샤

菩뽕薩삻은 菩뽕提뗑薩삻埵똥ㅣ라 혼 마리ᄅᆞᆯ 조려 니ᄅᆞ니 菩뽕提뗑ᄂᆞᆫ 부텻 道ᄯᅡᇢ理링오 薩삻埵똥ᄂᆞᆫ 衆즁生ᄉᆡᇰ 일울ᄊᆡ니 부텻 道ᄯᅡᇢ理링로 衆즁生ᄉᆡᇰ 濟졩渡똥ᄒᆞ시ᄂᆞᆫ 사ᄅᆞᄆᆞᆯ 菩뽕薩삻이시다 ᄒᆞᄂᆞ니라

나라ᄒᆞᆯ 아ᅀᆞ 맛디시고 道ᄯᅡᇢ理링 비호라 나아가샤 瞿꿍曇땀婆빵羅랑門몬ᄋᆞᆯ 맛나샤 瞿꿍

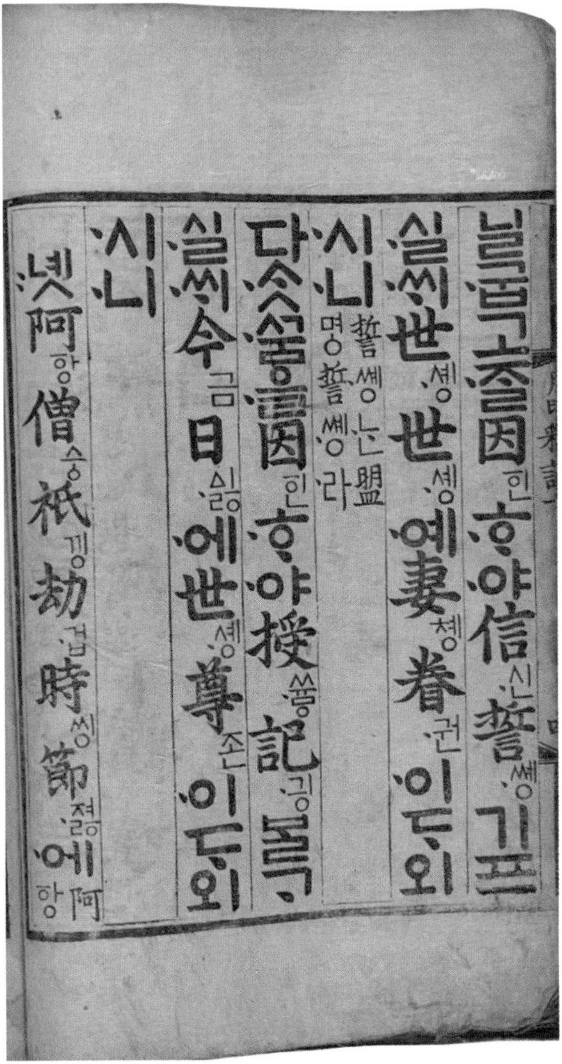

닐굽 고ᄌᆞᆯ 因힌 ᄒᆞ야 信신 誓쏑 기프
실씨 世솅 世솅 예 妻쳉 眷권 이 ᄃᆞ외
시니 誓쏑 는 盟명 誓쏑 라
다ᄉᆞᆺ 고ᄌᆞᆯ 因힌 ᄒᆞ야 授쓩 記긩 ᄇᆞᆯᄀᆞ
실씨 수 금 日싏 에 世솅 尊존 이 ᄃᆞ외
시니
녯 阿ᅙᅡᆼ 僧승 祇낑 劫겁 時씽 節졇 에 阿ᅙᅡᆼ

옛 아승기겁시절로 시작되는 석보상절 처음 부분과 이어지는 아승기 주석
〈월인석보 1:4a〉

절》에 나오는 세주만으로 15세기의 사전을 삼아도 되는 충분한 이유이다. 여기서 자연스럽게 우리는 또 하나의 서원을 세우게 된다. '석보상절 사전'을 간행하는 것. 우리말의 전범이요 이제는 사어死語가 되어버린 순수 우리말의 보물창고임을 후세에 알려야 하는 것이다. 이 또한 우리에게 남은 즐거운 숙제이다. 이것은 앞으로도 계속 확인하게 될 것이고 읽다 보면 저절로 사전을 만들고 싶어질 것이다.

그런데 왕 노릇을 그만두시고 나라를 아우에게 맡기시고 도리를 배우러 출가하셨다. 나가시어 구담 바라문을 만나셨다.

—

瞿曇ᄋᆞᆫ 姓이라 婆羅門은 조ᄒᆞᆫ 힝뎌기라 ᄒᆞᄂᆞᆫ 마리니 뫼해 드러 일 업시 이셔 힝뎌기 조ᄒᆞᆫ 사ᄅᆞ미라

'구담瞿曇'은 성姓이다. '바라문婆羅門'은 깨끗한 행적이라고 하는 말이니 산에 들어가 세속 일 없이 있어(수행에 전념해) 행적이 깨끗한 사람이다. 수행자가 된 왕은 자기 옷을 벗어 구담의 옷과 바꿔 입으시고 깊은 산에 들어가 과실과 물만을 드셨다.

深山ᄋᆞᆫ 기픈 뫼히라

여기서 '심산'은 깊은 산이다. 이 단어도 모르는 백성이 있을까

하여 풀이해놓았다. 특히 '구담'에 대하여 간략히 언급하고 있는데 우리가 알고 있는 '고타마'의 한자어 음사이다. 어쩌면 고타마 싯다르타의 성을 처음 알게 되는 중요한 설명이다.

석가족의 성씨 '고타마'는 한역 경전에서 구담瞿曇, 교답마喬答摩, 구답마瞿答摩 등으로 번역된다. '으뜸가는 땅' '으뜸가는 소' '진흙' '검은 소' '악을 멸하다' 등 다양한 뜻으로 해석할 수 있다. 드물기는 하지만 직계 조상의 이름을 본떠 '일종日種', '감자종甘蔗種' 등으로 간혹 표현된다.

'고타마'는 팔리어를 로마자로 표기하면 'Gotama', 범어의 경우는 'Gautama' 또는 'Gotama'이다. 이 'Gotama'가 《월인석보》에서 인도의 구담선인瞿曇仙人의 성씨인데, 석가족 중 출가한 왕이 이 성을 이은 것이라 전해진다.

그렇게 좌선하시다가

—

坐禪은 안자 이셔 기픈 道理 ᄉᆞ랑홀씨라

'좌선'은 앉아 있으면서 깊은 도리를 생각하는 것이다. 좌선은 어려운 것이 아니다. 이렇게 한 문장으로 좌선의 요체를 설명할 수 있는 이는 과연 얼마나 수행한 스님일까. 이럴 때마다 떠오르는 신미스님. 속리산 복천암과 법주사에는 훈민정음도 신미가 지은 것이라는 이야기가 꽤 구체적으로 전해 내려오고 있다. 언어 천재이자 불교의 대가인 누군가는 아주 어려운 것을 아주 쉽게 설명한다.

> 나라에 걸식 탁발 곧 얻어먹으러 오시니 다 몰라보았다. 구담의 옷을 입고 있으므로 소구담이라 하였다.
>
> —
>
> 小ᄂᆞᆫ 져글씨라

'소'는 작은 것이다. 나라의 백성들은 왕을 몰라보고 '작은 구담'이라고 부르기 시작했다.

그러니까 《월인천강지곡》 3장의 첫 구절 내용과 《석보상절》 내용을 종합하면 이렇다.

석가모니 부처는 아주 먼 겁 아승기겁으로 거슬러 올라가는 옛날 옛적에 왕으로 태어나 왕 노릇을 하는 생을 살던 시절이 있었다. 아우에게 왕위를 물려주고 입산 출가하여 수행자가 되었는데 구담이라 한역되는 '고타마'라는 성을 가진 바라문을 만나게 되었다. 왕의 신분을 나타내는 자기 옷을 바라문의 옷과 바꿔 입고 수행에 전념하였다. 가끔 저잣거리에 탁발을 나가면 구담 바라문의 옷을 입은 새로운 수행자의 모습을 보고 세상 사람들은 작은 구담이라고 불렀다는 것이다.

> 普薩이 城 밧 甘蔗園에 精舍 ᄆᆡᇰᄀᆞᆯ오 ᄒᆞ오자 안자 잇더시니

도ᄌᆞᆨ 五百이 그윗 거슬 일버ᅀᅥ 精舍ㅅ겨ᄐᆞ로 디나가니 그 도ᄌᆞᄀᆡ 菩薩ㅅ 前生ㅅ 怨讐ㅣ러라

이틋나래 나라해 이셔 도ᄌᆞᄀᆡ 자최 바다가아 그 菩薩ᄋᆞᆯ 자바 남ᄀᆡ 모ᄆᆞᆯ 뻬ᅀᆞ바 뒷더니 大瞿曇이 天眼ᄋᆞ로 보고 虛空애 ᄂᆞ라와 묻ᄌᆞ보ᄃᆡ

그ᄃᆡ 子息 업더니 므슷 罪오

菩薩이 對答ᄒᆞ샤ᄃᆡ

ᄒᆞ마 주글 내어니 子孫ᄋᆞᆯ 의논ᄒᆞ리여

그 王이 사ᄅᆞᆷ 브려 쏘아 주기ᅀᆞᄫᆞ니라

—

작은 구담보살이 성 밖 감자원에 정사를 만들었다.

《월인천강지곡》 3장의 뒷 구절의 내용이다. 세주를 풀어 함께 설명하면 다음과 같다.

城은 자시라 甘蔗ᄂᆞᆫ 프리니 시믄 두ᅀᅥ힛자히 나ᄃᆡ 기리 열자 남ᄌᆞᆨ ᄒᆞ니 그 즙으로 砂糖을 ᄆᆡᇰᄀᆞᄂᆞ니라

'성(城)'은 옛 우리말로 '잣'이다. 감자甘蔗는 지금의 사탕수수인데 식물 이름이다. 종자를 심은 뒤 두어 해째 나되 대나무와 같고 길이가 열 자 남짓한데 그 즙으로 사탕을 만든다고 풀이되어 있다.

園은 東山이라
精舍는 조심ᄒᆞᄂᆞᆫ 지비라

원園은 동산이다. '정사精舍'는 몸을 삼가고 수도하는 집이다. 조선시대 '정사'에 대한 풀이를 보면 다시 살려 쓰고 싶어진다. 몸을 정갈히 하고 수도하는 집, 더도 덜도 없이 똑떨어지는 해석이다.

혼자 앉아 수도하고 계시는데 도둑 오백 명이 관청의 물건을 훔쳐 하필 정사 곁으로 지나가니 그 도둑은 소구담 보살과 전생의 원수였다.

—

五는 다ᄉᆞ시오 百은 오니라
前世生은 아랫 뉘옛 生이라

혹시 오五를 모를까 봐 알려주니 오는 다섯이고 백은 우리말 온이다. 전세생은 지난 세상 곧 전생의 삶이다. '그위'는 관청이라는 뜻인데 지금은 사라진 우리의 옛말이다.

소구담이 도둑의 누명을 쓰게 되는 이유가 전생의 원수여서였다는 것이다. 우리도 살아가다 보면 왜 하필 이런 일이 나에게 일어나는 것일까 하는 일들을 경험하게 된다. 부처의 첫 번째 전생 이야기가 우리의 일상에 일어나는 뭔가 억울한 일부터 시작되는 것 또한 의미심장하다. 부처도 그러했으니 믿으라는 데 초점을 두는 것이 아니라 인생을 살아감에 억울하고 속상하고 괴로운 일에 대한 공감에서 출발하는 것이 중요하다. '부처도 그 옛날 나처럼 억울한 적이 있었구나. 그렇게 오랜 세월 윤회를 거듭해 부처가 되는구나…….'

이튿날에 나라에서 도둑의 자취를 추적해 그 보살을 범인으로 오인해 잡아들여 나무에 몸을 꿰어두었다.

—

菩薩이 前生애 지은 罪로 이리 受苦하시니라

소구담 보살이 전생에 지은 죄로 이와 같이 괴로움을 받았다는 것이다.

그 모습을 대구담이 천안天眼으로 보고 허공에서 날아와 물었다.

—

菩薩을 小瞿曇이시다 홀씨 婆羅門을 大瞿曇이라 ᄒᆞ니 大ᄂᆞᆫ 클씨라 天眼ᄋᆞᆫ 하ᄂᆞᇙ 누니라 ᄒᆞᄂᆞᆫ 마리라

보살을 소구담이라고 하므로 바라문을 대구담이라 구분하였다. 혹시 대大를 모를까 일러주니 대大는 크다는 것이요, 천안天眼은 하늘 눈이라 한다.

"그대가 자식도 없더니 무슨 죄인가."

소구담 보살이 대답하셨다.

"이미 죽게 된 나인데 자손을 의논할 때이리오."

—

子ᄂᆞᆫ 아ᄃᆞ리오 孫ᄋᆞᆫ 손자ㅣ니 子孫ᄋᆞᆫ 아ᄃᆞ리며 孫子ㅣ며 後ㅅ 孫子ᄅᆞᆯ 무수히 ᄂᆞ리 마리라

자子는 아들이고 손孫은 손자이니 자손은 아들이며 손자이며 후대 손자의 손자를 내리 이르는 말이다.

소구담 동생인 그 왕이 사람을 시켜 소구담을 쏘아 죽이니라.

전생의 윤회와 과보로 왕의 신분을 감추고 수행자가 되었지만 도둑의 누명을 써 죄인이 되고 또 자신의 명으로 왕이 된 동생의 명령으로 죽음에 이르는 과정을 상세히 그리고 있다. 세상을 살다 보면 남 좋은 일만 시키고 고생만 하다 생을 마감하는 사람들을 얼마나 많이 보는가.

꼭 도둑의 누명이 아니더라도 당장 떠오르는 사람은 평생 힘들고 어려운 일 도맡아 주위 사람 살 만하게 만들고 세상을 뜨신 내 어머니이다. 윤회 여부를 떠나 애달프고 도무지 이해 안 되는 엄마의 인생 여정에 오랫동안 나 자신이 힘들었더랬다. 그랬는데 그 옛날 부처도 동참했다는 이야기만으로 위안이 되었다. 나만 그런 게

아니었구나. 이렇게 시나브로 부처의 일대기를 내 곁의 이야기로 읽다 보면 언젠가 부처의 전하고자 하는 메시지도 마음으로 섭수되는 날이 오지 않을까. 《월인석보》의 글자가 낯설고 호두처럼 딱딱하지만 그 안의 맛나고 영양가 가득한 내용물은 우리 각자의 몫이라 하겠다.

아홉 번째 이야기

○

고타마 붓다와 야수다라의 전생

●

어쩌면 사람 이야기의 결정판이라 할 수 있는 부처 일대기, 그의 대장정이 바로 《월인석보》 안에 고스란히 녹아 있다. 우리가 알고 있는 석가모니 부처와 야수다라는 언제 처음 만났고 언제부터 부부였을까. 사람의 이야기는 남자와 여자의 이야기로 시간의 수레바퀴를 굴리며 확대 재생산되어왔다. 우리가 좋아했던 이야기 《춘향전》도 이 원조 스토리텔링에 기대고 있을지 모른다. 과연 그럴까.

먼저 《월인석보》에 실린 다섯 수의 노래와 '월인천강지곡' 번역을 불교 게송 또는 다라니를 읊는 마음으로 소리 내어 낭송해보자.

其四

兄님ᄋᆞᆯ 모ᄅᆞᆯᄊᆡ 발자쵤 바다 남ᄀᆡ ᄢᅦ여 性命을 ᄆᆞᄎᆞ시니

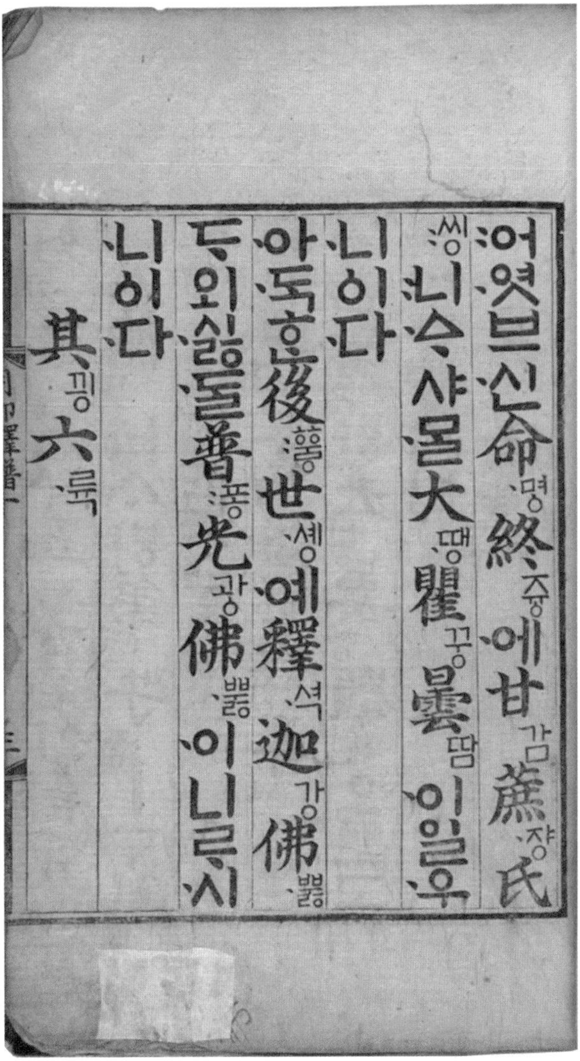

월인석보 제1권 5장 석가모니불의 수기

子息 업으실씨 몸앳 필 뫼화 그르세 담아 男女를 내슨ᄫᆞ니

—

왕이 된 아우가 형님(소구담)을 몰라보고 오해해 도둑의 발자취를 따라

보살이 된 형님을 나무에 꿰어 목숨을 마치게 하시니

소구담이 자식이 없으시매 대구담이 죽은 소구담 몸의 피를 모아 그릇에 담아 남녀를 태어나게 하시니

其五

어엿브신 命終에 甘蔗氏(감자씨) 니ᅀᆞ샤ᄆᆞᆯ 大瞿曇(대구담)이 일우니이다

아ᄃᆞᆨᄒᆞᆫ 後世예 釋迦佛(석가불) ᄃᆞ외싫 ᄃᆞᆯ 普光佛(보광불)이니러시니이다

—

안타까운 죽음에 감자씨 대代 이으심을 대구담이 이루어내셨습니다.

아득한 후세에 석가불이 되실 것을 보광불이 말씀하셨습니다.

其六

外道人(외도인) 五百이 善慧(선혜)ㅅ德 닙ᄉᆞᄫᅡ 第子ㅣ ᄃᆞ외야 銀돈을 받ᄌᆞᄫᆞ니

賣花女(매화녀) 俱夷(구이) 善慧ㅅᄠᅳᆮ 아ᅀᆞᄫᅡ 夫妻願(부처원)으로 고ᄌᆞᆯ 받ᄌᆞᄫᆞ시니

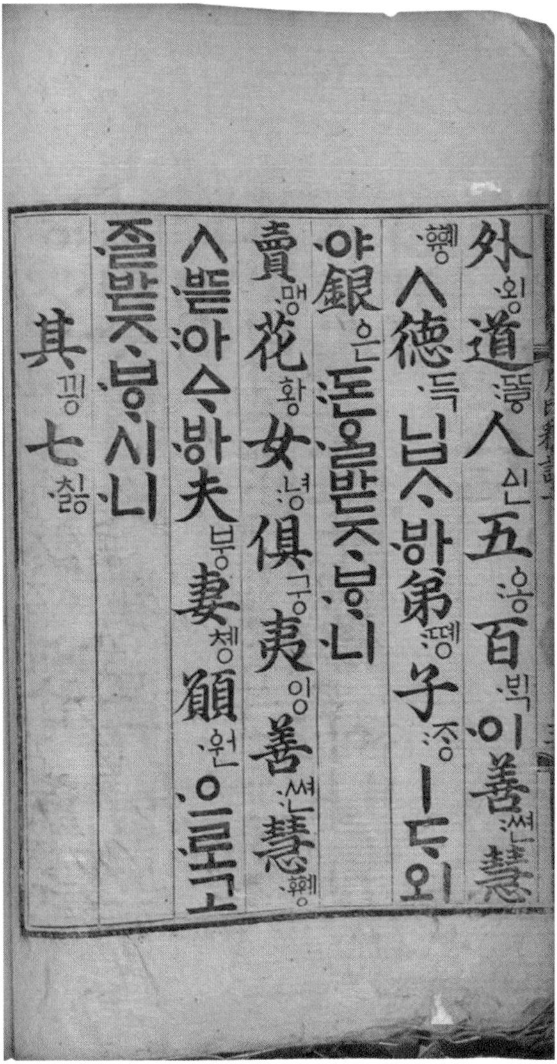

外욍道똫人신五옹百빅이善쎤慧
휑ㅅ德득님ᄀᆞ방弟똉子종ㅣ드외
야銀은돈ᄋᆞᆯ받ᄌᆞᄫᆞ니
賣맹花황女녕俱궁夷잉善쎤慧휑
ㅅᄠᅳ디ᄉᆞᄫᆞ夫붕妻쳉願원으로고
ᄌᆞᆯ받ᄌᆞᄫᆞ시니
其끵七칧

—

불교도가 아닌 사람 오백 명이 선혜의 교화 덕을 입사옵고 제자가 되어 은돈을 바쳤사오니

꽃을 팔려던 소녀 구이가 선혜의 뜻을 알아차리옵고 부부의 서원으로 꽃을 바치시오니

其七

다ᄉᆞᆺ 곶 두 고지 空中에 머믈어늘 天龍八部ㅣ 찬탄ᄒᆞᅀᆞᄫᆞ니

옷과 마리ᄅᆞᆯ 路中에 펴아시ᄂᆞᆯ 普光佛이 ᄯᅩ 授記(수기)ᄒᆞ시니

—

다섯 송이 꽃 그리고 두 송이 꽃이 저절로 공중에 머물거늘 천룡팔부가 그 신통 찬탄하옵시니

선혜가 옷과 머리카락을 길 가운데 펴시고 지나가게 하시거늘 보광불이 또 수기하시니

其八

닐굽 고ᄌᆞᆯ 因ᄒᆞ야 信誓(신서) 기프실ᄊᆡ 世世예 妻眷(처권)이 ᄃᆞ외시니

다ᄉᆞᆺ ᄉᆞᆷ을 因ᄒᆞ야 授記 발ᄀᆞ실ᄊᆡ 今日에 世尊이 ᄃᆞ외시니

—

구이는 일곱 송이 꽃으로 인연 되어 미더운 맹세가 깊어지시므로 태어난 세상마다 아내가 되시니

선혜는 다섯 가지 꿈으로 말미암아 수기를 밝히시므로 오늘날에 세존이 되시니

路中은 긼 가온ᄃᆡ라

誓ᄂᆞᆫ 盟誓라

—

노중은 길 가운데이다.

서는 맹세盟誓이다.

《월인석보》 본문 시작은 8수까지가 한 묶음으로 실리고 그다음에 《석보상절》의 내용이 등장한다. 글을 읽다 보면 대강 뜻은 알겠는데 《월인석보》 원문에서 지금은 없어진 '아래 아, 반치음 세모꼴, 순경음 비읍' 등이 발목을 잡을 것이다. 지금은 이런 글자가 조선시대에 있었구나 하고 그냥 넘어가시기를. 언젠가 그 글자를 직접 공부해 발음해보고 싶은 날이 오리니……. 또 이렇게 생각해보시기를……. 불자라면 한 번씩은 외우려고 했던 《천수경》의 천수다라니는 인도에서 온 말로 뜻도 모르고 암송하는데 그에 비하면 이 정도 월인천강지곡은 식은 죽 먹기 염송 아닌가라고.

앞글에서 옛날 옛적 아승기겁 시절에 석가모니 부처가 전생에 구담씨 곧 '고타마'가 되게 한 유래를 이야기하였다. 다시 이야기하면 그 시절 임금이었던 우리의 전생 부처께서는 임금 자리를 동생에게 넘기고 산속 깊은 곳에서 수행을 시작했는데 그때 만난 스승

이 구담이었다. 스승과 옷을 바꿔 입고 저잣거리로 탁발을 나서니 사람들은 구담의 옷을 입은 왕을 몰라보고 작은 구담 곧 '소구담'이라 불러 구담씨가 되고 스승은 '대구담'이 되었다는 것이다. 그러던 어느 날 소구담이 도둑의 누명을 쓰고 죽는다. 그다음부터의 내용을 살펴보자.

> 大瞿曇이 슬허 쁘리여 棺애 녀쏩고 피 무든 ᄒᆞᆰᄀᆞᆯ 파 가져 精舍애 도라와 왼녁 피 닫담고 올ᄒᆞᆫ녁 피 닫다마 두고 닐오ᄃᆡ 이 道士ㅣ 精誠이 至極ᄒᆞ단디면 하ᄂᆞᆯ히 당다이 이 피ᄅᆞᆯ 사ᄅᆞᆷ ᄃᆞ외에 ᄒᆞ시리라 열ᄃᆞᆳ 마내 왼녁 피ᄂᆞᆫ 男子ㅣ ᄃᆞ외오 올ᄒᆞᆫ 녁 피ᄂᆞᆫ 女子ㅣ ᄃᆞ외어늘 姓을 瞿曇氏라 ᄒᆞ더니 일로브터 子孫이 니ᅀᆞ시니 瞿曇氏 다시 니러나시니라 〈月釋 1:8a〉

道士ᄂᆞᆫ 道理 ᄇᆡ호ᄂᆞᆫ 사ᄅᆞ미니 菩薩ᄋᆞᆯ ᄉᆞᆯᄫᆞ니라

男子ᄂᆞᆫ 남지니라

女子ᄂᆞᆫ 겨지비라

氏ᄂᆞᆫ 姓 ᄀᆞᄐᆞᆫ 마리라

小瞿曇이 甘蔗園에 사ᄅᆞ실ᄊᆡ 甘蔗氏라도 ᄒᆞ더니라

—

대구담이 슬퍼하며 죽은 소구담을 꾸려서 관에 넣고 피 묻은 흙을 파서 가지고 정사에 돌아왔다.

소구담의 왼쪽 피를 따로 담고 오른쪽 피도 따로 담아 두고 말하

였다.

'이 도사道士 소구담이 정성이 지극하였다면 하늘이 마땅히 이 피를 사람이 되게 하시리라.'

열 달 만에 왼쪽 피는 남자가 되고 오른쪽 피는 여자가 되거늘 성을 구담씨라 하였다. 이로부터 자손이 이어지니 구담씨 가문도 다시 일어나게 되었다.

그의 스승 큰 구담, 대구담이 그것을 안타깝게 여겨 신통력으로 소구담의 피를 모아서 남자와 여자를 만들었으니 우리가 '고타마 붓다'라고 부르는 고타마의 성씨가 이어지게 되었다는 내용이 《월인천강지곡》 4장과 5장 1절의 이야기이다. 여기서도 세주의 활약이 눈부시다. '도사'는 도리를 배우는 사람으로 소구담을 지칭한다고 풀이하고 있다. 수행하는 소구담을 도사나 보살로 부른다는 것을 알 수 있는 내용이다. 그리고 15세기에 남자와 여자는 '남진'과 '겨집'이라는 우리말이 있다는 것을 알 수 있다. 이제 남진은 사라지고 겨집은 계집에서 여자를 비하하는 비속어로 전용되었음을 확인하게 되는 것이다. 씨氏와 성姓은 비슷한 말이고 소구담이 감자(사탕수수)가 있는 동산에 살았으므로 '감자씨'와 '구담씨'를 통용한다는 설명도 덧붙이고 있다. 그리하여 우리는 '고타마'라는 성씨가 '구담' 또는 '감자'라 불리게 된 연유를 《월인석보》 세주를 통해 듣게 되는 것이다.

이제 이야기가 바뀌어 《월인천강지곡》 5장 2절부터 8장까지, 부처님의 또 다른 전생 선혜善慧 시절 이야기가 펼쳐진다.

普光佛이 世界예 나거시ᄂᆞᆯ 그ᄢᅴ 善慧라 ᄒᆞᇙ 仙人이 五百外道ᄋᆡ 그르 아논 이ᄅᆞᆯ ᄀᆞᄅᆞ쳐 고텨시ᄂᆞᆯ 그 五百 사ᄅᆞ미 弟子ㅣ ᄃᆞ외아지이다 ᄒᆞ야 銀돈 ᄒᆞᆫ 낟곰 받ᄌᆞᄫᆞ니라

—

보광불이 세계世界에 출현하셨다.
그때 선혜善慧 보살이라 하는 선인仙人이 오백 명의 외도外道가 그릇되게 알고 있는 것을 가르쳐서 바르게 교화하셨다. 그 오백 명이 선혜에게 '제자가 되고 싶습니다' 하면서 은화銀貨 한 닢씩을 바쳤다.

普光ᄋᆞᆫ 너븐 光明이라 이 부텨 나싫 저긔 몺 ᄀᆞ새 光이 燈 ᄀᆞᄐᆞ실씨 燃燈佛이시다도 ᄒᆞᄂᆞ니 燃은 블 혈씨라 ᄯᅩ 錠光佛이시다도 ᄒᆞᄂᆞ니 錠은 발 잇ᄂᆞᆫ 燈이라
佛은 알씨니 나 알오 ᄂᆞᆷ조쳐 알욀씨니 부텨를 佛이시다 ᄒᆞᄂᆞ니라
하ᄂᆞᆯ히며 사ᄅᆞᆷ 사ᄂᆞᆫ ᄯᅡᄒᆞᆯ 다 뫼호아 世界라 ᄒᆞᄂᆞ니라
仙人ᄋᆞᆫ 제몸 구텨 오래 사ᄂᆞᆫ 사ᄅᆞ미니 뫼해 노니ᄂᆞ니라
外道ᄂᆞᆫ 밧 道理니 부텻 道理예 몯 든 거시라
法 ᄀᆞᄅᆞ치ᄂᆞ닌 스승이오 ᄇᆡ호ᄂᆞ닌 弟子ㅣ라

구담씨(감자씨) 이야기 이후에 보광불께서 이 소구담이 아주 먼

미래에 석가모니 부처가 될 것임을 수기 곧 예언한다.《석보상절》에서 보광불은 흔히 우리에게 연등불燃燈佛(dīpaṃkara-tathāgata)로 많이 알려진 과거세의 부처이다. 넓은 광명이 몸 가장자리에 등불처럼 빛나서 연등燃燈, 세 발 달린 등잔의 빛과 같아 정광불錠光佛이라고 한다고 자세히 설명하고 있다. 보광불普光佛의 '불佛'은 안다는 뜻이니 내가 알고 남조차 알게 하는 것이다. '부처'를 '불'이라고 한다고 친절하게 풀이하고 있다. 세계世界는 하늘과 사람이 사는 땅을 다 합해서 부르는 것이라고 하였다. 아,《월인석보》의 세계에 대한 설명을 듣고 보니 나는 한 번도 하늘을 포함시켜 세계를 생각해본 적이 없다는 사실을 알게 되었다. 그저 우리가 살고 있는 이 땅과 활동하는 공간만을 대략 세계라고 생각하고 살았다. 또한 여기서 하늘이란 하늘에 사는 천인天人들까지 포괄하는 개념으로 현대인보다 우주와 세계관이 훨씬 광활하다. 그리고 선인仙人은 자기 몸을 굳세게 하여 오래 살면서 산속에서 노니는 사람이다. '나는 자연인이다'라는 텔레비전 프로가 있는데 왠지 그들의 자연과 일체가 되는 삶이 떠오른다.

외도外道는 그야말로 도리의 바깥에 존재하는 이들로 올바른 부처의 도리 안에 들지 못한 것이다. 뭐니 뭐니 해도 이 세주에서 마음에 드는 것은 스승과 제자에 대한 단순명쾌한 정의이다. 법을 가르치는 이는 스승이요, 법을 배우는 이는 제자라는 것이다. 여기서 법을 여러 가지로 해석할 수 있겠지만 불교의 가르침, 진리의 또 다른 이름 월인月印이라 해두자. 오래 강의를 해왔지만 과연 나는 법을 가르치는 스승이었는지 준엄해지는 시간이다.

제6장의 내용은 보광불을 만나러 가는 석가모니의 전생 모습 선혜가 등장한다. 불교를 믿지 않는 외도 500명을 불교도로 교화한다. 선혜에게 은혜를 입은 500명의 제자는 은돈을 한 닢씩 바친다. 500냥의 은돈이 생긴 선혜 선인, 그는 이것으로 무엇을 살까.

> 그저긧 燈照王이 普光佛을 請ᄒᆞᄉᆞ바 供養호리라 ᄒᆞ야 나라해 出令호ᄃᆡ 됴ᄒᆞᆫ 고ᄌᆞ란 ᄑᆞ디 말오 다 王ᄭᅴ 가져오라 善慧 드르시고 츠기 너겨 곳 잇ᄂᆞᆫ ᄯᅡ홀 ᄀᆞᆫ가 가시다가 俱夷ᄅᆞᆯ 맛나시니 곳 닐굽 줄기ᄅᆞᆯ 가져 겨샤ᄃᆡ 王ㄱ 出令을 저ᄊᆞ바 甁ㄱ 소배 ᄀᆞ초아 뒷더시니 善慧 精誠이 至極ᄒᆞ실ᄊᆡ 고지 소사나거늘 조차 블러 사아지라 ᄒᆞ신대 俱夷 니ᄅᆞ샤ᄃᆡ 大闕에 보내ᄉᆞ바 부텻긔 받ᄌᆞ봃 고지라 몯 ᄒᆞ리라 〈月釋 1:10a〉

俱夷ᄂᆞᆫ ᄇᆞᆯᄀᆞᆫ 녀펴니라 ᄒᆞᄂᆞᆫ ᄠᅳ디니 나싫 저긔 ᄒᆡ 디여가ᄃᆡ 그 지븐 光明이 비췰ᄊᆡ 俱夷라 ᄒᆞ니라
大闕은 큰 지비니 님금 겨신 지비라

—

그때 등조왕이 보광불을 초청하여 공양을 이바지하리라 하여 나라에 명령을 내렸다. "좋은 꽃이란 꽃은 팔지 말고 다 왕에게 가져오라."

선혜보살이 들으시고 안타깝게 생각하며 꽃 있는 곳을 따라 가시다가 구이俱夷를 만나게 되었다. 마침 구이가 꽃 일곱 송이를 가지고 계셨지만 왕의 명령을 저어하여 병 속에 감추어두었다. 그런데 선혜의 정성이 지극하시므로 꽃이 저절로 솟아 나오거늘 구이를 쫓아가 불러 '꽃을 사고 싶소' 하였다.

구이가 말하기를 '대궐에 보내 부처께 바칠 꽃이라 못 합니다' 하였다.

선혜가 태어난 당시 왕의 이름은 등조왕, 그 왕이 보광불을 청하여 공양을 하고자 나라 안의 아름다운 꽃을 모두 가져오라 이른다. 선혜가 꽃을 구하고자 하나 이미 품절, 사방팔방으로 구하러 다니다가 운명의 상대 구이俱夷를 맞닥뜨린다. 구이는 '밝은 여자'라는 뜻으로 해가 저물 때 태어났는데 구이의 집에만 해가 비치므로 구이라 이름 지었다는 것이다.

구이는 그때 꽃 일곱 송이를 가지고 있었는데 왕의 명령에 따라 바치려고 병 속에 감추어두고 있었다. 선혜의 정성이 지극한 덕분에 저절로 꽃이 병 속에서 솟아 나타나는 이적이 펼쳐진다. 선혜는 쫓아가 그 꽃을 사고 싶다 간청하고 구이는 대궐의 왕께 보내 보광불께 바칠 거라 안 된다고 거절하며 실랑이를 벌인다. 대궐은 큰 집이라는 뜻으로 임금이 거처하시는 집이다.

善慧 니ᄅᆞ샤ᄃᆡ 五百 銀도ᄂᆞ로 다ᄉᆞᆺ 줄기ᄅᆞᆯ 사아지라 俱夷 묻ᄌᆞᄫᆞ

월인석보,
훈민정음에 날개를 달다

샤ᄃᆡ ᄆᆞᄉᆞ게 ᄡᅳ시리 善慧 對答ᄒᆞ샤ᄃᆡ 부텻긔 받ᄌᆞᄫᅩ리라 俱夷 ᄯᅩ 묻ᄌᆞᄫᅡ샤ᄃᆡ 부텻긔 받ᄌᆞᄫᅡ ᄆᆞᄉᆞᆷ호려 ᄒᆞ시ᄂᆞ니 善慧 對答ᄒᆞ샤ᄃᆡ 一切 種種 智慧를 일워 衆生ᄋᆞᆯ 濟渡코져 ᄒᆞ노라 〈月釋 1:11a〉

一切는 다 ᄒᆞ돗 ᄒᆞᆫ 마리오 種種ᄋᆞᆫ 여러 가지라 ᄒᆞ논 ᄠᅳ디라 衆生ᄋᆞᆫ 一體 世間앳 사ᄅᆞ미며 하ᄂᆞᆯ히며 ᄂᆞᄂᆞᆫ 거시며 ᄂᆞᆫ 거시며 므렛 거시며 무틧 거시며 숨ᄐᆞᆫ 거슬 다 衆生이라 ᄒᆞᄂᆞ니라 濟渡ᄂᆞᆫ 믈 건낼씨니 世間앳 煩惱 만호미 바ᄅᆞᆳ믈 ᄀᆞᄐᆞ니 부톄 法 ᄀᆞᄅᆞ치샤 煩惱 바ᄅᆞ래 건내야 내실쏠 濟渡ㅣ라 ᄒᆞᄂᆞ니라

—

선혜가 은화 500닢을 줄 테니 다섯 송이를 팔라고 사정하니 구이가 범상치 않음을 알아보고 말을 건넨다. 예나 지금이나 꽃 한 송이에 은돈이 100닢이라면 어마어마한 가격이 아닌가. 《석보상절》에 펼쳐진 흥미진진한 대화를 재구성하면 이러하다.

선혜 : 은화 오백 닢을 드릴 테니 꽃 다섯 송이만 파시오.
구이 : 무엇에 쓰시려고요?
선혜 : 보광 부처님께 바치려 하오.
구이 : 부처님께 바쳐서 무엇을 하시려고요?
선혜 : 일체 종종지혜를 이루어 중생을 제도코자 하오.

俱夷 너기샤ᄃᆡ 이 男子ㅣ 精誠이 至極ᄒᆞᆯᄊᆡ 보ᄇᆡ를 아니 앗기놋다

ᄒᆞ야 니ᄅᆞ샤ᄃᆡ 내 이 고ᄌᆞᆯ 나소리니 願ᄒᆞᆫᄃᆞᆫ 내 生生애 그딋 가시 ᄃᆞ외아지라

善慧 對答ᄒᆞ샤ᄃᆡ 내 조ᄒᆞᆫ 힝뎌글 닷가 일업슨 道理ᄅᆞᆯ 求ᄒᆞ노니 죽사릿 因緣은 묻디 몯호려다

俱夷 니ᄅᆞ샤ᄃᆡ 내 願을 아니 從ᄒᆞ면 고ᄌᆞᆯ 몯 어드리라

善慧 니ᄅᆞ샤ᄃᆡ 그러면 네 願을 從호리니 나ᄂᆞᆫ 布施ᄅᆞᆯ 즐겨 사ᄅᆞᄆᆡ ᄠᅳ들 거스디 아니ᄒᆞ노니 아뫼어나와 내 머릿바기며 눉ᄌᆞᅀᆡ며 骨髓며 가시며 子息이며 도라ᄒᆞ야도 네 거튫 ᄠᅳᆮᄒᆞ야 내 布施ᄒᆞ논 ᄆᆞᅀᆞᄆᆞᆯ 허디 말라

俱夷 니ᄅᆞ샤ᄃᆡ 그딋 말다히 호리니 내 겨지비라 가져가디 어려ᄫᅳᆯᄊᆡ 두 줄기ᄅᆞᆯ 조쳐 맛디노니 부텻긔 받ᄌᆞᄫᅡ 生生애 내 願을 일티 아니케 ᄒᆞ고라 〈月釋 1:13b〉

—

구이 : (이 남자 정성이 지극하니 보배를 아끼지 않는구나.) 그렇다면 내가 이 꽃을 드릴 테니 청이 하나 있습니다. 세세생생에 그대의 아내가 되고 싶습니다.

선혜 : 나는 깨끗한 행적을 닦아 도리를 구하는 사람이니 생사윤회에 묶이는 인연은 들어줄 수 없소.

구이 : 내 소원을 들어주지 않으면 꽃을 얻지 못할 텐데요.

선혜 : 그러면 그대 소원을 들어드리겠소. 대신 나는 보시를 즐겨 하여 다른 사람의 뜻을 거스르지 아니하니 아무나 와서 내 머리, 내 눈, 골수, 아내, 자식을 달라 하여도 반대하지 않소.

내 뜻을 거스르지 마시오.

구이 : 그대의 말대로 하겠습니다. 그리고 내가 여자라 대궐까지 꽃을 가져가기 어렵습니다. 남은 내 몫의 두 송이마저 그대에게 맡기노니 부처께 바쳐 세세생생 내 소원을 잃지 않게 해주시겠어요?

因緣은 젼ᄎᆡ니 前生앳 이릐 젼ᄎᆞᆯ 因緣이라 ᄒᆞ고 그 이ᄅᆞᆯ 因ᄒᆞ야 後生애 ᄃᆞ외요ᄆᆞᆯ 果報ㅣ라 ᄒᆞᄂᆞ니 果ᄂᆞᆫ 여르미오 報ᄂᆞᆫ 가ᄑᆞᆯ씨라 됴ᄒᆞᆫ ᄡᅵ 심거든 됴ᄒᆞᆫ 여름 여루미 前生앳 이릐 因緣으로 後生애 됴ᄒᆞᆫ 몸 ᄃᆞ외어나 구즌 몸 ᄃᆞ외어나 호미 ᄀᆞᄐᆞᆯᄊᆡ 果ㅣ라 ᄒᆞ고 後生애 ᄃᆞ외요미 前生 因緣을 가포밀ᄊᆡ 報ㅣ라 ᄒᆞᄂᆞ니라

夫妻ᄒᆞ야 사로ᄆᆞᆫ 힝뎌기 조티 몯ᄒᆞ야 輪廻ᄅᆞᆯ 벗디 몯ᄒᆞᄂᆞᆫ 根源일ᄊᆡ 죽사릿 因緣이라 ᄒᆞ니라 夫는 샤오이오 妻는 가시라

輪廻ᄂᆞᆫ 술윗ᄠᅵ 횟돌씨니 부텨는 煩惱ᄅᆞᆯ ᄠᅥ러ᄇᆞ리실ᄊᆡ 죽사릿 受苦ᄅᆞᆯ 아니 ᄒᆞ거시니와 샹녯 사ᄅᆞᄆᆞᆫ 煩惱ᄅᆞᆯ 몯 ᄠᅥ러ᄇᆞ릴ᄊᆡ 이 生애셔 後生 因緣을 지ᅀᅥ 사ᄅᆞ미 ᄃᆞ외락 벌에 즁ᄉᆡᆼ이 ᄃᆞ외락 ᄒᆞ야 長常 주그락 살락 ᄒᆞ야 受苦호ᄆᆞᆯ 輪廻라 ᄒᆞᄂᆞ니라

布施ᄂᆞᆫ 쳔랴ᅌᆞᆯ 펴아내야 ᄂᆞᆷ 줄씨라

骨髓는 ᄡᅧᆺ 소개 잇ᄂᆞᆫ 기르미라

—

인연은 이유이니 전생 일의 원인을 인연이라 하고 그 일을 말미암아 후생에 일어나는 것을 과보라 한다. 과果는 열매이고 보報는 갚

는 것이다. 좋은 씨 심으면 좋은 열매가 열리는 것과 같이 전생 일의 인연으로 후생에 좋은 몸이 되거나 궂은 몸이 되거나 함과 같으므로 과果라 하고 후생에 되는 것이 전생의 인연을 갚는 것이므로 보報라고 한다.

부부가 되어 사는 것은 행실이 깨끗하지 못하여 윤회를 벗지 못하는 근원이므로 생사生死의 인연이라고 한다. 부夫는 남편이요, 처妻는 아내이다.

윤회는 수레바퀴가 휘도는 것이다. 부처는 번뇌를 떨쳐버리셨으므로 생사의 괴로움을 받지 않거니와 보통 사람들은 번뇌를 떨어버리지 못해 이 생에서 후생의 인연을 지어 사람이 되기도 하고 벌레나 짐승이 되기도 하여 항상 죽었다 살았다 하며 괴로움을 받는 것을 윤회라 한다.

보시는 재물을 베풀어 남에게 주는 것이다.

골수는 뼛속에 있는 기름이다.

이 팽팽한 한판 겨루기에서 누가 이긴 것일까. 나라면 구이의 손을 들어주겠다. 남자의 범상치 않음을 알아보고 이생의 배우자에서 그치는 게 아니라 세세생생 배필이 되겠다는 담대한 원력부터, 수행하여 부처가 되겠다는 남자를 꽃 다섯 송이로 단박에 남편으로 만들어버린다. 게다가 자기 몫의 두 송이마저 선혜를 시켜 보광불께 바치게 하여 보광불의 든든한 백그라운드를 마련한다.

《월인석보》의 스토리텔링은 웬만해서는 마침표가 없다. 세종 당시 15세기의 언어 구사 화법이다. 관련 내용을 담고 있는 '석가보, 석가씨보' 한문 원문에 구두점이나 띄어쓰기가 없는 영향도 클 것이다. 그래서인지 네버엔딩 스토리로 끝없이 이어져 자칫 한없이 길어지기 일쑤이다. 《석보상절》의 깨알같이 재미있고 사소한 주석까지 설명하고 싶지만 대의를 놓칠 것 같아 이쯤에서 마무리하려 한다.

선혜 선인과 구이 낭자의 첫 만남과 시절 인연이 21세기까지 이어져 우리를 설레게 하듯이 우리도 오늘부터 만나는 모든 인연이 첫 만남처럼 설레고 기쁜 일 가득하기를 기원해보자. 아울러 이 재미있는 이야기를 조만간 실제 강의로 만날 수 있기를 독자 제현도 함께 발원해주시기를…….

열 번째 이야기

○

선혜 비구가 석가모니 수기를 받기까지

●

《한글대장경》을 완간한 주역이자 나의 스승이신 봉선사 월운 조실 스님께 인사를 드리러 갔다. 스승 운허 스님이 시작한《한글대장경》사업을 대를 이어 마치신 분이다. 어떤 일을 대를 이어 한다는 것은 보통 일이 아니다. 그것도 자본주의 사회에서 영리가 목적이 아닌 일을 대대로 해 나가는 삶이란 그 자체로 용맹정진 수행이다. 그 곁을 필자도 감히 슬쩍 기웃거리고 있다. 월운 스님은 한문 경전을 현대 한국어로 번역하셨다. 나는 15세기, 그러니까 600년 전 훈민정음 경전을 현대 한국어로 번역하고 있다.

글을 쓰기 위해《월인석보》를 들춰보고 번역할 때마다 나는 기분이 좋다. 약간 설렘도 있다. 데이트하는 기분과 비슷하다. 영인본이지만 옛날《월인석보》를 펴면 왠지 뿌듯해진다. 이렇게 대단한 책을 어루만지고 원뜻을 세심하게 현대 국어로 맞추어내는 일. 직업에 '타임머신 글자쟁이'가 있다면 아마 거기에 속할 것이다. 전생에 훈민정음 관련된 일이라도 한 것일까. 이 글을 매만질 때처럼 누군가 단 한 명의 독자라도 그 맛을 음미하고 교감할 수 있다면 나는 억만장자도 부럽지 않을 것 같다.

이번 이야기에서는 석가모니 부처의 전생에 있었던 일이 펼쳐진다. 우리가 알고 있는 석가모니도 무수한 전생이 있고 이 부처 이전에도 수많은 부처가 계셨다는 이야기이다. 여기서는 구이의 꽃을 얻은 선혜가 드디어 연등불(보광불)을 만난 이후의 일이 펼쳐진다. 선혜가 연등불께 귀의해 비구가 되고 석가모니가 될 것이라는 수기를 받고 석가모니로 태어나기까지의 여러 생에 걸친 모습을 소상히 적은《월인석보》중 '석보상절' 부분의 이야기이다.

그ᄢᅴ 燈照王이 臣下와 百姓과 領코 種種 供養 가져 城의 나아 부텨를 맛ᄌᆞ바 저ᄉᆞᆸ고 일훔난 고ᄌᆞᆯ 비터라 녀느 사ᄅᆞ미 供養 ᄆᆞ차ᄂᆞᆯ 善慧 다ᄉᆺ 고ᄌᆞᆯ 비ᄒᆞ시니 다 空中에 머므러 곳 臺 ᄃᆞ외어늘 後에 두 줄기ᄅᆞᆯ 비ᄒᆞ니 ᄯᅩ 空中에 머므러 잇거늘 王이며 天龍八部ㅣ 과ᄒᆞ야 녜 업던 이리로다 ᄒᆞ더니 〈月釋 1:14a〉

—

그때 등조왕燈照王이 신하와 백성을 거느리고 여러 가지 공양물을 가지고 성에 나아가 연등불을 맞이하여 예경하고 이름난 꽃을 뿌렸다. 다른 사람들이 연등불께 공양을 마치자 선혜善慧가 다섯 송이 꽃을 뿌리니 모두 공중에 머물러 꽃대臺가 되고, 다음에 구이에게 부탁 받은 꽃 두 줄기를 뿌리니 또 공중에 머물러 있었다. 왕과 천룡팔부가 칭찬하며 '예전에 없던 일이로다' 하였다.

등조왕은 선혜가 수행하던 시절의 왕 이름이다. 왕이 연등불(보광불)을 초청하여 나라의 꽃을 모으고 여러 공양물을 준비해 맞이하는 행사를 하는 날, 선혜도 차례를 기다려 꽃을 바친다. 당시는 꽃을 송이째로 드리는 게 아니라 '꽃을 비흐다'라는 표현을 쓰는데 비처럼 공중에서 떨어지도록 산화散花하는 의식이 있었던 모양이다. 그런데 선혜의 꽃만 공중에 뿌렸으나 떨어지지 않고 머물러 있었다는 것이다. 이적이다.

이뿐 아니라 세세생생 선혜의 아내가 된 구이로부터 부탁받은 두 송이마저 공중에 떠 있어 등조왕과 천룡팔부가 모두 예전에 없던 일이라고 찬탄하였다는 것이다. 세주에서 천룡팔부를 산뜻하게 풀이하고 있다. 이제 '무엇은 무엇이다' 형식으로 단문으로 끝나는 세주는 익숙해졌으므로 그중에 짚고 넘어가야 할 불교 용어 중심으로 살펴보기로 하자. 예를 들면 다음 세주에 등장하는 '령領은 거느린다는 것이다'와 같은 경우는 지금도 동일한 뜻풀이로 사용되고 있다.

領은 거느릴씨라

空中은 虛空ㅅ 가온ᄃᆡ라

八部는 여듧 주비니 天과 龍과 夜叉와 乾闥婆와 阿修羅와 迦樓羅와 緊那羅와 摩睺羅伽왜니 龍은 고기 中에 위두ᄒᆞᆫ 거시니 ᄒᆞᆫ 모미 크락 져그락 ᄒᆞ야 禪奇ᄒᆞᆫ 變化ㅣ 몯내 ᄋᆞᇙ 거시라

夜叉ᄂᆞᆫ ᄂᆞᆯ나고 모디다 ᄒᆞᆫ ᄠᅳ디니 虛空애 ᄂᆞ라 ᄃᆞᆫ니ᄂᆞ니라

乾闥婆ᄂᆞᆫ 香 내 맏ᄂᆞ다 ᄒᆞᆫ ᄠᅳ디니 하ᄂᆞᇙ 풍류ᄒᆞᄂᆞᆫ 神靈이니 하ᄂᆞᆯ해 이셔 풍류호려 ᄒᆞᇙ 저기면 이 神靈이 香 내 맏고 올아가ᄂᆞ니라

阿脩羅ᄂᆞᆫ 하ᄂᆞᆯ 아니라 ᄒᆞᄂᆞᆫ ᄠᅳ디니 福과 힘과ᄂᆞᆫ 하ᄂᆞᆯ콰 ᄀᆞᄐᆞ듸 하ᄂᆞᇙ 힝뎌기 업스니 瞋心이 한 젼ᄎᆞ라

迦樓羅ᄂᆞᆫ 金 ᄂᆞᆯ개라 ᄒᆞᆫ ᄠᅳ디니 두 ᄂᆞᆯ개 ᄊᆞᅀᅵ 三百三十六萬里오 모ᄀᆡ 如意珠ㅣ 잇고 龍ᄋᆞᆯ 밥 사마 자바먹ᄂᆞ니라

緊那羅ᄂᆞᆫ 疑心ᄃᆞᄫᆡᆫ 神靈이라 ᄒᆞᆫ ᄠᅳ디니 사ᄅᆞᆷ ᄀᆞᄐᆞ듸 ᄲᅳ리 이실ᄊᆡ 사ᄅᆞᆷ민가 사ᄅᆞᆷ 아닌가 ᄒᆞ야 疑心 ᄃᆞᄫᆡ니 놀애 브르ᄂᆞᆫ 神靈이니 부텨 說法ᄒᆞ신다마다 다 能히 놀애로 브르ᅀᆞᆸᄂᆞ니라

摩睺羅伽ᄂᆞᆫ 큰 ᄇᆡᆺ 바다ᄋᆞ로 긔여 ᄒᆞ니ᄂᆞ다 ᄒᆞᆫ ᄠᅳ디니 큰 ᄇᆡ얌 神靈이라

變은 常例예셔 다ᄅᆞᆯ씨오 化ᄂᆞᆫ ᄃᆞ욀씨라 三은 세히오 十은 열히오 六은 여스시라 열百이 千이오 열千이 萬이라 여슷 자히 步ㅣ오 三百步ㅣ 里라 珠는 구스리라 說은 니ᄅᆞᆯ씨라 〈月釋 1:15b〉

—

팔부八部는 여덟 부류이니 천天과 용龍, 야차夜叉, 건달바乾闥婆, 아수라阿修羅, 가루라迦樓羅, 긴나라緊那羅와 마후라가摩睺羅伽이다.

① 용은 물고기 중에 으뜸인 것이니 한 몸이 커졌다가 작아졌다가

하는 신기한 변화가 끝내 알 수 없는 것이다.

② 야차는 날래고 모질다 하는 뜻이다. 허공을 날아다닌다.

③ 건달바는 향내 맡는다 하는 뜻이다. 하늘의 음악을 주관하는 신령이니 하늘에서 풍류하려 할 때 이 신령이 향내를 맡고 올라간다.

④ 아수라는 하늘이 아니라는 뜻이다. 복福과 힘은 하늘과 같지만 하늘의 행적이 없으니 성내는 마음이 많은 까닭이다.

⑤ 가루라는 금金 날개이다. 두 날개 사이가 365만 리요, 목에 여의주가 있고 밥으로 용을 잡아먹는다.

⑥ 긴나라는 의심스러운 신령이라는 뜻이다. 사람 같지만 뿔이 있으므로 사람인가 아닌가 하여 의심하게 된다. 노래 부르는 신령이니 부처 설법하시는 데마다 모두 노래를 부른다.

⑦ 마후라가는 큰 배로 기어 다닌다는 뜻이다. 큰 뱀 신령이다.

'용'은 물고기 중에서 으뜸인 왕, '야차'는 모질고 날쌔 하늘을 날아다니는 것, '건달바'는 현재 '건달'이라는 오명의 어원이 되었지만 원래는 음악과 풍류를 주관하는 신이었다. 그 건달바의 원뜻이 향내를 맡는다는 뜻인 것은 필자에게도 새롭다. '아수라'는 하늘신의 반대라는 뜻으로 악신惡神이다. 여기서 아수라의 '아'는 부정의 뜻, 곧 '불不, 비非'의 산스크리트 어원임도 알 수 있다. '가루라'는 인도네시아 항공사 '가루다'와 같은 뜻으로 용을 잡아먹는 신이다. '긴나라'는 사람처럼 생겼는데 뿔이 있고 노래의 신이다. '마후라가'는

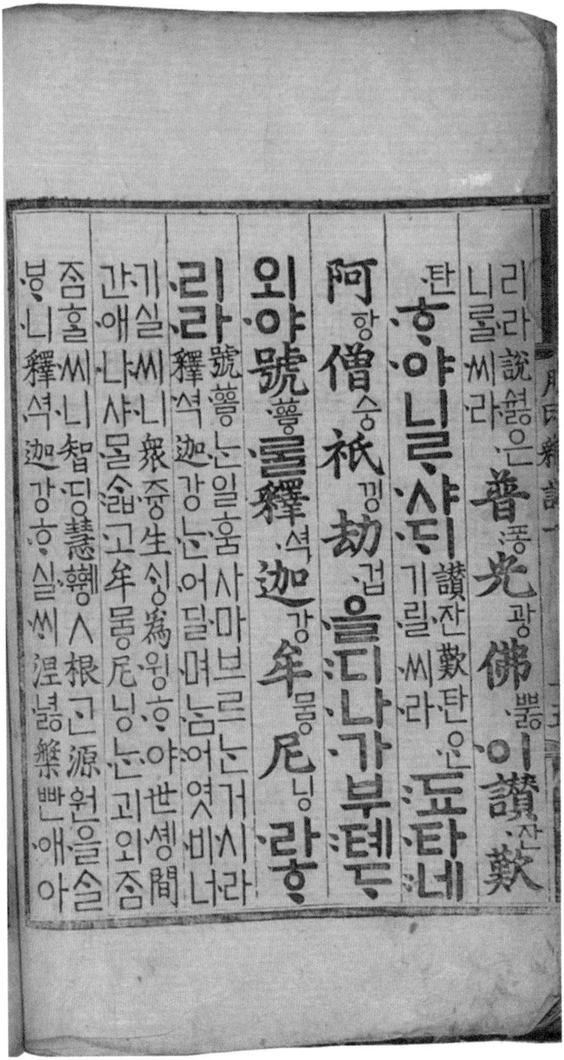

(보광불께서) 좋구나, 네가 아승기겁을 지나가 부처가 되어 호를 석가모니라 하리라

뱀들의 신이다.

불교를 접하게 되면 '천룡팔부'를 무수히 듣게 되지만 이렇게 간단명료하게 설명을 듣기는 쉽지 않은 일이다. 《월인석보》는 누누이 이야기하지만 세 살 어린아이가 처음 글자 배우고 처음 사물에 눈뜨게 하듯이 이렇게 차근차근 쉽게 풀어 말과 불교를 가르치고 있다.

普光佛이 讚歎ᄒᆞ야 니ᄅᆞ샤ᄃᆡ 됴타 네 阿僧祇劫을 디나가 부텨ᄃᆞ외야 號ᄅᆞᆯ 釋迦牟尼라 ᄒᆞ리라 授記 다 ᄒᆞ시고 부텨 가시논 ᄯᅡ히 즐어늘 善慧 니버 잇더신 鹿皮오ᄉᆞᆯ 바사 ᄯᅡ해 ᄭᆞᄅᆞ시고 마리ᄅᆞᆯ 펴 두펴시늘 부톄 ᄇᆞᆯ바디나시고 ᄯᅩ 授記ᄒᆞ샤ᄃᆡ 네 後에 부텨ᄃᆞ외야 五濁惡世예 天人濟渡호ᄆᆞᆯ 썰비 아니호미 당다이 나ᄀᆞᆮᄒᆞ리라
〈月釋 1:17a〉

讚歎ᄋᆞᆫ 기릴씨라
號ᄂᆞᆫ 일훔 사마 브르ᄂᆞᆫ 거시라
釋迦ᄂᆞᆫ 어딜며 ᄂᆞᆷ 어엿비 너기실씨니 衆生 爲ᄒᆞ야 世間애 나샤ᄆᆞᆯ ᄉᆞᆲ고 牟尼ᄂᆞᆫ 괴외 ᄌᆞᄌᆞᆷᄒᆞᆯ씨니 智慧ㅅ 根源을 ᄉᆞᆯᄫᆞ니 釋迦ᄒᆞ실ᄊᆡ 涅槃애 아니 겨시고 牟尼ᄒᆞ실ᄊᆡ 生死애 아니 겨시니라 涅槃ᄋᆞᆫ 업다ᄒᆞ논 ᄠᅳ디라
授記ᄂᆞᆫ 네 아모 저긔 부텨 ᄃᆞ외리라 미리 니ᄅᆞ실씨라
鹿皮ᄂᆞᆫ 사ᄉᆞᄆᆡ 가치라
濁ᄋᆞᆫ 흐릴씨오 惡ᄋᆞᆫ 모딜씨라 五濁ᄋᆞᆫ 劫濁 見濁 煩惱濁 衆生濁 命

濁이니 本來 몱근 性에 흐린 ᄆᆞᅀᆞᆷ 니러나미 濁이라 劫은 時節이니 時節에 모딘 이리 만ᄒᆞ야 흐리워 罪業을 니르바ᄃᆞᆯ씨라 見은 볼씨니 빗근 보미라 煩은 만흘씨오 惱ᄂᆞᆫ 어즈릴씨라 주그며 살며 ᄒᆞ야 輪廻호미 衆生濁이라 목수믈 몯 여희유미 命濁이라 命은 목수미라 天人ᄋᆞᆫ 하ᄂᆞᆯ콰 사ᄅᆞᆷ괘라

—

보광불이 찬탄하여 말씀하셨다.

좋구나, 네가 아승기겁을 지나가 부처가 되어 호號를 석가모니釋迦牟尼라 하리라.

수기授記 다 하시고 보광 부처 가시는 땅이 질거늘 선혜가 입고 있던 사슴가죽鹿皮 옷을 벗어 땅에 깔고 머리카락을 펴서 덮으셨다. 부처께서 밟고 지나시고 또 수기하셨다.

네가 나중에 부처되어 오탁악세五濁惡世에 죽으며 살며 하여 천인 제도함을 어렵게 여기지 않음이 마땅히 나와 같으리라.

보광불께서 선혜에게 아승기겁이라는 긴 시간 뒤에 석가모니 부처가 될 것이라고 예언하신다.

석가모니라는 단어 또한 어려운 말이라 세주에 설명이 자세하다.

석가釋迦는 어질며 남을 가엾이 여기는 것이니 중생을 위하여 세상에 태어나는 것을 말한다. 모니牟尼는 고요하고 잠잠한 것이니 지혜의 근원을 말한다. 석가는 열반에 있지 아니하고 모니는 생사

에 있지 않은 것이다. 열반은 없다는 뜻이다.

세주의 중요한 풀이만 보기로 하자. 석가는 어질고 남을 어여삐 여기는 사람이다. 모니는 지혜의 근원을 뜻하는데 고요하고 잠잠하다는 뜻이다. 우리가 알고 있는 석가모니는 그러니까 중생을 위해 태어난 지혜로운 분이시라는 말씀이다. 오탁악세의 '탁'은 흐리다는 것이요, '악'은 모진 것이다. '오탁'은 '겁탁, 견탁, 번뇌탁, 중생탁, 명탁'이니 본래 맑은 성품에 흐린 마음이 일어나는 것이 '탁'이다. '겁'은 시절이니 한 시절에 나쁜 일을 많이 하여 마음이 흐려져 죄업을 일으키는 것이다.

마침 보광불이 지나가는데 땅이 질어 걷기가 불편하실까 선혜는 입고 있던 옷과 머리카락을 펼쳐서 발을 더럽히지 않고 지나가게 하니 보광불은 나중에 자기와 동등한 위상으로 제도 능력을 갖추리라고 구체적으로 수기한다.

그ᄢᅴ 善慧 부텻긔 가아 出家ᄒᆞ샤 世尊ㅅ긔 ᄉᆞᆯᄫᆞ샤ᄃᆡ 내 어저ᄢᅴ 다ᄉᆞᆺ가짓 ᄭᅮ믈 ᄭᅮ우니 ᄒᆞ나ᄒᆞᆫ 바ᄅᆞ래 누ᄫᅳ며 둘흔 須彌山ᄋᆞᆯ 볘며 세ᄒᆞᆫ 衆生ᄃᆞᆯ히 내 몸 안해 들며 네ᄒᆞᆫ 소내 ᄒᆡᄅᆞᆯ 자ᄇᆞ며 다ᄉᆞᆫ 소내 ᄃᆞᄅᆞᆯ 자ᄇᆞ니 世尊하 날 爲ᄒᆞ야 니ᄅᆞ쇼셔 〈月釋 1:17b〉

出은 날씨오 家ᄂᆞᆫ 지비니 집 ᄇᆞ리고 나가 머리 갓ᄀᆞᆯ씨라
須彌ᄂᆞᆫ ᄀᆞ장 놉다ᄒᆞᄂᆞᆫ ᄠᅳ디라

—

그때 선혜가 부처께 가서 출가하고 보광불 세존께 말씀드렸다.

제가 어제 다섯 가지 꿈을 꾸었습니다.

하나는 바다에 누우며

둘은 수미산을 베며

셋은 중생들이 내 몸 안에 들며

넷은 손에 해를 잡으며

다섯은 손에 달을 잡으니

세존이시여, 나를 위하여 말씀해주십시오.

수기를 듣자 선혜는 보광불에게 가서 출가하고 꿈 이야기를 한다. 무려 다섯 가지인데 바다에 눕고 수미산을 베고 중생들이 몸 안으로 들어오며 손에 해와 달을 잡는 꿈이다. 누가 봐도 대단한 인물이 될 조짐이 있는 꿈이다. 출가에 대한 세주의 풀이가 재미있다. 집 버리고 나가 머리 깎는 것이라 한다. 수미는 가장 높다는 뜻이다.

부톄 니ᄅᆞ샤ᄃᆡ 바ᄅᆞ래 누ᄫᅮᆫ 이ᄅᆞᆫ 네 죽사릿 바ᄅᆞ래 잇ᄂᆞᆫ 야이오 須彌山 베윤 이ᄅᆞᆫ 죽사리ᄅᆞᆯ 버서날 느지오 衆生이 모매 드로ᄆᆞᆫ 衆生ᄋᆡ 歸依홇 ᄯᅡ히 ᄃᆞ욀 느지오 ᄒᆡᄅᆞᆯ 자보ᄆᆞᆫ 智慧 너비 비췰 느지오 ᄃᆞᄅᆞᆯ 자본 이ᄅᆞᆫ ᄆᆞᆰ고 간다ᄫᆞᆫ 道理로 衆生ᄋᆞᆯ 濟渡ᄒᆞ야 더ᄫᅳᆫ 煩惱ᄅᆞᆯ 여희의 ᄒᆞᆯ 느지니 이 ᄭᅮ믜 因緣은 네 쟝ᄎᆞ 부텨 ᄃᆞ욇 相이로다

더븐 煩惱ᄂᆞᆫ 煩惱ㅣ 블ᄀᆞ티 다라 나는 거실씨 덥다 ᄒᆞᄂᆞ니라

—

부처께서 말씀하셨다.

바다에 누운 일은 네가 생사의 바다에 있는 모습이요, 수미산을 베고 있는 일은 생사를 벗어날 조짐이요, 중생이 몸에 들어옴은 중생이 귀의할 곳이 될 조짐이요, 해를 잡음은 지혜가 널리 비칠 조짐이요, 달을 잡은 일은 맑고 시원한 도리로 중생을 제도하여 뜨거운 번뇌를 여의게 할 조짐이니 이 꿈의 인연은 네가 장차 부처가 될 상이로다.

보광불께서 선혜의 꿈을 풀이한다. 현재 중생으로서 생사윤회의 바다에 빠져 있는 모습, 생사를 벗어나 수미산에 오른 모습, 중생의 귀의처가 되어 태양처럼 지혜가 빛나고 달처럼 맑고 시원하게 번뇌를 소멸시키는 징조라는 것이다. 그 말은 다시 한 번 부처가 된다는 것을 강조함에 있다.

善慧 듣ᄌᆞᆸ고 깃거ᄒᆞ더시다 後에 普光佛 滅度ᄒᆞ거시ᄂᆞᆯ 善慧 比丘ㅣ 正ᄒᆞᆫ 法을 護持ᄒᆞ샤 二萬힛 ᄉᆞᅀᅵ예 衆生 濟渡호ᄆᆞᆯ 몯 니ᄅᆞ 혜에 ᄒᆞ시고 命終ᄒᆞ야 四天王이 ᄃᆞ외샤 天衆 敎化ᄒᆞ시다가 그 하ᄂᆞᆯ 목숨 다 사ᄅᆞ시고 人間애 ᄂᆞ리샤 轉輪王이 ᄃᆞ외야 四天下ᄅᆞᆯ 다ᄉᆞ리시다가 ᄯᅩ 命終ᄒᆞ샤 올아 忉利天에 나샤 그 목숨 다 사ᄅᆞ시고 ᄯᅩ ᄂᆞ려와 轉輪王이 ᄃᆞ외시며 ᄯᅩ 梵天에 올아 天帝ᄃᆞ외야 겨시다

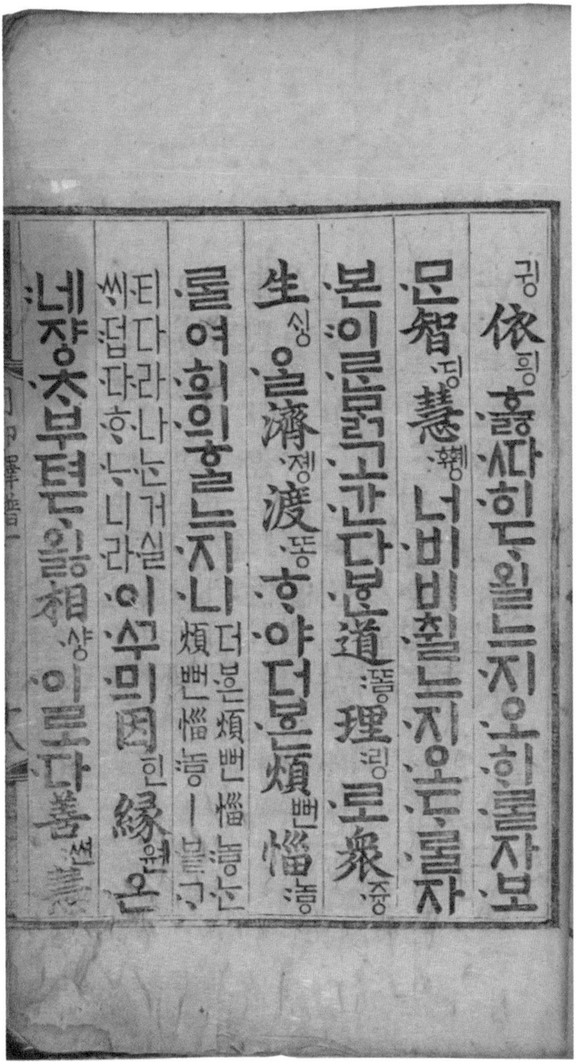
依ᄒᆞᆯ 따히 ᄃᆞ욀 느지오 ᄒᆡᄅᆞᆯ 자보
ᄆᆞᆫ 智慧 너비 비췰 느지오 ᄃᆞᄅᆞᆯ 자
본 이ᄅᆞᆫ ᄆᆞᆰ고 ᄀᆞᆫ다ᄫᆞᆫ 道理로 衆
生ᄋᆞᆯ 濟渡ᄒᆞ야 더ᄫᆞᆫ 煩惱
ᄅᆞᆯ 여희의 ᄒᆞᆯ 느지니 더ᄫᆞᆫ 煩惱ᄂᆞᆫ 煩惱ㅣ 블ᄀᆞᆺ
티 다라나ᄂᆞᆫ 거실씨 덥다 ᄒᆞᄂᆞ니라 이 ᄭᅮ믜 因緣은
네 쟝ᄎᆞ 부텨 ᄃᆞ욀 相이로다 善慧

(중생이 귀)의할 곳이 될 조짐이요, 해를 잡음은 지혜가 널리 비칠 조짐이요, 달을 잡은 일은 맑고 시원한 도리로 중생을 제도하여 뜨거운 번뇌를 여의게 할 조짐이니 이 꿈의 인연은 네가 장차 부처가 될 상이로다

이 림 니 기

가 도로 ᄂᆞ려와 聖王이 ᄃᆞ외샤 各各 셜흔여슷 디위를 오ᄅᆞᄂᆞ리시니 그 ᄉᆞᅀᅵ예 시혹 仙人이 ᄃᆞ외시며 外道 六師ㅣ ᄃᆞ외시며 婆羅門이 ᄃᆞ외시며 小王이 ᄃᆞ외샤 이러트시 고텨 ᄃᆞ외샤미 몯 니ᄅᆞ 혜리러라 〈月釋 1:20b〉

—

선혜가 듣자옵고 기뻐하였다. 훗날 보광불께서 멸도하시거늘 선혜 비구가 올바른 법을 호지하여 중생 제도함이 이루 헤아릴 수 없었다. 선혜가 목숨을 마치고 사천왕이 되어 천중天衆 교화하시다가 그 하늘 목숨 다 사시고 인간 세상에 태어나 전륜왕이 되어 사천하四天下를 다스리셨다. 또 목숨 마치시고 올라가 도리천忉利天에 태어나 그 목숨 다 사신 후에 또 내려와 전륜왕이 되시며, 또 범천梵

天에 올라가 천제天帝가 되셨다가 다시 내려와 성왕이 되어 각각 서른여섯 지위를 오르내리셨다. 그 사이에 선인仙人이 되시며 외도外道 육사六師가 되시기도 하며 바라문婆羅門이 되시기도 하고 소왕小王이 되는 등 이와 같이 고쳐 태어나심이 이루 헤아릴 수 없었다.

이제 세주의 백미 '석보상절 사전'의 시간이 돌아왔다.

滅은 업슬씨오 度ᄂᆞᆫ 건날씨니 뷔여 ᄒᆞᆫ 것도 업서 世間 밧긔 건나 나실씨니 긔 涅槃이니 涅槃ᄋᆞᆫ 괴외ᄒᆞᆯ씨니 ᄆᆞᅀᆞᄆᆞᆯ 뮐기샤 ᄒᆞᆫ것도 업시 뷔샤 사디 아니ᄒᆞ시며 죽디 아니ᄒᆞ샤 便安케 ᄃᆞ외실씨라

比丘는 즁이라

二ᄂᆞᆫ 둘히라

命終은 목숨 ᄆᆞᄎᆞᆯ씨라

四天王ᄋᆞᆫ 네 天王이니 東方持國天王 南方增長天王 西方廣目天王 北方多聞天王이니 아래로 첫 하ᄂᆞ리라

天衆은 하ᄂᆞᆯ햇 사ᄅᆞ미라 敎化ᄂᆞᆫ ᄀᆞᄅᆞ쳐 어딜에 ᄃᆞ외올씨라

人間ᄋᆞᆫ 사ᄅᆞᆷ 서리라

轉은 그울씨오 輪은 술위ᄠᅵ니 轉輪은 술위를 그우릴씨니 聖王 셔실 나래 술위 ᄂᆞ라오나ᄃᆞᆫ 그 술위ᄅᆞᆯ ᄐᆞ샤 나라해 다 ᄃᆞᆫ니실ᄊᆡ 轉輪王이시다 ᄒᆞ며 輪王이시다 ᄒᆞᄂᆞ니라 聖王ᄋᆞᆫ 聖人이신 王이시니 聖은 通達ᄒᆞ야 몰롤 이리 업슬씨라

四天下ᄂᆞᆫ 東弗婆提 西瞿陁尼 南閻浮提 北鬱單越이라

忉利ᄂᆞᆫ 셜흔세히라 ᄒᆞᆫ 마리니 忉利天 內예 셜흔세 하ᄂᆞ리 잇ᄂᆞ니

아래로 둘찻 하ᄂᆞ리라 內ᄂᆞᆫ 안히라

梵은 조ᄒᆞᆫ 힝뎌기라 ᄒᆞᆫ ᄠᅳ디니 아래로 닐굽찻 하ᄂᆞ리라

天帝ᄂᆞᆫ 하ᄂᆞᆳ 皇帝라

外道ᄋᆡ 스승이 여슷 가지라

小王ᄋᆞᆫ 혀근 王이니 轉輪王 아닌 王이라

—

멸滅은 없다는 것이요, 도度는 건넌다는 것이니 비어서 아무것도 없어 세상 밖을 건너 태어나신다는 뜻이다. 그것이 열반涅槃이니 열반은 고요한 것이며 마음을 맑게 하셔서 아무것도 없이 비어 살지도 않고 죽지도 않아 편안하게 된다는 뜻이다.

우리가 상식적으로 생각하는 '소멸'의 의미를 넘어 '열반'으로 확장되고 있는 불교 철학의 깊이와 넓이를 보여주는 해설이다.

비구는 중이라는 뜻이다. 15세기 당시에는 '중'이 비하하는 의미가 아니라는 것을 분명히 보여주는 정의이다. '중'과 '스님'으로 대립된 것은 근간의 일이다.

이二는 둘이다.

명종命終은 목숨을 마치는 것이다.

사천왕四天王은 네 천왕이니 동방지국천왕東方持國天王, 남방증장천왕南方增長天王, 서방광목천왕西方廣目天王, 북방다문천왕北方多聞天王이니 사천왕천은 욕계육천 중 가장 아래 첫 번째 하늘이다.

전轉은 굴리는 것이요, 륜輪은 수레바퀴이니 전륜은 수레를 굴리

는 것이다. 성왕聖王 즉위하시는 날에 수레가 날아와 그 수레를 타고 나라에 모두 다니시므로 전륜왕轉輪王이시다. 성왕聖王은 성인聖人이신 왕이시니 성聖은 통달하여 모르는 일이 없는 것이다.

천중天衆은 하늘에 사는 사람들이다. 교화敎化는 가르쳐서 어질게 되도록 하는 것이다.

인간人間은 사람들 사는 가운데이다. 인간은 '인간 세상'의 줄임말이다. 우리가 잘 알고 있는 '홍익인간弘益人間' 또한 널리 인간세상을 이롭게 하라는 뜻인 줄 확인할 수 있는 주석이다.

사천하四天下는 동불바제東弗婆提, 서구타니西瞿陁尼, 남염부제南閻浮提, 북울단월北鬱單越이다.

도리忉利는 서른셋이라고 하는 말이니 도리천忉利天 안에 서른 세 하늘이 있으니 욕계육천 중 아래에서부터 세어 두 번째 하늘이다.

내內는 안이다.

범梵은 깨끗한 행적이라 하는 뜻이니 아래에서 일곱째 하늘이다.

천제는 하늘의 황제이다.

외도 육사는 외도外道의 스승이 여섯 가지인 것을 말한다.

소왕小王은 작은 왕이니 전륜왕轉輪王이 아닌 왕이다.

이것이 '멸滅'에 대한 상세한 정의 '상詳', '사천왕'에 대한 간략한 풀이 '절節' 등 주석에서도 빛나는 《석보상절》 '사전 상절辭典詳節'의 세계라 할 만하다.

선혜는 거듭 부처가 된다는 소리를 들으니 이 아니 기쁠쏜가. 그 뒤에 보광불께서 입멸하시니 선혜는 비구로서 중생을 제도하고 또 제도한다. 그러던 어느 날 선혜 또한 죽음을 맞이한다. 그후 다음 생, 그다음 생, 세세생생 사천왕이 되었다가 전륜왕이 되었다가 도리천에 태어나기도 하고 다시 사천왕이 되기도 한다. 또 범천의 천제가 되었다가 성왕이 되기를 서른여섯 번, 선인이 되었다 외도가 되기까지 한다. 바라문도 되고 전륜왕이 아닌 소왕도 되는 등 무수한 생을 거듭하게 된다. 그러면서 깨알같이 멸도의 뜻풀이, 사천왕, 전륜왕, 사천하, 도리천, 범천, 소왕에 이르기까지 소상히 알려준다.

지금까지 《월인천강지곡》 8장까지의 내용과 관련된 《석보상절》의 이야기를 함께 읽었다. 《월인천강지곡》 노래 1장과 2장은 발원문이자 청법가요, 3장부터 8장까지가 고타마의 성을 받게 된 구담씨의 이야기, 연등불의 수기를 받은 선혜가 석가모니 되기까지의 파란만장 세세생생 태어나는 이야기이다.

요즘 호모 나란스(Homo Narrans)라는 말이 유행이라고 한다. 라틴어로 '이야기하는 사람'을 뜻하는 말인데 인간은 누구나 이야기하는 본능을 가졌다는 것이다. '놀이하는 인간'이란 정의를 좋아하는 나로서는 금상첨화요, 대환영이다. '이야기 놀이'만큼 재미있는 것은 없기 때문이다. 그 유전자는 이처럼 《월인석보》를 쓴 우리 선조에게서 찾을 수 있다. 《월인석보》의 저본이 된 인도와 중국 스토리텔링의 원류까지 거슬러 올라가면 이야기하는 인간의 유구한

DNA가 보인다.

그러니 알고 보면 인간 이야기의 원류, 《월인석보》를 통해 알게 된 세세생생의 맺은 인연들을 더듬어 서로에게 부처가 되리라고 덕담 어린 수기를 해주시기를. 상대만의 장점을 찾아 칭찬해주시기를. 이 모두가 인간 세상에 꽃비 내리는 이야기인 것을!

열한 번째 이야기

○

우리가 사는 인간 세상, 남염부제

●

오랫동안 가보고 싶었던 미국에 있는 한국 절 '고려사'에 다녀왔다. 이슬람 사원이었던 둥근 돔 지붕이 그대로 남아 있는 고려사의 유쾌한 주지 묘경 스님이 환대해주셨다. 한겨울 1월임에도 간간이 부겐빌레아가 피어 있는 날씨 좋은 캘리포니아주 LA 한인 타운 한복판에 자리 잡고 있는 고려사. 그곳을 가는 동안 수백 개도 넘어 보이는 한인 교회 거리를 지나야 했다. 한 집 건너 하나가 아니라 나란히 줄지어 있는 수많은 한인 교회. 신라시대 서라벌에는 기러기처럼 즐비한 절집 기와들이 불국토를 이루고 있었다는데…….
격세지감이다.

주로 미국이 전한 종교를 다시 그 나라에 꽃피운 한국식 기독교의 대단함과 교회가 250개 있으면 절이 하나 겨우 명맥을 이어간다는 비율에 만감이 교차한다. 어쨌든 한반도를 떠나서 꽃피우고 있는 21세기 한국 종교의 세계화이다. 언젠가 한국 불교도 그렇게 세계화가 될 수 있다고 생각한다. 불교가 자연사했다는 인도에 가서 한국 불교를 전파하고 불교 성지 곳곳마다 사찰과 학교를 세우는 등 이즈음 한국 불교의 활약도 괄목할 만하다. 한 마음 돌리면 이 세상 어디든 내가 있는 그 자리가 불국토인 것을…….

그러면 아주 먼 옛날 우리가 살았던 불교 세계와 우주의 시공간은 어떠했을까. 그 내용이 《월인석보》에 아주 상세하게 기록되어 있다. 책 한 권으로도 모자랄 만큼 우리 토박이말, 우리 고유어로 수놓아진 불교의 세계 남염부제 속으로 찬찬히 걸어 들어가보자.

其九

名賢劫이 열ᇙ 제 後ㅅ 일ᄋᆞᆯ 뵈요리라 一千靑蓮이 도다 펫더니

四禪天이 보고 디나건 일로 혜야 一千世尊이 나싫ᄃᆞᆯ 아니

〈月釋 1:21〉

—

명현겁의 세상이 열릴 때 후세의 일을 보이고자 일천 송이 청련화가 돋아 피었습니다.

사선천이 보시고 지나간 일을 헤아려 일천 분의 세존이 나실 것을 아셨습니다.

《월인천강지곡》이라는 불교의 시간과 공간에 대한 노래는 단 한

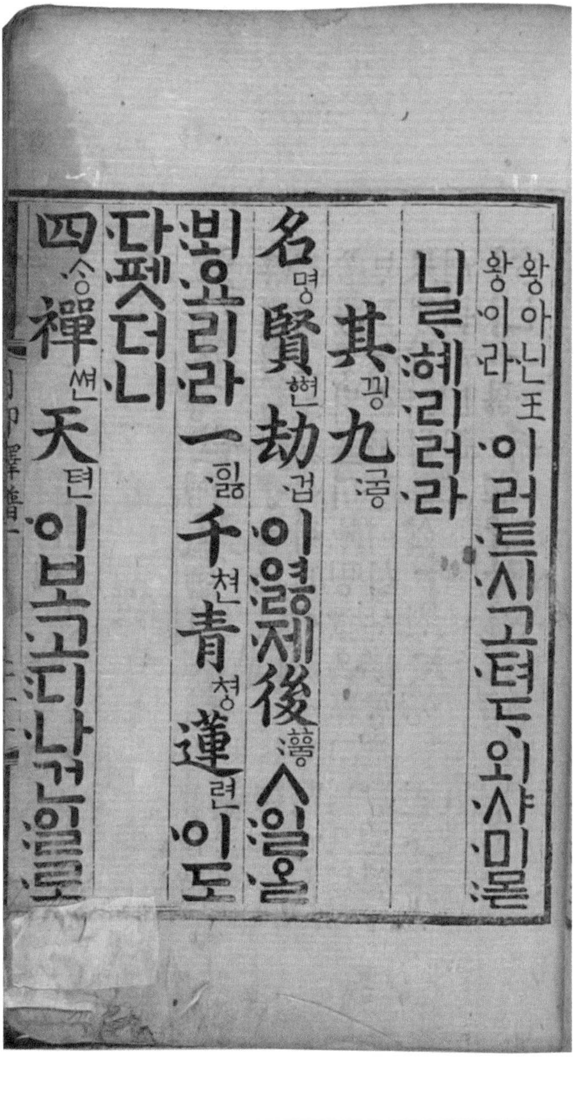

명현겁의 세상이 열릴 때 후세의 일을 보이고자 일천 송이 청련화가 돋아 피었습니다.

수 9장뿐이다. 그러나 이에 대한 《석보상절》 본문, 그리고 본문에 깨알같이 15세기 우리말 세주로 풀이해놓은 불교의 세계와 우주관은 가히 '역대급'이라는 유행어가 붙을 만하다. 두 줄의 시로 과연 얼마나 길게 쓸 수 있을까. 먼저 《월인천강지곡》의 내용을 살펴보자.

먼저 명현겁의 뜻이 궁금하다. 명현겁은 현겁이라고도 하는데 세계가 이루어지고(成), 그 상태로 머물러 있다가(住), 무너져서(壞) 텅 비어 있는(空) 네 가지 유전을 되풀이하게 된다. 이 한 주기를 대겁大劫이라고 한다. 과거의 대겁을 장엄겁莊嚴劫, 현재의 대겁을 현겁賢劫, 미래의 대겁을 성수겁星宿劫이라 하는데 현겁賢劫의 주겁住劫 때에는 일천 부처님이 출현하여 세상 중생을 구제한다고 한다.

그러니까 명현겁의 세상이 열릴 때 일천 분의 부처가 나올 조짐으로 청련화 일천 송이가 피었다는 것이다. 그리고 사선천은 색계에 있는 네 하늘로 초선천, 이선천, 삼선천, 사선천이 있는데 제석천처럼 하늘을 주관하는 사람으로 의인화되고 있다. 그 사선천이 청련화가 핀 것을 보고 일천 부처가 현재 세상에 태어날 것을 미리 알았다는 내용이다. 이에 대한 《석보상절》의 장광설長廣舌이 펼쳐진다.

> 娑婆世界內예 三千大千 나라히니 一千 나라히 小千界오 一千小千界中千界오 一千中千界大千界라

娑婆ᄂᆞᆫ 受苦ᄅᆞᆯ 겻ᄂᆞ다 ᄒᆞ논 ᄠᅳ디니 하ᄂᆞᆯ히 현마 즐겁고도 福이 다아 衰ᄒᆞ면 受苦ᄅᆞᄫᆡ요미 地獄두고 더으니 부텨옷 죽사릴 여희샤 娑婆世界 밧긔 버서나시니라

中은 가온ᄃᆡ라

—

사바세계 안에 삼천대천 나라가 있으니, 일천 나라가 소천계요, 일천 소천계가 중천계요, 일천 중천계가 대천계이다.

우리가 현재 살고 있는 세계가 사바세계라는 것은 잘 알고 있을 것이다. 그 사바세계 안에 삼천 개의 대천계가 있다는 사실을 아는 사람이 얼마나 될까. 무엇을 삼천대천세계라고 하는 것일까. 먼저 '나라'라는 것이 천 개 모여 있는 것을 소천계라고 한다. 그 소천계가 천 개 모여 중천계, 다시 중천계가 천 개 모여야 우리가 흔히 불교에서 말하는 삼천대천세계가 되는 것이다. 사바세계의 '사바'는 괴로움을 겪는다는 뜻이니, 하늘이 아무리 즐거워도 복이 다해 쇠하면 괴로움이 지옥보다 더하다고 한다. 부처님만이 생사를 여의어 사바세계 밖으로 벗어나신 분이다. 이제 다시 소천계의 단위인 '나라'는 어떻게 생겼을까 미시적 관점으로 돌아와보자. 우리가 별다른 궁금증도 없이 막연히 쓰는 '나라'를 어떻게 묘사하고 있을까.

ᄒᆞᆫ 나라해 ᄒᆞᆫ 須彌山곰 이쇼ᄃᆡ 그 山이 東녀근 黃金이오 南녀근

靑瑠璃오 西ㅅ녀근 白銀이오 北녀근 黑玻瓈라

黃은 누를씨라

靑은 프를씨오 瑠璃는 프른 비쳇 보비라 혼 뜨디니 브레 드러도 녹디 아니ᄒᆞᄂᆞ니라 白은 힐씨라 黑은 거믈씨오 玻瓈는 믈玉이라 혼 마리니 水精이라

—

한 나라에는 수미산이 하나씩 있다. 그 산의 동쪽은 황금이요, 남쪽은 청유리요, 서쪽은 백은이요, 북쪽은 흑파려이다.

나라 가운데 수미산 하나가 중심을 잡고 동서남북이 보석으로 이루어져 있다. 동쪽부터 황금, 청유리, 백은, 흑파려의 순서이다. 여기서 우리는 당시의 보석에 대하여 자세히 알게 된다. 남쪽의 청유리는 푸른빛의 보배라는 뜻이니 불에 들어가도 녹지 않는 보석이다. 흑파려는 검은 물옥이라 하는 말이니 수정이다. 보석을 공부하거나 관심 있는 분들은《석보상절》을 필독해야 할 것이다. 삼천대천세계를 구성하는 제일 작은 단위인 나라마다 수미산이 중심에 있고 동서남북이 각기 다른 보석으로 이루어져 있다. 당시의 주요 보석이 어떤 것들인지 알 수 있는 대목이다.

須彌山 밧긔 닐굽 山이 둘어 잇ᄂᆞ니 金 銀 瑠璃 玻瓈 硨磲 瑪瑙 赤眞珠ㅣ ᄃᆞ외야 잇ᄂᆞ니라

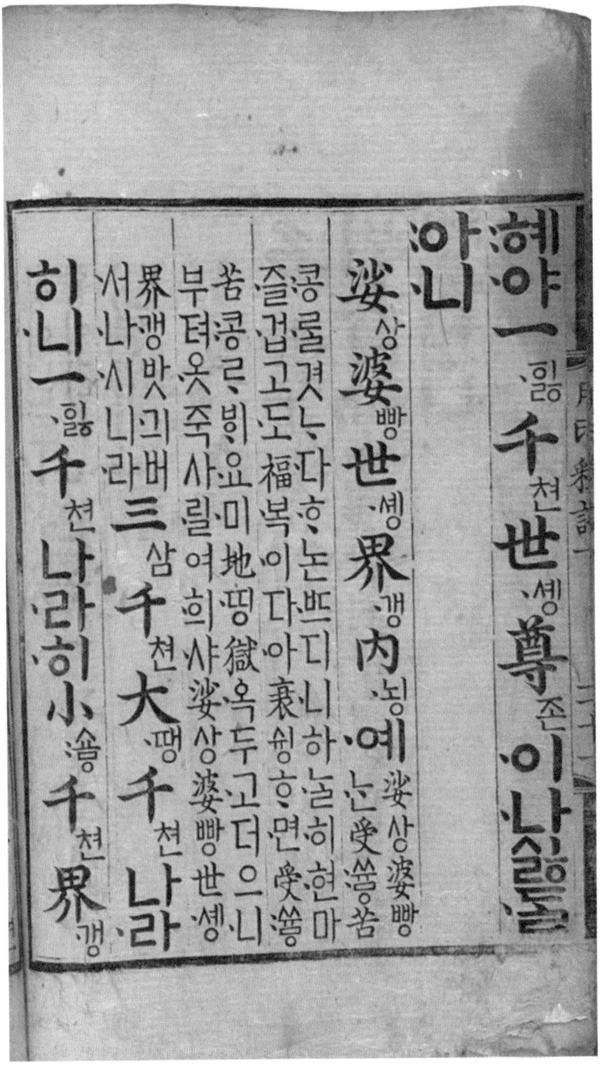

헤아려 일천 분의 세존이 태어나실 것을 아셨습니다。
사바세계 안에 삼천대천 나라가 있으니, 일천 나라가 소천계요。

닐굽 山은 持雙山 持軸山 擔木山 善見山 馬耳山 象鼻山 魚觜山이라 瑪瑙는 몺 頭腦ㅣ니 비치 히오 블구미 몺 頭腦ㅣ ᄀᆞᄐᆞ니라 赤眞珠는 블근 眞珠ㅣ라

—

수미산 밖에 일곱 산이 둘러쳐져 있으니 금, 은, 유리, 파려, 차거, 마노, 적진주로 이루어져 있다.

수미산을 둘러싸고 있는 일곱 개의 산이 있는데 일곱 산은 지쌍산, 지축산, 담목산, 선견산, 마이산, 상비산, 어자산이다. 이 일곱 산도 또한 칠보로 구성되어 있음을 볼 수 있다. 이 보석들에 대한 좀 더 깊이 있는 연구도 필요한 시점이다. 여기서는 마노의 설명이 흥미롭다. 마노는 말의 두뇌와 같이 생겨 색깔이 희고 붉다고 한다.

닐굽 山 쓰ᅀᅵ는 香水 바다히니 優鉢羅花와 波頭摩花와 拘牟頭花와 奔茶利花ㅣ 믈 우희 차 두퍼 잇ᄂᆞ니라

水는 므리라

優鉢羅花는 靑蓮花ㅣ니 花는 고지라

波頭摩花는 紅蓮花ㅣ니 紅은 블글씨라

拘牟頭花는 黃蓮花ㅣ라

奔茶利花는 白蓮花ㅣ라

—

일곱 산 사이는 향수의 바다로 채워져 있다. 우발라화와 파두마화, 구무두화, 분다리화가 물 위에 가득 차게 덮여 있다.

이제 머릿속으로 나라의 그림이 그려지기 시작할 것이다. 넓고 넓은 대지 위에 수미산이 우뚝 솟아 있고 그 산을 일곱 산이 둘러쌌는데 모두 보석으로 이루어진 산들이다. 그 사이사이 향수로 바다가 채워져 있고 그 바다 위를 청홍황백 네 가지 색깔의 연꽃이 뒤덮고 있다. 네 가지 연꽃은 다음과 같다. 우발라화는 청련화(푸른 연꽃)이며 파두마화는 홍련화(붉은 연꽃)이다. 구무두화는 황련화(노란 연꽃)이다. 분다리화는 백련화(흰 연꽃)이다. 수미산 중앙부터 시작해 외곽으로 퍼져 나가고 있는 그림이다.

닐굽 山 바끠ᅀᅡ 鹹水 바다히 잇거든 娑竭羅龍王이 위두ᄒᆞ야 잇ᄂᆞ니 녀느 龍이 다 臣下ㅣ라 그 鹹水 바다해 네 셔미 잇ᄂᆞ니 東녁 셔믄 弗婆提오 南녁 셔믄 閻浮提오 西ㅅ녁 셔믄 瞿陁尼오 北녁 셔믄 鬱單越이니 이 네 셔믈 네 天下ㅣ라 ᄒᆞᄂᆞ니 우리 사ᄂᆞᆫ ᄯᅡ히 南녁 閻浮提天下ㅣ라

鹹ᄋᆞᆫ ᄧᆞᆫ 씨라
娑竭羅ᄂᆞᆫ ᄧᆞᆫ 바다히라 ᄒᆞᆫ ᄠᅳ디니 사ᄂᆞᆫ ᄯᅡᄒᆞ로 일훔지ᄒᆞ니라 龍王ᄋᆞᆫ 龍ᄋᆡ 中엣 王이니 대도ᄒᆞᆫ디 사ᄉᆞᄆᆞᆯ 鹿王이라 ᄒᆞ며 쇼ᄅᆞᆯ 牛王이라 ᄒᆞ며 鸚鵡ᄅᆞᆯ 鸚鵡王이라 ᄒᆞ며 즘게 남ᄀᆞᆯ 樹王이라 ᄒᆞᄃᆞᆺ ᄒᆞ야 아모

거긔도 제 무레 위두ᄒᆞᆫ 거슬 王이라 ᄒᆞᄂᆞ니라

弗婆提ᄂᆞᆫ 처ᅀᅥ미라 ᄒᆞᆫ ᄠᅳ디니 ᄒᆡ 처ᅀᅥᆷ 나ᄂᆞᆫ ᄯᅡ히라

閻浮는 나못 일후미오 提ᄂᆞᆫ 셔미니 이 셤 우희 이 남기 잇고 그 숩 서리예 므리 잇ᄂᆞ니 그 믈 미틔 金몰애 잇ᄂᆞ니 일후미 閻浮檀金이니 그럴ᄊᆡ 일후믈 閻浮提라 ᄒᆞᄂᆞ니라

瞿陁尼ᄂᆞᆫ 쇼쳔량이라 ᄒᆞᆫ ᄠᅳ디니 그어긔 쇼 하아 쇼로 쳔사마 흥졍ᄒᆞᄂᆞ니라

鬱單越은 ᄆᆞᆺ 됴ᄒᆞᆫ ᄯᅡ히라 ᄒᆞᆫ ᄠᅳ디니 네 天下ㅅ 中에 ᄆᆞᆺ 됴ᄒᆞ니라

—

일곱 산 밖에서야 짠물의 바다가 있는데 사갈라 용왕이 우두머리이다. 다른 용은 모두 그의 신하이다.

그 짠물 바다에 네 섬이 있으니 동쪽 섬은 불바제요, 남쪽 섬은 염부제요, 서쪽 섬은 구타니요, 북쪽 섬은 울단월이니 이 네 섬을 네 천하라 한다. 우리 사는 곳이 남쪽 염부제 천하이다.

그 옛날에도 바다는 짠물이었다. '사갈라'는 짠 바다라는 뜻이니 사갈라 용왕은 짠물 바다에 살아서 그렇게 이름을 붙인다. 용왕은 용 가운데에서 왕이니 무릇 사슴을 녹왕이라 하고 앵무를 앵무왕이라 하며 큰 나무를 수왕이라 하는 것과 같다. 누구에게 있어서나 제 무리 중에 으뜸가는 것을 왕이라 한다고 쉽게 예를 들어 설명하고 있다.

그렇다면 우리가 살고 있는 남염부제 또는 남섬부주라고 부르

는 세계는 그중 어디에 속하고 어떻게 생겼을까. 그 궁금증을 《월인석보》는 속 시원하게 풀어주고 있다. 바로 수미산 지나 칠보산 지나 바다 위에 떠 있는 동서남북 네 섬 중 하나라는 것이다. 남쪽 염부나무가 자라는 천하, 남염부제라는 것을 '남南+염부(나무 이름)+제(섬)'라는 뜻으로 분석해 알려주고 있다. 이 섬 위에 염부나무가 있고 그 숲 가운데에 물이 있으니 그 물 밑에 금모래가 있어 이름이 염부단금이다. 그러므로 이름을 염부제라 한다. 우리는 대륙에 속한 반도에 살고 있다고 생각하지만 불교의 세계관에서는 남염부제 자체가 하나의 큰 섬이라고 인식하고 있다. 서쪽 섬 '구타니'는 소의 재산이라 하는 뜻인데 그곳에 소가 많아 소로 돈을 삼아 흥정하기 때문에 붙여진 이름이다. 북쪽 섬 단월은 가장 좋은 곳이라 하는 뜻이니 네 천하 가운데 가장 좋은 곳이다.

《월인석보》에 전하는 불교의 우주관과 세계 이야기는 이렇게 어마어마하다. 이제 시간과 공간의 시작에 불과한 걸음마를 떼었다. 겨우 과거, 현재, 미래의 시간을 헤아리는 현재의 명현겁과 삼천대천세계의 기본 최소 단위에 해당하는 나라의 공간에 들어섰을 뿐이다. 그러나 그 나라 또한 크기가 만만치 않아 중심에 수미산, 수미산 밖에 칠보산, 칠보산 밖에 바다로 이루어진 네 섬 가운데 하나가 우리가 살고 있는 남염부제임을 확인하였다.

《월인석보》, 읽을수록 들여다볼수록 대단하지 않은가. 다시금 상기해보자. 우리 글자 훈민정음을 반포한 것이 1446년, 《석보상절》 24권을 완간한 것이 10개월 후인 1447년이다. 《월인천강지곡》

도 바로 이어서 지어진 것으로 알려져 있다. 그 두 책을 합하고 수정 증보한 것이 1459년의 《월인석보》이다. 《석보상절》이 나오고 나서 12년 후, 훈민정음을 반포한 지 13년, 창제 당시까지로 거슬러 가도 겨우 16년이다. 나라의 글자를 만들고 십 수 년 후에 어떻게 금과옥조 같은 순우리말을 온전히 살려 불교 경전을 만들 수 있었을까. 거기에 높은 완성도는 세계 불가사의 감이다. 그럼에도 우리 학계의 연구는 여전히 미진하기 짝이 없다. 이제 이 글을 읽는 독자의 힘으로 《월인석보》 재평가가 반드시 이루어져야 할 것이다.

열두 번째 이야기

○

사륜왕과 칠보

●

삼천대천세계의 기본 단위라고 하는 '나라'는 중심에 수미산, 수미산 밖에 칠보산, 칠보산 밖에 바다로 이루어져 있고, 네 섬 중 우리는 남쪽 남염부제에 산다는 이야기를 하였다. 왠지 화성에 사람이 살고 있을까 하고 궁금해하듯이 다른 동쪽, 서쪽, 북쪽에는 그럼 누가 살고 있을까 궁금해진다. 이제 그 네 섬을 다스리는 왕들의 이야기를 하게 될 것이다.

우리가 이름만 들었던 금륜왕, 은륜왕, 동륜왕, 철륜왕에 대한 내용인데 이미 신라에도 이러한 이름의 왕자들이 있었다는 것을 알면 더욱 흥미로울 것이다. 바로 제25대 진지왕의 이름이 '금륜'이었다. 그의 형 '동륜' 태자가 죽자 왕위를 계승한 윤왕輪王의 이름이었다. 신라가 불국토를 표방함을 보여주는 여러 실마리 가운데 하나이니 신라 불국토의 다빈치 코드를 푸는 마음으로 들여다보자.

사륜왕에 대하여

열두 번째 《월인석보》 이야기는 금륜, 은륜, 동륜, 철륜의 네 수레바퀴 왕이 다스리는 세상이다. 지난 이야기에서는 동서남북 네 종류의 천하 중 우리 인간이 살고 있는 남쪽 염부제 이야기를 하였다. 그렇다면 이 네 천하를 누가 어떻게 다스릴까.

> 이 네 天下ᄅᆞᆯ 金輪王ᄋᆞᆫ 다 다ᄉᆞ리시고 銀輪王ᄋᆞᆫ 세 天下ᄅᆞᆯ 다ᄉᆞ리시고 銅輪王ᄋᆞᆫ 두 天下ᄅᆞᆯ 다ᄉᆞ리시고 鐵輪王ᄋᆞᆫ ᄒᆞᆫ 閻浮提ᄅᆞᆯ 다ᄉᆞ리시ᄂᆞ니 이 네 輪王이 ᄒᆞᆫ 밤낫 ᄉᆞᅀᅵ예 ᄌᆞ개 다ᄉᆞ리시ᄂᆞᆫ ᄯᅡᄒᆞᆯ 다 도ᄅᆞ샤 十善ᄋᆞ로 敎化ᄒᆞ시ᄂᆞ니 〈月釋 1:25b〉

동서남북 네 천하를 다스리는 왕은 금륜, 세 천하는 은륜, 두 천하는 동륜, 철륜은 염부제 한 천하를 다스린다. 우리가 사는 염부제의 왕은 철륜왕인 줄 알겠다. 이 네 분의 수레바퀴 왕이 하루 밤과 낮 사이에 자기가 맡은 천하를 다 돌면서 열 가지 선善으로 교화하여 다스린다는 것이다. 대단한 역량이다.

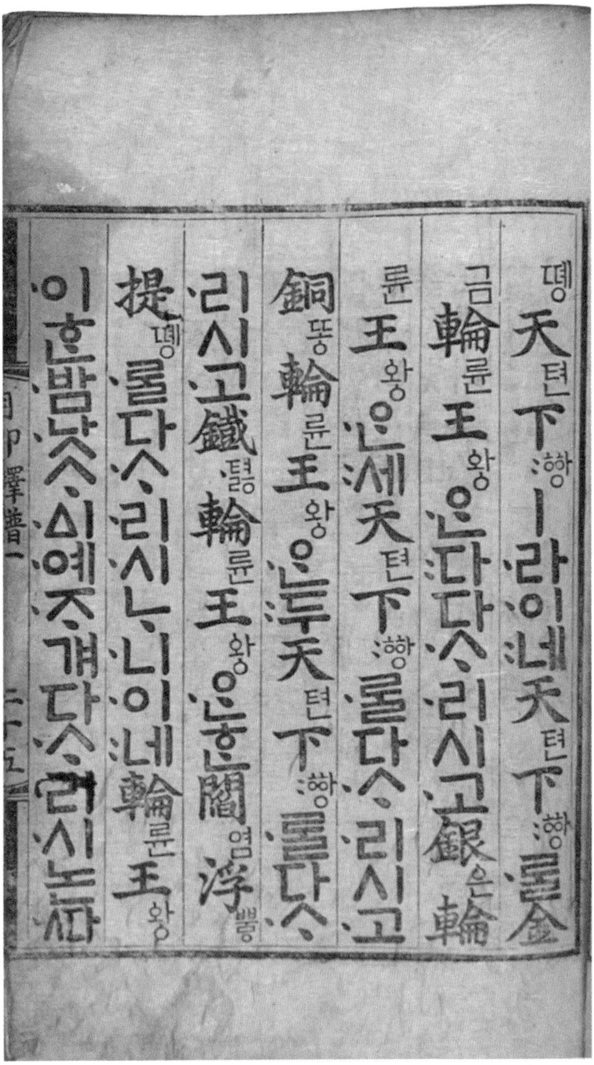

이 네 천하를 금륜왕은 다 다스리시고 은륜왕은 세 천하를 다스리시고
동륜왕은 두 천하를 다스리시고 철륜왕은 한 염부제를 다스리시나니

십선十善에 대하여

十善ᄋᆞᆫ 열가짓 됴ᄒᆞᆫ 이리니 산 것 주기디 아니ᄒᆞ며 도ᄌᆞᆨ 아니ᄒᆞ며 婬欲 아니ᄒᆞ며 거즛말 아니ᄒᆞ며 빗난 말 아니ᄒᆞ며 모딘말 아니ᄒᆞ며 두 가짓 말 아니ᄒᆞ며 앗기고 貪티 아니ᄒᆞ며 嗔心 아니ᄒᆞ며 邪曲ᄒᆞᆫ 봄 아니ᄒᆞᆯ씨라 淫欲ᄋᆞᆫ 남진 겨지비 ᄒᆞᆫᄃᆡ 잘씨오 邪曲ᄋᆞᆫ 빗그며 고바 正티 몯ᄒᆞᆯ씨라

그 열 가지 선이란 무엇인가. 세주에서 말하는 열 가지 좋은 일이란 다음과 같다.

첫째, 산 것을 죽이지 않는다.

둘째, 도둑질하지 않는다.

셋째, 음란한 욕망, 곧 남녀가 함께 잠자지 않는다.

넷째, 거짓말을 하지 않는다.

다섯째, 꾸미고 아첨하는 말 하지 않는다.

여섯째, 험담과 모진 말 하지 않는다.

일곱째, 이간질하는 말 하지 않는다.

여덟째, 인색하거나 욕심을 부리지 않는다.

아홉째, 성내는 마음 내지 않는다.

열째, 삐뚤어지고 굽은 편견을 갖지 않는다.

십선으로 교화하시니

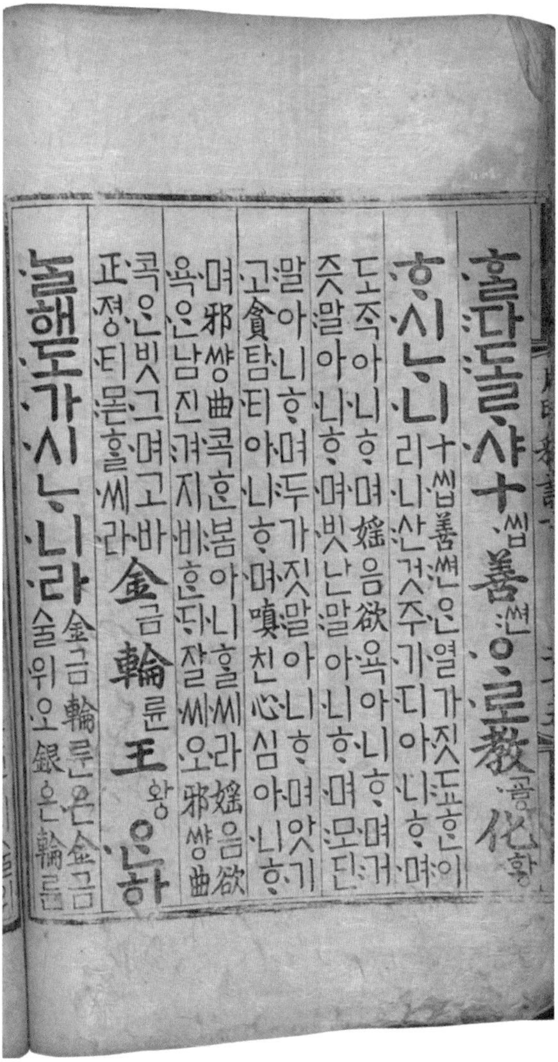
ᄒᆞᆯ다ᄃᆞᆯ샤 十씹善쎤ᄋᆞ로 敎공化황
ᄒᆞ시ᄂᆞ니 十씹善쎤은 열가짓 됴ᄒᆞᆫ 이리니 산것 주기디 아니ᄒᆞ며
도ᄌᆞᆨ 아니ᄒᆞ며 婬음欲욕 아니ᄒᆞ며 거즛말 아니ᄒᆞ며 빗난말 아니ᄒᆞ며 모딘
말 아니ᄒᆞ며 두가짓말 아니ᄒᆞ며 앗기고 貪탐티 아니ᄒᆞ며 嗔친心심 아니ᄒᆞ
며 邪썅曲콕ᄒᆞᆫ 봄 아니ᄒᆞᆯ씨라 婬음欲욕은 남진 겨지븨 ᄒᆞᆫᄢᅴ 잘씨오 邪썅曲
콕은 빗그며 고바 正졍티 몯ᄒᆞᆯ씨라 金금輪륜王왕ᄋᆞᆫ 하
ᄂᆞᆶ 행도가시ᄂᆞ니라 金금輪륜은 金금 술위오 銀은輪륜

열 가지 좋은 일은 신구의身口意 삼업을 설명하고 있다. 십선 중 앞의 세 가지는 신업身業이다. 그다음 네 번째부터 일곱째까지 무려 네 가지가 말에 대한 구업口業이다. 거짓말, 아첨, 욕, 이간질을 엄격히 경계하는 것이다. 말만 조심해도 네 가지 선업을 쌓게 되니 일단 과묵해져야겠다. 여덟 번째부터는 마음 곧 의업意業인 탐진치 삼독三毒에 관한 것이다.

예를 들어 '미투(Me Too) 운동'에 드러나는 성폭력은 얼핏 신업인 사음으로 보이지만 거기엔 탐욕에 눈이 멀어 상대방을 정신적으로 죽이고 정조를 빼앗고 거짓말로 무마하려는 십악의 결정체가 다 들어 있다. 그로 인한 패가망신과 자살로 마감하는 악순환의 지옥을 목도하는 시절에 우리는 살고 있다. 살아 있는 것은 모두 행복하기를. 한순간의 잘못으로 상대뿐 아니라 스스로를 죽이는 일이 없기를.

金輪王ᄋᆞᆫ 하ᄂᆞᆯ해도 가시ᄂᆞ니라

금륜왕은 가장 큰 위신력을 가지고 있어 동서남북 사천하뿐 아니라 하늘나라까지 갈 수 있다. 그리고 금륜왕과 관련된 아주 자세한 풀이가 이어진다. '친절한 월인석보 씨'의 주석 부분에 대하여 훈민정음을 접하는 어린 백성의 눈높이로 귀 기울여 들어보자.

칠보七寶에 대하여

金輪은 金 술위오 銀輪은 銀술위오 銅輪은 구리술위오 鐵輪은 쇠술위니
네 輪王이 七寶千子를 두시ᄂᆞ니
셔실 나래 七寶ㅣ 하ᄂᆞᆯ로셔 ᄂᆞ라오ᄂᆞ니라 七寶ᄂᆞᆫ 닐굽 가짓 보ᄇᆡ니 金輪寶와 如意珠寶와 玉女寶와 主藏臣寶와 主兵臣寶와 馬寶와 象寶ㅣ라 〈月釋 1:26a〉

—

금륜은 금수레요, 은륜은 은수레, 동륜은 구리수레, 철륜은 쇠수레이다. 네 윤왕輪王이 칠보七寶 천자千子를 두고 계시다. 천자는 천 명의 아들인데 아들 하나가 일당 천의 역할을 할 만큼 현명해 천 사람을 대적할 만하므로 천자라고 한다.
네 윤왕이 즉위하는 날에는 칠보가 하늘에서 날아온다. 칠보는 일곱 가지 보배인데 ① 금륜 보배, ② 여의주 보배, ③ 옥녀玉女 보배, ④ 주장신主藏臣 보배, ⑤ 주병신主兵臣 보배, ⑥ 마馬 보배, ⑦ 코끼리 보배이다.

이 칠보를 좀 더 자세히 설명해보자.

金輪寶ᄂᆞᆫ 술위ᄢᅡ 一千 사리니 보ᄇᆡ로 ᄭᅮ미며 光明이 혀ᄃᆞᆯ두고 더으니 王ㅅ ᄆᆞᅀᆞ매 아모 ᄃᆡ나 가고져 ᄒᆞ시면 그 술위 절로 그우러 아

니한 ᄉᆞᅀᅵ예 天下ᄅᆞᆯ 다 도ᄅᆞ시ᄂᆞ니 그 술위 보ᅀᆞᄫᆞᆫ 나라ᄒᆞᆫ 降服ᄒᆞᅀᆞᆸᄂᆞ니라

如意珠寶ᄂᆞᆫ ᄃᆞᆯ 업슨 바ᄆᆡ 虛空애 ᄃᆞᆯ면 그 나랏 ᄀᆞ자ᅌᆞᆫ 낫ᄀᆞ티 ᄇᆞᆰᄂᆞ니라

玉女寶ᄂᆞᆫ 玉ᄀᆞᄐᆞᆫ 겨지비니 모미 겨스렌 덥고 녀르멘 ᄎᆞ고 이베셔 青蓮花ㅅ 香내 나며 모매셔 栴檀香내 나며 차바ᄂᆞᆯ 머거도 自然히 스러 ᄆᆞᆯ보기ᄅᆞᆯ 아니ᄒᆞ며 겨지븨 그에 브튼 더러ᄫᅳᆫ 이스리 업스며 마릿 기리 몸과 ᄀᆞᆯᄫᆞ며 킈 젹도 크도 아니ᄒᆞ고 ᄉᆞᆯ히 지도 여위도 아니ᄒᆞ니라

旃檀香ᄋᆞᆫ 모매 ᄇᆞᄅᆞ면 브레 들오도 브리 몯 ᄉᆞᆯ며 諸天ᄃᆞᆯ히 阿修羅와 싸홇 저긔 갈해 헌 ᄣᅡ홀 旃檀香 ᄇᆞᄅᆞ면 즉자히 암ᄀᆞᄂᆞ니라 이 香이 高山이라 홀 뫼해셔 나ᄂᆞ니 그 묏 보오리 쇠 머리 ᄀᆞᄐᆞᆯᄊᆡ 牛頭旃檀香이라 ᄒᆞᄂᆞ니 牛頭는 쇠 머리라 〈月釋 1:27a〉

—

① 금륜보金輪寶는 천 개의 바큇살로 이루어진 수레바퀴이다. 보배로 꾸며 광명이 해와 달보다 더 빛나고 왕이 마음속으로 아무아무 곳에 나가고자 하시면 그 수레가 저절로 굴러 잠깐 사이에 천하를 다 돌아갈 수 있다. 그 수레를 본 나라는 바로 항복하게 된다.

② 여의주 보배는 달 없는 밤에 허공에 달면 그 나라 변방까지 대낮처럼 밝다.

③ 옥녀 보배는 옥과 같은 여자이니 몸이 겨울에 따뜻하고 여름에

는 차다. 입에서 청련화 향내가 나고 몸에서는 전단향 향내가 난다. 음식을 먹어도 자연히 없어져 배설하지 않으며 여자의 월경도 없고 머리카락의 길이가 몸의 길이와 같고 키는 작지도 크지도 않다. 살이 찌지도 않고 여위지도 않는다.

전단향은 몸에 바르면 불에 들어가도 불에 타지 않으며 제천들이 아수라와 싸울 적에 칼에 상처난 곳에 전단향을 바르면 즉시 아문다. 이 향은 고산高山이라는 산에서 나는 그 산봉우리가 소의 머리같이 생겨 우두전단향牛頭旃檀香이라고 한다.

그 당시 이상향의 여자의 모습을 그리고 있는 것 같은데 일종의 '여성 마네킹+로봇' 같은 종류의 보배로 취급하고 있다. 인간이 아닌 천녀나 선녀, 이 세상과 별개의 비천상에 나오는 인물로 상정하고 있는 듯하다. 당시 남성의 사고를 보여주는 격세지감의 산물이다.

主藏臣寶ᄂᆞᆫ 藏 ᄀᆞ숨안 臣下ㅣ니 王이 보ᄇᆡᄅᆞᆯ 얻고져 ᄒᆞ거시든 그 臣下ㅣ 소ᄂᆞ로 싸ᄒᆞᆯ ᄀᆞᄅᆞ치면 싸해셔 七寶ㅣ 나고 뫼ᄒᆞᆯ ᄀᆞᄅᆞ치면 뫼해셔 七寶ㅣ 나고 므를 ᄀᆞᄅᆞ치면 므레셔 七寶ㅣ 나고 돌ᄒᆞᆯ ᄀᆞᄅᆞ치면 돌해셔 七寶ㅣ 나ᄂᆞ니라 七寶ᄂᆞᆫ 金과 銀과 瑠璃와 玻瓈와 硨磲와 瑪瑙와 赤眞珠왜라

主兵臣寶ᄂᆞᆫ 兵馬 ᄀᆞ숨안 臣下ㅣ니 王이 象兵 馬兵 車兵 步兵 네 가짓 兵馬ᄅᆞᆯ 얻고져 ᄒᆞ샤 一千이여 一萬이여 無數히 얻고져 ᄒᆞ샤도 아니한 ᄉᆞᅀᅵ예 다 일워내ᄂᆞ니 象兵은 ᄀᆞᄅᆞ쳐 싸호매 ᄡᅳ리ᄂᆞᆫ 고키리

오 馬兵은 ᄆᆞᆯ ᄐᆞᆫ 兵이오 車兵은 술위 ᄐᆞᆫ 兵이오 步兵은 거른 兵이라 馬寶ᄂᆞᆫ ᄆᆞ리니 비치 블가ᄑᆞ라코 갈기예 구스리 ᄢᅦ엿거든 솔로 빗기면 ᄂᆞᆯᄀᆞᆫ 구스른 ᄠᅥ러디고 즉자히 새 구스리 나며 우룸쏘ᄅᆡ 즘게 나마 가며 王이 ᄐᆞ샤 나시면 天下ᄅᆞᆯ ᄒᆞᄅᆺ 內예 다 도라오샤ᄃᆡ 그 ᄆᆞ리 ᄀᆞᆺ디 아니ᄒᆞ며 그 ᄆᆞᆯ 블ᄫᅳᆫ ᄡᅡᄒᆞᆫ ᄆᆞᆯ애 金이 다외ᄂᆞ니라

象寶ᄂᆞᆫ 고키리니 비치 ᄒᆡ오 ᄭᅩ리예 구스리 ᄢᅦ오 ᄒᆡ미 常例ㅅ 一百 象두고 세며 여슷 엄 가지고 어미 七寶ㅅ 비치오 王이 ᄐᆞ시면 天下ᄅᆞᆯ ᄒᆞᄅᆺ 內예 다 도라오샤ᄃᆡ 그 象이 ᄀᆞᆺ디 아니ᄒᆞ며 므를 걷나샤도 므리 뮈디 아니ᄒᆞ고 바리 젓디 아니ᄒᆞᄂᆞ니라 〈月釋 1:28a〉

—

④ 주장신보主藏臣寶는 부유한 신하이니 왕이 보배를 얻고자 하시거든 그 신하가 땅을 가리키면 땅에서 칠보가 나오고, 산을 가리키면 산에서, 물을 가리키면 물에서, 돌을 가리키면 돌에서 칠보가 나온다.

칠보七寶는 금, 은, 유리瑠璃, 파려玻瓈, 차거硨磲, 마노瑪瑙, 붉은 진주이다.

⑤ 주병신보主兵臣寶는 병사와 말이 풍부한 신하이다. 왕이 코끼리 부대, 말 부대, 수레 부대, 보병 부대 네 가지 군대를 얻고자 하여 일천이든 일만이든 무수히 필요하다고 하셔도 눈 깜짝할 사이에 다 이루어낸다.

코끼리 군대는 훈련하여 싸움에 부리는 코끼리요, 말 군대는 말 탄 병사들이요, 수레 군대는 수레를 탄 병사들이요, 보병步

兵은 걷는 병사들이다.

⑥ 말 보배는 말의 색깔이 불그레하며 푸르스름하며 갈기는 구슬이 꿰어져 솔로 빗기면 낡은 구슬은 떨어지고 즉시 새 구슬이 나온다. 울음소리는 큰 나무를 넘어가며 왕이 타고 나서면 하루 안에 천하를 다 돌아오는데 숨 가빠하지 않고 그 말이 밟은 땅은 모래로 된 금이 된다.

⑦ 코끼리 보배는 코끼리이니 빛깔이 희고 꼬리에 구슬이 꿰어져 있고 힘이 보통 코끼리 백 마리보다 세며 여섯 상아를 가졌는데 상아가 칠보의 빛이다. 왕이 타시면 천하를 하루 안에 다 돌고 오시되 그 코끼리가 숨 가빠하지 않고 물을 건너도 물이 튀지 않고 발이 젖지 않는다.

친절한 '월인석보' 씨

《월인석보》를 읽다 보면 당시 인간의 상상력의 날개가 어디까지 뻗칠 수 있는가를 보여주어 슬며시 미소 짓게 된다. 한때 누구나 어렸을 때 옛날이야기를 들으며 꿈나라 가기 전에 상상했던 것들이 떠오를 것이다. 인간의 능력 중 하나가 공상이라 생각한다. "눈 깜짝할 사이에, 금 나와라 뚝딱"의 어원이나 유래도 여기서 비롯되었을지 모른다. 남자는 옥녀를 만나는 꿈을 꿀 것이고 여자는 훤훤장부를 꿈꿀 것이다. 옥녀를 보배로 서술했다고 당시 남성 중심 사회를 싸잡을 생각 없다. 남자가 썼으니 여자를 그렸을 것이고 여자가 썼다면 당연히 남자를 넣었을 것이므로 그저 '대표 단수'로 보아주자.

《월인석보》는 한분본 '석가보'와 '석가씨보'를 토대로 하고 있다. 그러나 이러한 세세한 주석은 한문을 참조했더라도 우리 식 뜻풀이로 우리의 사고가 많이 반영되어 있다. 가능하면 나는 15세기 최초 조선 스타일 대장경의 낱말을 살리려고 노력하였다. '가쁘다'는 '숨 가쁘다' 정도로 보충해 표현하고 현대 한자어 사금砂金도 '모래 금'으로 그대로 살려 쓰는 식이다. 《월인석보》를 읽다 보면 순우리말과 우리글이 15세기에 얼마나 아름다웠는지, 또 어떻게 쇠퇴해 사라지고 한자와 국적 불명의 외래어 범벅이 돼 정체성을 잃어갔는지 선명히 볼 수 있다. 말의 힘은 나라의 힘, 곧 국력이다. 잃어버린 모국어를 찾고 싶은가. 《월인석보》를 낭독할 일이다.

열세 번째 이야기

○

우주의 끝, 지옥의 세계

●

"배꽃이 피어 달은 밝고 은하수 깊어가는 봄밤, 다정도 병인 양하여 잠 못 든다"는 이조년의 시조는 어디 봄밤뿐이랴. 시시때때로 잠 못 드는 밤이 찾아오기 마련이다. 오늘 밤에는 어쩌면 이 지옥 이야기를 떠올리며 더욱 잠 못 들지 모른다. 예전에 《월인석보》 지장경 부분에 나오는 좀 더 자세한 지옥 이야기를 번역하다가 그 구체적이고 사실적인 묘사에 가위눌린 적이 있었다. 이 글은 맛보기에 불과하지만 감수성 풍부하고 상상력이 있는 분이라면 그만큼 생생한 지옥을 한 번쯤 그려보시기 바란다.

우리는 지금 《월인석보》 중 《월인천강지곡》 9장의 노래와 그에 해당하는 《석보상절》을 읽고 있다. 우리가 살고 있는 현재 시간의 명현겁이라는 세상이 열릴 때 "앞으로 미래에 다가올 조짐으로 천 송이 연꽃이 피었습니다" 하는 내용이 1절이고 2절은 "사선천四禪天이 그 일을 보고 해석하기를 지나간 과거의 일로 헤아려 볼 때 일천 분의 부처가 세상에 나타나실 것을 알아차립니다" 하는 노래가 이어진다.

이에 대한 풀이 내지 산문에 해당하는 《석보상절》에서 우리는 열한 번째 이야기부터 노닐고 있다. 우리가 사는 공간 '사바세계'는 괴로움을 겪는다는 뜻의 세계이며 이 세계에는 삼천대천 나라가 있고 천 개의 나라씩 묶어 소천계, 중천계, 대천계 단위로 커져가는 세계관을 공부하고 있음을 상기해보자. 몇 번을 들여다봐도 비현실적이고 동화 같아서 살고 있는 현실세계와 잘 부합되지 않는다.

그 최소 단위의 '나라'에 하나씩 수미산이 한가운데 있고 그 산은 사방이 금은보배 산으로 구성되어 있다. 수미산을 에워싼 칠보산, 두 산 사이는 향수 바다로 채워져 있고 바다 위에는 청, 홍, 황, 백의 연꽃으로 가득 차 있다. 칠보산 밖에 비로소 우리가 알고 있는 짠물 바다가 있는데 용들의 왕인 사갈라 용왕이 지키고 있다. 그 바다 동서남북에 섬이 있는데 그것을 사천하四天下라 하고 그중 남쪽 염부제가 바로 우리가 살고 있는 인간 세상이다. 이름하여 남염부제.

사천하는 금륜왕이 다스리고 세 천하는 은륜왕이, 두 천하는 동륜왕이 다스린다. 한 천하, 곧 남염부제를 다스리는 왕은 철륜왕이다. 이 사륜왕들은 하룻밤 사이에 자기가 다스리는 천하를 다 돌며 십선十善으로 교화한다는 내용을 지난 글에서 보았다.

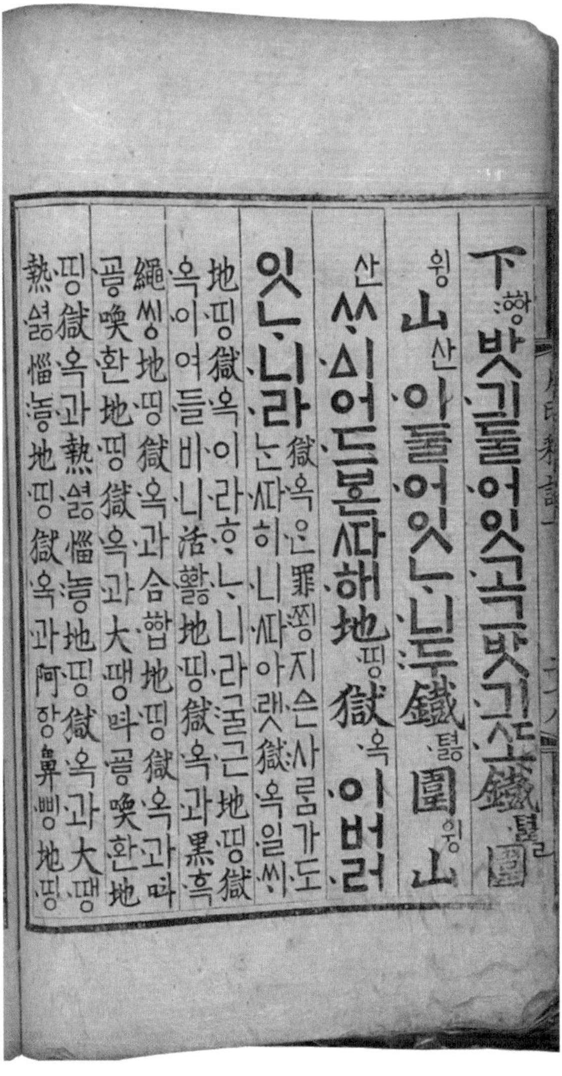

(철위산이 네 천)하 밖에 둘러 있고 그 바깥에 또 철위산이 둘러 있으니 두 철위산 사이 어두운 땅에 지옥이 펼쳐져 있느니라

이제 사천하를 둘러싼 철위산鐵圍山과 그 안 깊숙하고 어두운 곳에 있다는 지옥을 들여다보자.

> 鐵圍山이 네 天下 밧긔 둘어 잇고 그 밧긔 또 鐵圍山이 둘어 잇└니 두 鐵圍山 쓰싀 어드븐 짜해 地獄이 버러 잇└니라
> 〈月釋 1:29a〉

불교 사전에 의하면 세상의 한가운데 수미산이 있고, 9개 산과 8개 바다가 이 수미산을 둘러싸고 있다. 이를 구산팔해九山八海라 하는데, 이 중 가장 바깥쪽에 있는 산이 철위산이라고 한다. 산 바깥쪽은 우주의 끝으로 어둡고 캄캄하며 무서운 암흑이 펼쳐진다.

이 어두운 곳에 지옥이 펼쳐져 있다는 것이다. 그러면 지옥은 무슨 뜻이고 어떻게 이루어져 있는가. 《석보상절》의 세주 풀이는 다음과 같다.

> 獄ᄋᆞᆫ 罪 지슨 사ᄅᆞᆷ 가도ᄂᆞᆫ ᄯᅡ히니 ᄯᅡ 아랫 獄일ᄊᆡ 地獄이라 ᄒᆞᄂᆞ니라 굴근 地獄이 여들비니 活地獄과 黑繩地獄과 合地獄과 叫喚地獄과 大叫喚地獄과 熱惱地獄과 大熱惱地獄과 阿鼻地獄괘라

옥獄이란 죄지은 사람이 가는 땅인데 땅 아래에 있는 감옥이므로 지옥地獄이라고 한다. 큰 지옥이 여덟 개가 있다. ① 활지옥, ② 흑승지옥, ③ 합지옥, ④ 규환지옥, ⑤ 대규환지옥, ⑥ 열뇌지옥, ⑦ 대열뇌지옥, ⑧ 아비지옥이 있다.

그리고 이 지옥들에 대한 자세한 설명이 이어진다.

> ① 活ᄋᆞᆫ 살씨니 제 손토비 쇠 ᄃᆞ외야 제 모ᄆᆞᆯ ᄡᅵ야ᄇᆞ려 죽고져 ᄒᆞᄃᆡ 몯ᄒᆞᄂᆞ니라
>
> ② 黑繩ᄋᆞᆫ 거믄 노히니 ᄆᆞᆺ 치ᅀᅵ믜 더븐 블로 모ᄆᆞᆯ ᄉᆞ라 셜버 드위터디게 ᄒᆞ고 더븐 쇠 노ᄒᆞ로 시울 티고 더븐 돗귀와 톱과로 바히ᄂᆞ

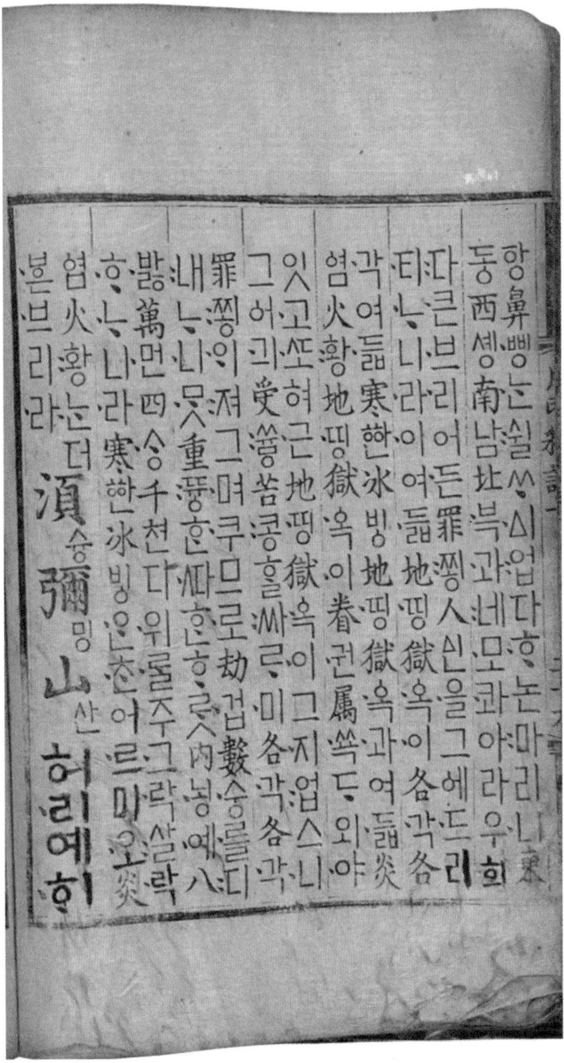
항鼻삥는 쉴 ᄊᆞ시 업다 ᄒᆞ논 마리니 東
동西셩南남北븍과 네 모콰 아라우희
다 큰 브리어든 罪쬥人신을 그에 드리
ᄐᆡᄂᆞ니라 이 여듧 地띵獄옥이 各각各
각 여듧 寒한冰빙地띵獄옥과 여듧 炎
염火황地띵獄옥이 眷권屬쑉 ᄃᆞ외야
잇고 ᄯᅩ 혀근 地띵獄옥이 그지업스니
그어긔 受쓯苦콩홀 ᄊᆞ르미 各각各각
罪쬥의 져그며 쿠므로 劫겁數숭를 디
내ᄂᆞ니 몯 重뜡ᄒᆞᆫ ᄡᅡᄒᆞᆫ ᄒᆞᄅᆞᆺ 內뇡예 八
밟萬먼四ᄉᆞᆼ千쳔 다위를 주그락 살락
ᄒᆞᄂᆞ니라 寒한冰빙은 ᄎᆞ어르마오 炎
염火황ᄂᆞᆫ 더
븐 브리라 須슝彌밍山산 허리예 ᄒᆡ

(아비지옥) 아비는 쉴 사이 없다 하는 말이니

니라

③ 合ᄋᆞᆫ 어울씨니 두 큰 블 묏 가온ᄃᆡ 녀코 두 山이 어우러 ᄀᆞ라 ᄀᆞᆯ리 ᄃᆞ외ᄂᆞ니라

④ 叫喚ᄋᆞᆫ 우를씨니 쇠 城ㅅ 가온ᄃᆡ 고른 브리어든 그에 드리텨든 우르ᄂᆞ니라

⑤ 大叫喚ᄋᆞᆫ 더우를씨라

⑥ 熱惱ᄂᆞᆫ 더ᄫᅥ 셜ᄫᅳᆯ씨니 罪人ᄋᆞᆯ 글ᄂᆞᆫ 가마애 드리티ᄂᆞ니라

⑦ 大熱惱ᄂᆞᆫ 熱惱ㅣ 더을씨라

⑧ 阿鼻ᄂᆞᆫ 쉴 ᄊᆞᅀᅵ 업다 ᄒᆞᄂᆞᆫ 마리니 東西南北과 네 모콰 아라 우희 다 큰 브리어든 罪人을 그에 드리티ᄂᆞ니라

이 여듧 地獄이 各各 여듧 寒冰地獄과 여듧 炎火地獄이 眷屬 ᄃᆞ외야 잇고 ᄯᅩ 혀근 地獄이 그지업스니 그어긔 受苦ᄒᆞᆯ ᄡᅡᄅᆞ미 各各 罪ᄋᆡ 져그며 쿠므로 劫數를 디내ᄂᆞ니 ᄆᆞᆺ 重ᄒᆞᆫ ᄧᅡᄒᆞᆫ ᄒᆞᄅᆞᆺ 內예 八萬四千 디위ᄅᆞᆯ 주그락 살락 ᄒᆞᄂᆞ니라 寒冰ᄋᆞᆫ ᄎᆞᆫ 어르미오 炎火ᄂᆞᆫ 더ᄫᅳᆫ 부리라 〈月釋 1:29b〉

먼저 활지옥活地獄, 활活은 산다는 뜻이니 자기 손톱이 쇠로 되어 있어 자기 몸을 찢어버려 죽고자 하는데 그러지 못하는 지옥이다. 죽고 싶은데 죽지 못하는 지옥, 몸은 극도로 괴로운데 그 괴로움 속에 살아 있어야 하는 형벌의 지옥이다.

둘째는 흑승지옥, 검은 노끈의 지옥이다. 맨 처음 가장 뜨거운 불로 몸을 태워 괴로워하며 몸을 뒤집게 하고 뜨거운 쇠노끈, 쇠줄

로 온몸에 줄을 치고 뜨거운 도끼와 톱으로 몸을 베는 지옥이다.

셋째는 합지옥, 합合은 합하다, 아우른다는 뜻이다. 두 커다란 불로 된 산 가운데 죄인을 넣고 두 산이 합해져 몸을 갈아 가루가 되는 지옥이다.

넷째는 규환지옥, 규환叫喚은 울부짖는다는 뜻이니 쇠로 된 성 가운데 순전히 불로 가득 찬 곳에 처넣어져 울부짖는 것이다.

다섯째 대규환지옥, 더욱 괴로워 울부짖는 지옥이다.

여섯째 열뇌지옥, 열뇌熱惱는 뜨거워 괴로워하는 것이니 끓는 가마에 처넣는 것이다.

일곱째 대열뇌지옥, 뜨겁고 괴로움이 더욱 더한 지옥이다.

여덟째 아비지옥, 아비阿鼻는 쉴 사이 없다고 하는 말이니 동서남북 사방과 팔방, 아래와 위 모두 큰 불로 가득한데 죄인을 거기에 집어 던지는 것이다.

이 커다란 여덟 지옥에는 각각 여덟 개의 '찬 얼음지옥'과 여덟 개의 '화염지옥'이 딸려 있고 또 작은 지옥들이 끝이 없으니 거기서 괴로움을 겪는 사람이 각각 자기 죄의 크고 적음으로 '겁수'에 해당하는 시간을 보내게 된다. 가장 중한 죄를 지은 사람이 가는 지옥은 하루 사이에 팔만 사천 번을 죽었다 살았다 하는 지옥이다.

최대한 지옥을 직역하여 보았다. 인간의 상상력으로 괴로움을 극대화시킨 곳이 지옥이라는 생각이 든다. 주로 지옥은 불길로 뜨겁고 거기에 쇠, 칼, 도끼로 찌르거나 베이고 거대한 산이 양쪽에서 조여와 끼어 죽는 괴로움을 하루 팔만 사천 번 겪는 곳이다. 대

부분 육체적 괴로움의 극한을 보여준다. 그중 첫 번째 활지옥은 자기 쇠 손톱으로 자신을 찢어발겨 죽고자 하는데 죽지 못하고 그 괴로움을 고스란히 느끼는 지옥, 괴로워 죽고 싶은데 못 죽고 살아 있는 지옥이다.

살다 보면 살아 있어도 살아 있는 것이 아니라는 생각이 들 때가 있다. 정신의 지옥인 것이다. 내 아버지는 내가 백일 때쯤 어머니, 그러니까 나의 친할머니가 기차 사고로 돌아가셨다. 그것이 가난 탓이라 여겨 비 오는 날 술만 마시면 진흙탕에 뒹굴며 자학하던 시절이 있었다. 그러면 함께 우는 엄마를 보고 어린 오남매는 따라 울었다. 영문도 모른 채 꽤 오래 그런 모습을 지켜보며 자라서인지 '활지옥' 하니 그때 생각이 떠오른다. 모진 세월을 견디고 인간은 그 지옥에서 벗어나는 것인가. 그저 괴로움이 희석되기를 기다리며 못다 한 효도 또는 죄 갚음을 자식들에게 몸이 부서지도록 내리사랑을 하며 잊고 사는 것인가.

나는 지옥도 극락도 지금 이 세상 현생에 있다고 믿는다. 자기의 카르마(업, 행위)만큼 다음 생을 기약하지 않고도 하루하루 지금 이 순간 충분히 괴롭고 또한 기쁘지 않은가. 문득 눈을 들어 지금 여기를 보라. 누구라도 물 흐르고 꽃피는 수류화개水流花開의 시공간을 만끽할 수 있으니 이 아니 극락이랴. 이 찬란한 계절 부디 과거와 미래에 묶여 스스로를 여덟 지옥에 가두지 말고 향기로운 꽃과 스치는 바람을 온전히 느낄 일이다.

열네 번째 이야기

○

수미산과 사천왕

●

봄이 되면 내가 다니는 삼청동 법련사에 흰 모란과 진보랏빛 붓꽃을 비롯하여 수많은 꽃들의 화엄 세상이 펼쳐진다. 화엄경의 이름은 '잡화엄식雜華嚴飾 경전'의 줄임말로 수많은 꽃으로 장엄하고 꾸민 경전이라는 뜻이다.

지난 이야기에는 《월인석보》의 세계관에서 보이는 여덟 지옥 이야기를 하였다. 그토록 생생한 지옥 설명을 읽은 사람들은 정말 무섭다며 살아 있을 때 좋은 일 많이 해야겠다고 하였다. 어쩌면 이런 효과를 위해 지어진 이야기일지도 모르겠다. 단 한 분의 독자라도 교감을 하고 수미산과 사천왕 이야기에 감명 받고 서원하는 분이 있기를 바라며 이야기를 시작한다.

수미산須彌山은 산스크리트의 수메루(Sumeru)의 음사로 간략히

'메루'라고도 하는데, 미루(彌樓 : 彌漏) 등으로 음역하기도 하고 묘고妙高·묘광妙光 등으로 의역하기도 한다. 고대 인도와 불교의 우주관에서 세계의 중심에 있다는 상상의 산이다. 그리고 수미산의 가장 낮은 곳에 인간이 사는 세계가 있다.

> 須彌山 허리예 히ᄃᆞ리 감ᄯᆞᄂᆞ니 須彌山이 ᄀᆞ리면 바미라

수미산의 산허리 그러니까 중턱에 해와 달이 감돌고 있으니 수미산이 해를 가리게 되면 밤이 된다는 것이다. 이제부터 우리는 해가 지면 해가 수미산 뒤로 돌아가 보이지 않는 것이라 생각해야 할 것이다. 문득 어린 시절 불렀던 동요 "서산 너머 해님이 숨바꼭질할 때면……"이란 노래가 떠오른다. 그저 동심인 줄 알았는데 그 노래 가사에도 먼 옛날 선조들이 생각해온 수미산의 해와 달이 스며 있다.

욕계육천 첫 번째 하늘
사천왕천

그러면 이 세상의 중심 수미산 동·서·남·북에서 불법을 수호하고 인간의 선악을 관찰하는 사천왕에 대하여 알아보자.

수미산 중턱의 사방으로 동방에는 지국천持國天, 남쪽에는 증장천增長天, 서쪽에는 광목천廣目天, 북쪽에는 다문천多聞天의 사왕천四

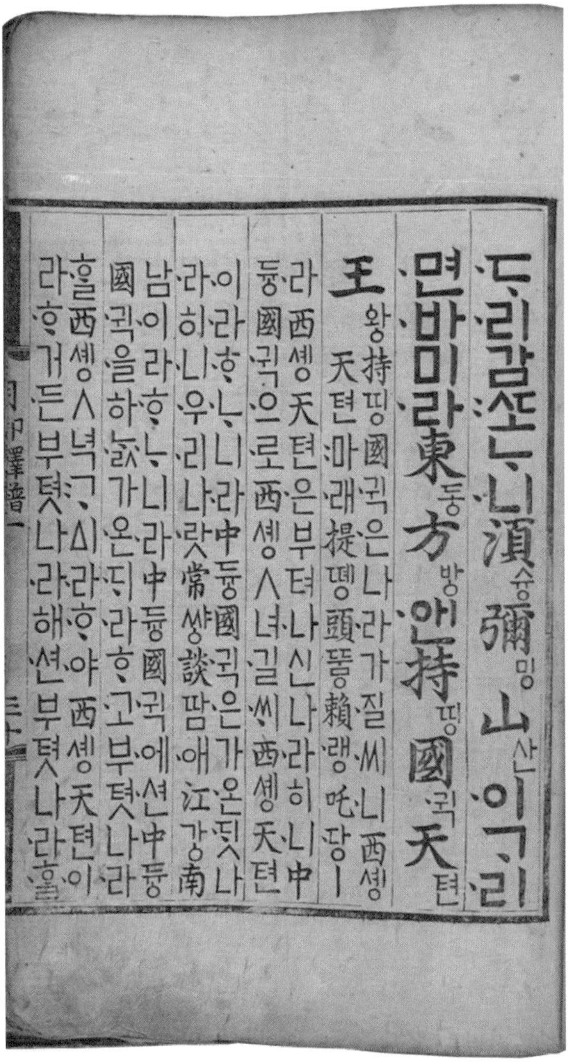

ᄃᆞ리 감ᄯᆞᄂᆞ니 須슝彌밍山산이 ᄀᆞ리
면 바미라 東동方방앳 持띵國귁天텬
王왕 持띵國귁은 나라 가질씨니 西솅天텬ㅅ마래 提똉頭뚤賴랭吒당ㅣ
라 西솅天텬은 부텨 나신 나라히니 中
듕國귁으로 西솅ㅅ녀 길씨 西솅天텬
이라 ᄒᆞᄂᆞ니라 中듕國귁은 가온ᄃᆡㅅ 나
라히니 우리 나랏 常썅談땀애 江강南
남이라 ᄒᆞᄂᆞ니라 中듕國귁에셔 中듕
國귁을 하ᄂᆞᆳ 가온ᄃᆡ라 ᄒᆞ고 부텻 나라
ᄒᆞᆯ 西솅ㅅ녁 ᄀᆞᅀᅵ라 ᄒᆞ야 西솅天텬이
라 ᄒᆞ거든 부텻 나라해셔 부텻 나라ᄒᆞᆯ

月印釋譜 一

(須彌山 허리에 해와) 달이 감아 돌고 있으니 須彌山이 가리면 밤이라

王天이 있다.

절에 가면 볼 수 있는 눈이 부리부리하고 거대하고 무서운 표정으로 우리를 제압하는 사천왕상들, 과연 그들은 왜 거기에 그렇게 서 있는 것일까. 사실 나는 어린 시절 그 그로테스크하고 무서운 사천왕상이 싫어서 절에 대한 인상이 좋지 않았고 오방색의 알록달록한 색도 생경함을 더해 더욱 절에 가기 싫었던 기억이 있다.

보통 이 천왕상들은 불거져 나온 부릅뜬 눈, 잔뜩 치켜올린 검

은 눈썹, 크게 벌어진 빨간 입 등 두려움을 주는 얼굴에 손에는 큼직한 칼 같은 것을 들고, 발로는 마귀를 밟고 있는 모습으로 표현된다. 이때 발밑에 깔린 마귀들은 고통에 일그러진 얼굴로 신음하는 상을 하고 있다.

원래 사천왕은 고대 인도 종교에서 숭상했던 귀신들의 왕이었으나 불교에 귀의하여 부처님과 불법을 지키는 수호신이 되었다. 그들은 수미산 중턱에서 각각 그들의 권속과 살면서 동서남북의 네

방위를 지키며 불법 수호와 사부대중의 보호를 맡게 되었다. 과연 그 편견을 오늘 이 글에서 씻어낼 수 있을까.

> 東方앤 持國天王
>
> 持國은 나라 가질씨니 西天마래 提頭賴埵ㅣ라 西天은 부텨 나신 나라히니 中國으로 西ㅅ녀길씨 西天이라 ᄒᆞᄂᆞ니라 中國은 가온ᄃᆡ 나라히니 우리나랏 常談애 江南이라 ᄒᆞᄂᆞ니라 中國에션 中國을 하ᄂᆞᆳ 가온ᄃᆡ라 ᄒᆞ고 부텻 나라ᄒᆞᆯ 西ㅅ녁 ᄀᆞᅀᅵ라 ᄒᆞ야 西天이라 ᄒᆞ거든 부텻 나라해션 부텻 나라ᄒᆞᆯ 하ᄂᆞᆳ 가온ᄃᆡ라 ᄒᆞ고 中國을 東녁 ᄀᆞᅀᅵ라 ᄒᆞ야 東土ㅣ라 ᄒᆞᄂᆞ니 土ᄂᆞᆫ ᄯᅡ히라

동쪽을 지키는 지국천왕은《월인석보》에서는 '나라를 가진다'는 뜻으로 해석하였다. 여기서 '가지다'는 소유의 개념보다는 지키고 보호한다는 의미가 더 클 것이다. 한자어로 제두뢰타提頭賴吒라고 음사했는데 산스크리트 dhṛtarāṣṭra에서 온 것이다. 수미산 중턱의 동쪽에서 중생을 두루 보살피면서 국토를 지킨다는 동쪽 하늘왕이다.

그는 안민安民의 신으로서 수미산 동쪽 중턱의 황금타黃金埵에 있는 천궁天宮에서 살고 있다. 16선신善神의 하나이기도 한 지국천왕은 선한 사람에게 상을 내리고 악한 사람에게 벌을 주어 항상 인간을 고루 보살피며 국토를 수호하겠다는 서원을 세웠다고 한다.

얼굴은 푸른빛을 띠며, 왼손에는 칼을 쥐었고 오른손은 허리를 잡고 있거나 또는 보석을 손바닥 위에 올려놓은 형상을 취하고 있다. 그는 휘하에 팔부신중의 하나로서 술과 고기를 먹지 않고 향기만 맡는 음악의 신 건달바를 거느리고 있다.

한편《월인석보》세주에서 말하는 동쪽과 서쪽, 중국과 인도의 지리적 설명이 인상적이다. 우리는 인도를 왜 서천西天이라 하는가. 중국의 서쪽이기 때문이다. 왜 중국中國이라 하는가. '하늘 가운데에 위치한 나라' 곧 세상의 중심에 있는 나라라는 뜻으로 명명했기 때문이라고 설명한다. 그러나 인도에서는 부처의 나라를 하늘의 중심에 있다고 보아 인도를 중심으로 중국을 인도의 동쪽에 있다고 동토東土라 부른다고 상대적 개념을 충실히 부연하고 있다.

현재 세계지도를 보면 대한민국이 한가운데 위치하고 있지만 미국 지도는 미국을 중심에 놓는 것과 같은 이치이다. 나라 지도만 그러한가. 누구나 다른 이의 인생에서는 조연이거나 가장자리에 설지라도 자신의 인생에서만큼은 주인공으로 한가운데 놓고 내 중심으로 지구가 돌아간다고 생각함에랴.

南方앤 增長天王

增은 더을씨오 長은 길씨니 西天마래 毗留勒叉ㅣ라

남쪽 하늘을 지키는 왕은 증장천왕增長天王이다. 증은 더한다는 것이고 장은 길다는 뜻인데 인도 서천 말로 비류륵차라고 한다. 산스크리트 virūḍhaka의 음사이고 증장增長이라 번역한 것이다. 수미산 중턱의 남쪽에서 불법佛法을 보호하면서 만물을 소생시킨다.

증장천왕은 자신의 위덕을 증가하여 만물이 태어날 수 있는 덕을 베풀겠다는 서원을 세웠다고 한다. 아귀, 구반다 등 무수한 귀신을 거느린 그는 노한 눈을 특징으로 삼고 있다. 그의 모습은 대개 갑옷으로 무장하고 오른손은 용을 잡아 가슴 바로 아래에 대고 있고, 왼손에는 용의 여의주를 쥐고 있는 경우가 많다.

西方앤 廣目天王

廣目은 너븐 누니니 西天마래 毗留愽叉ㅣ라

서쪽 하늘을 지키는 광목천왕廣目天王은 넓은 눈이라는 뜻으로 산스크리트 virūpākṣa를 음사하여 비루박차毘樓博叉라고도 한다. 곧 눈을 부릅뜨고 그 위엄으로 불법佛法을 보호하는 역할을 한다. 그는 흔히 잡어雜語·비호보非好報·악안惡眼이라고도 불리는데, 이는 그의 남다른 모습에서 유래한 것이다. 그의 몸은 여러 가지 색으로 장식되어 있고 입을 크게 벌린 형상을 함으로써 웅변으로 온갖 나쁜 이야기를 물리친다고 한다.

北方앤 多聞天王이니

多聞은 만히 드를씨니 福德 일후미 四方애 들일씨라 西天마래 毗沙門이라

북쪽 하늘을 수호하는 다문천왕多聞天王은 많이 듣는다는 뜻을 가졌다. 복덕福德의 이름이 사방에 많이 들리기 때문에 산스크리트로 비사문천왕毘沙門天王이라고도 한다. 항상 부처님의 도량을 지키면서 부처님의 설법을 듣는다 하여 '다문'이라고 한다. 수미산의 북방을 수호하며 사천왕 중 가장 중심이 되는 신이다.

그가 맡은 역할은 암흑계의 사물을 관리하는 것인데 한때 불법에 귀의하여 광명신光明神이 되었으나, 본래 자신의 원을 지킨다 하여 금비라신金毘羅神이라고 칭하기도 한다.

다문천왕은 왼손에 늘 비파를 들고 있다. 그는 수미산의 북쪽 수정타水精埵에 살며, 그의 권속으로 야차와 나찰을 거느리고 있다.

이 四天王도 須彌山 허리예 잇느니라

이 사천왕이 수미산 산허리 중턱에 살며 동서남북을 수호하고 관장하는 신들이다. 그러면 수미산 꼭대기에는 어떤 하늘이 펼쳐져 있을까. 다음 이야기에는 신라 선덕여왕이 가고자 했던 도리천 이야기도 곁들인 욕계육천 이야기로 불교 우주여행을 떠나보자. 지금까지 설명한 불교의 세계와 욕계육천을 그림으로 나타내면 다음과 같다.

수미산과 육욕천

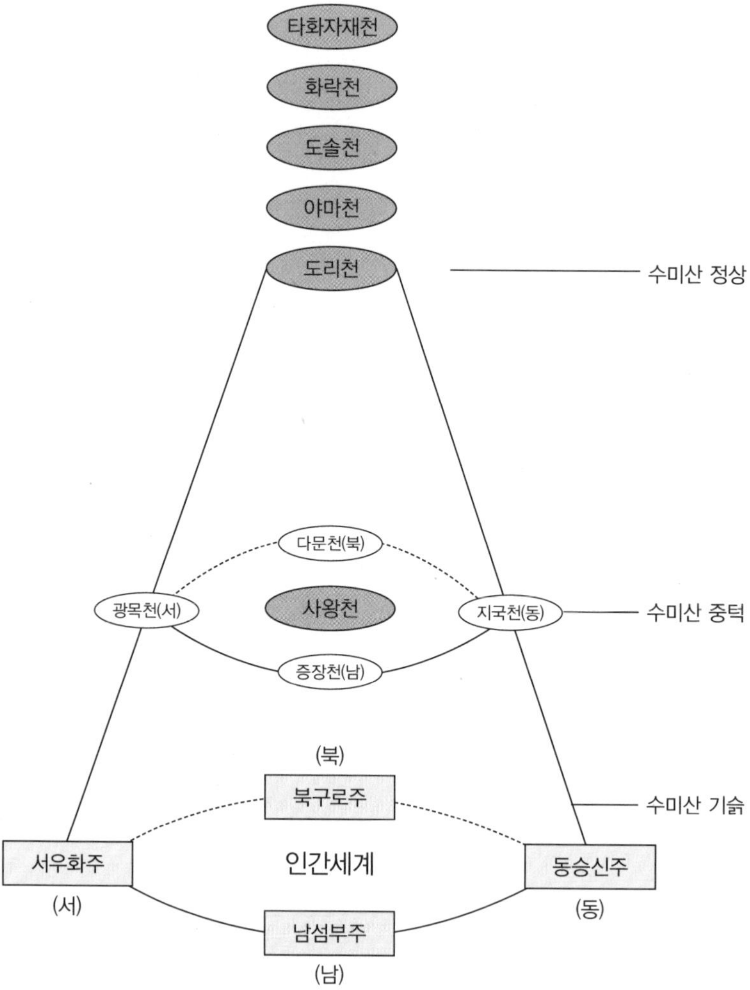
타화자재천
화락천
도솔천
야마천
도리천
수미산 정상
다문천(북)
광목천(서)
사왕천
지국천(동)
수미산 중턱
증장천(남)
(북)
북구로주
수미산 기슭
서우화주
인간세계
동승신주
(서)
(동)
남섬부주
(남)

열다섯 번째 이야기

○

도리천과 욕계육천

●

우리는 수미산 중턱에 자리 잡고 있는 사천왕천과 해와 달 이야기를 하였다. 이 사천왕천은 욕계육천欲界六天 중 아래에서 첫 번째 하늘이다. 삼계三界 가운데에 욕계欲界에 딸린 여섯 하늘을 말하는데, 곧 사천왕천四天王天·도리천忉利天·야마천夜摩天·도솔타천兜率陁天·화락천化樂天·타화자재천他化自在天으로 올라가는 것이다.

그렇다면 수미산 중턱에서 꼭대기로 올라가면 나오는 선덕여왕이 묻어달라고 했던 도리천은 어떤 하늘일까. 이제 하늘나라로 여행을 떠나보자.

욕계육천의 두 번째 하늘
선덕여왕이 가신 그곳, 도리천

선덕여왕은 예지력이 탁월하였다고 《삼국유사》에 기록하고 있다. 한 번쯤 당 태종이 선덕여왕에게 선물한 모란꽃 그림 이야기를 다 들어봤을 것이다. 그림에 벌과 나비가 없는 것을 보고 선덕이 향기 없는 꽃임을 간파했다는 이야기 말이다. 그러나 그것이 선덕여왕을 조롱하기 위한 그림이었고, 그의 치졸함에 선덕여왕의 대응은 '분황사芬皇寺'를 지어 선덕여왕 스스로 '향기로운 황제'임을 천명하는 '품격'이 다른 행보였음을 아는 이는 드물다.

두 번째 예지력은 선덕여왕이 영묘사靈廟寺에서 때 아닌 개구리 울음소리를 듣고 날카로운 통찰과 분석을 통해 500명의 백제 군사 습격을 알아내 일망타진하는 데서 드러난다.

마지막 세 번째는 선덕여왕이 어느 날 어느 때 세상을 하직하리니 도리천에 장사 지내 달라는 유언이었다. 신라 그 누구도 어느 곳이 도리천인지 몰라 다시 물었을 때 낭산狼山이라 정확히 거명하였다. 당시엔 그러려니 하였으나 10년 후 문무왕 시절 명랑법사가 당나라 수군을 물리치기 위하여 낭산 기슭에 '사천왕사四天王寺'를 짓자 신라 사람들은 비로소 사천왕천 위에 있는 하늘 도리천에 가 있는 선덕여왕이 예언을 깊이 실감했다고 한다. 그래서 필자는 헷갈리기 쉬운 욕계육천 '사천왕천 위에 도리천'이 있다는 사실을 잊지 않게 되었다. 이야기의 힘이다.

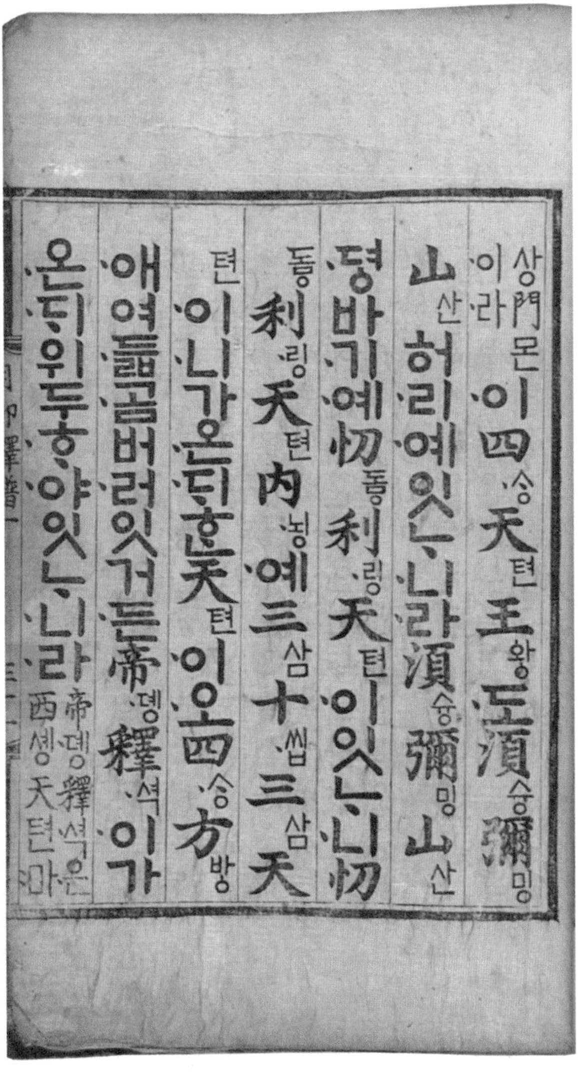
상門몬이라 이 四숭天텬王왕ᄯᅩ須숭彌밍
山산 허리예 잇ᄂᆞ니라 須숭彌밍山산
뎡바기예 忉돌利링天텬이 잇ᄂᆞ니 忉
돌利링天텬內뇡예 三삼十씹三삼天
텬이니 가온ᄃᆡ ᄒᆞᆫ 天텬이오 四숭方방
애 여ᄃᆞ래곰 버러 잇거든 帝뎽釋셕이 가
온ᄃᆡ 위두ᄒᆞ야 잇ᄂᆞ니라 帝뎽釋셕은 西솅天텬마

수미산 꼭대기에 도리천이 있으니 도리천 안에는 삼십삼 천이 있다.

須彌山 뎡바기예 忉利天이 잇ᄂᆞ니

忉利天 內예 三十三天이니 가온ᄃᆡ ᄒᆞᆫ 天이오 四方애 여듧곰 버러 잇거든 帝釋이 가온ᄃᆡ 위두ᄒᆞ야 잇ᄂᆞ니라

帝釋은 西天마랫 釋迦提婆因陁羅ᄅᆞᆯ 조려 닐온 마리니 어딘 하ᄂᆞᆳ 님그미라 혼 ᄠᅳ디라

수미산 꼭대기에 도리천이 있으니 도리천 안에는 33천이 있다. 한가운데에 한 하늘이 있고 그 하늘을 중심으로 사방에 여덟 하늘씩 나란히 있어 '4방×8천=32천'이다. 도리천 가운데 중심 하늘에는 제석이 으뜸이 되어 계셔서 제석천이라 한다.

제석은 인도 말로 '석가 제바 인다라'인데 줄여서 하는 말이니 '어진 하늘의 임금'이라는 뜻이다. 산스크리트 śakro devānāṃ indraḥ(신들의 제왕인 샤크라)의 음사이고 제석帝釋·천제석天帝釋이라

번역한다. 33천 중 32천과 사천왕을 통솔하며 부처의 가르침을 지킨다고 한다.

곧 도리천은 욕계육천 중 지상에서 하늘로 향할 때 두 번째 하늘인데 그 하늘은 다시 서른세 하늘로 구성되어 있다는 것이다. 마치 수미산이 가운데 있고 남섬부주를 비롯한 사방 세계가 있는 것과 같은 구조이다. 인도 사람들이 숫자와 체계의 천재임을 이럴 때마다 느낀다. 도리천은 산스크리트로 Trāyastriṃśa 33천이라는 뜻이다. 한 달 6재일齋日(8·14·15·23·29·30일)마다 성 밖에 있는 선법당善法堂에 모여 법에 맞거나 그렇지 않은 일을 평론하면서 지상의 중생들의 선행과 악행을 다룬다고 한다. 신라시대에 불자들은 6재일에 계율을 청정淸淨하게 하고 1일 1식을 지켰다. 도리천에서의 수명은 1천 세이고 이 하늘의 하룻낮 하룻밤은 인간의 백년에 해당되며, 처음 태어난 아기는 인간의 6세 된 아이와 같다고 한다.

욕계육천의 세 번째 하늘
염라대왕이 심판하는 야마천

> 이 우희 夜摩天
>
> 夜摩ᄂᆞᆫ ᄀᆞ장 됴ᄒᆞᆯ씨라

욕계육천 중 세 번째 하늘은 야마천이다. '야마'는 가장 좋다는 뜻이다.《월인석보》 세주의 해석이다. 원래 산스크리트 yāma의 음사로 박縛·차지遮止라고 번역하는데, 박縛은 죄인을 포박한다는 뜻이고 차지遮止는 악을 막는다는 뜻으로 수야마천須夜摩天·염마천焰摩天이라고도 한다.

이 하늘의 주인공은 염마천왕이며 우리는 흔히 염라대왕이라고도 한다. 야마천의 왕은 이처럼 불교에 수용된 뒤 우리나라에서 불교의 지옥관과 함께 지옥의 왕, 죽은 이의 생전 행적에 따라 상벌을 준다는 저승의 염라대왕이 된 것이다.

욕계육천의 네 번째 하늘
미륵보살이 살고 있는 도솔천

미륵보살이 살고 있는 도솔천이 그다음 하늘이다.

> 兜率天
>
> 兜率陁ᄂᆞᆫ 足ᄒᆞᆫ 곧 알씨니 最後身菩薩이 이 하ᄂᆞ래 나샤 ᄀᆞᄅᆞ치실씨 欲心에 足ᄒᆞᆫ 고ᄃᆞᆯ 아ᄂᆞ니라 最後身ᄋᆞᆫ ᄆᆞᆺ 後ㅅ 모미니 ᄂᆞ외 죽사리 아니ᄒᆞ야 부텨 ᄃᆞ외실씨라 心ᄋᆞᆫ ᄆᆞᅀᆞ미라

욕계육천 중 네 번째 하늘로 도솔천의 도솔타는 만족한 것을 안다는 뜻이다. 최후신보살이 도솔천에 태어나 가르치시므로 욕심에 만족한 것을 아는 것이다. 최후신은 가장 마지막으로 받은 몸이니

다시 생사윤회를 하지 않고 부처가 되는 것이다.

도솔천은 Tusita의 음역으로 지족천知足天·묘족천妙足天·희족천喜足天 또는 희락천喜樂天 등으로 번역한다. 그 내원內院은 장차 부처가 될 보살이 사는 곳이라고 하며, 석가도 현세에 태어나기 이전에 이 도솔천에 머물며 수행했다고 한다.

도솔천에는 내원과 외원이 있는데 내원에는 미륵보살이 머물고 외원에는 천인들이 오욕五欲을 만족하며 머물고 있다. 미륵보살은 내원궁에서 설법하며 인간이 사는 세상인 남섬부주에 하생下生하여 성불할 시기를 기다리고 있다. 이때 미륵이 내려온 인간 세상은 이상적인 세상이 되고 세상의 모든 사람을 교화시켜 성인이 되게 하고 열반에 든다고 한다. 따라서 도솔천은 미륵보살의 정토로서, 정토 신앙과 밀접한 관계가 있다.

신라의 원효 등은 불경을 근거로 하여 도솔천에 왕생할 수 있는 아홉 가지 인연을 들고 있다. 끊임없이 정진하고 많은 공덕을 쌓은 자, 탑을 깨끗이 하고 좋은 향과 아름다운 꽃을 공양한 자, 여러 가지 삼매로써 깊은 선정을 닦은 자, 경전을 독송하는 자, 번뇌를 끊지는 못하였지만 지극한 마음으로 미륵을 염불하는 자, 8계를 받고 청정한 행을 익히며 사홍서원을 잊지 않는 자, 널리 복업을 닦는 자, 계를 어기고 악을 범하였어도 미륵보살의 자비로운 이름을 듣고 정성껏 참회하는 자, 미륵보살의 이름을 듣고 그 형상을 만들어 향과 꽃·깃발로 장식하고 예배하는 자 등이다.

미륵보살 신앙은 우리나라 불교 역사에서 삼국시대에 크게 융

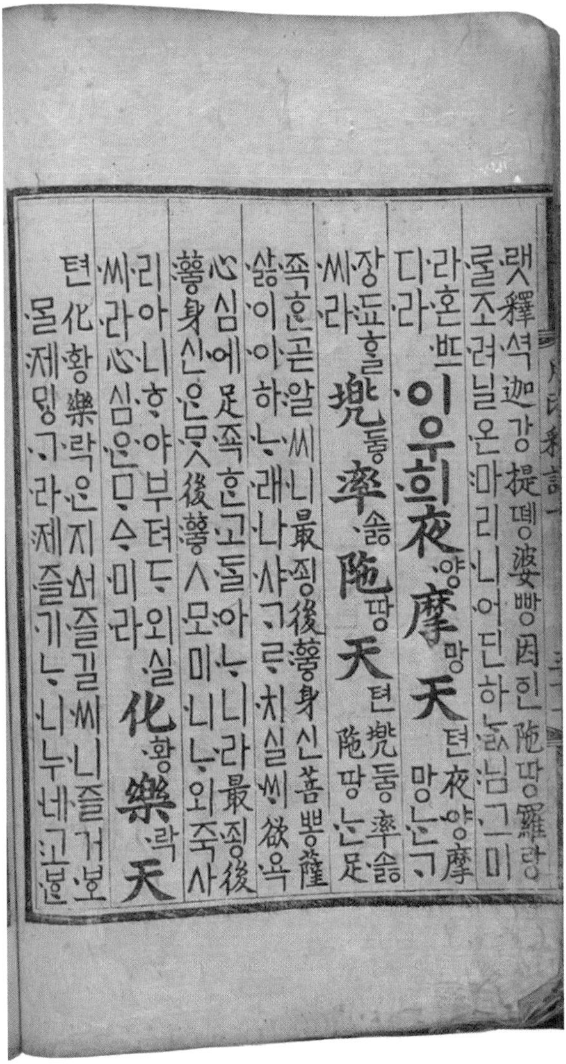

이(도리천) 위에 야마천, 도솔타천, 화락천

성하였다. 신라시대 원효는 《미륵상생경종요彌勒上生經宗要》로 도솔천에서 왕생할 수 있는 수행 방법을 제시하였고 특히 백제 무왕은 미륵보살이 인간 세상에 하생하기를 바라는 마음에서 익산에 미륵사를 세웠다. 경덕왕 때의 월명사는 하늘에 해가 둘이 나타났을 때 〈도솔가〉를 지어서 미륵보살을 감동시킴으로써 두 해가 나타나는 괴변이 사라지게 하였다. 우리나라에는 도솔암 또는 지족암·내원암이라는 명칭의 암자가 매우 많다. 이는 도솔천과 내원궁을 상징하는 명칭으로 도솔천을 중요시하였던 일면을 보여준다.

욕계육천의 다섯 번째 하늘
내가 만드는 즐거운 하늘나라, 화락천

이제 내가 만드는 즐거운 하늘나라 화락천으로 올라가보자.

化樂天

化樂ᄋᆞᆫ 지ᅀᅥ 즐길씨니 즐거ᄫᅳᆯ 제 ᄆᆡᇰᄀᆞ라 제 즐기ᄂᆞ니 누네 고ᄫᆞᆫ 것 보고져 ᄒᆞ면 제 머군 ᄠᅳ드로 고ᄫᆞᆫ 거시 ᄃᆞ외야 뵈며 귀예 됴ᄒᆞᆫ 소리 듣고져 ᄒᆞ며 고해 됴ᄒᆞᆫ 내 맡고져 ᄒᆞ며 이베 됴ᄒᆞᆫ 차반 먹고져 ᄒᆞ며 모매 됴ᄒᆞᆫ 옷 닙고져 호매 다 제 먹논 ᄠᅳ드로 ᄃᆞ외야 나ᄂᆞ니라

화락은 지어서 즐긴다는 뜻이니 즐거움을 스스로 만들어 즐기는 것이다. 눈에 고운 것을 보고자 하면 자기가 마음먹은 뜻대로 고운 것이 되어서 보이며 귀에 좋은 소리 듣고자 하고, 코에 좋은 냄새 맡고자 하고 입에 좋은 음식 먹고자 하고 몸에 좋은 옷 입고자 함에 모두 자기가 마음먹은 뜻대로 되어서 생기는 것이다.

Sunirmāarati를 음역하여 니마라천尼摩羅天 · 수밀타천須密陀天 · 수열밀타천須涅密陀天 또는 유나라니천維那羅泥天이라고도 한다.

화락천은 이곳에 머무는 천인들에게 아직 오욕의 경계가 남아 있는 곳이며, 여기서 천인들도 영원히 살지는 못하고 수명이 있고 나쁜 일을 행했을 때는 지하세계로 떨어질 수도 있다.

욕계육천의 여섯 번째 하늘
마왕 파순이 살고 있는 타화자재천

그렇다면 마왕 파순이 살고 있는 타화자재천은 어떤 하늘인가.

他化自在天이 次第로 노ᄑᆡ 이쇼ᄃᆡ

他化ᄂᆞᆫ ᄂᆞ미 지슬씨오 自在ᄂᆞᆫ 自得ᄒᆞᆯ씨니 이 하ᄂᆞᄅᆞᆫ ᄂᆞᄆᆡ 지손 거슬 아ᅀᅡ 제 즐기ᄂᆞ니 그 魔王이라

타화자재천이 차례로 높이 있다.

수미산과 육욕천

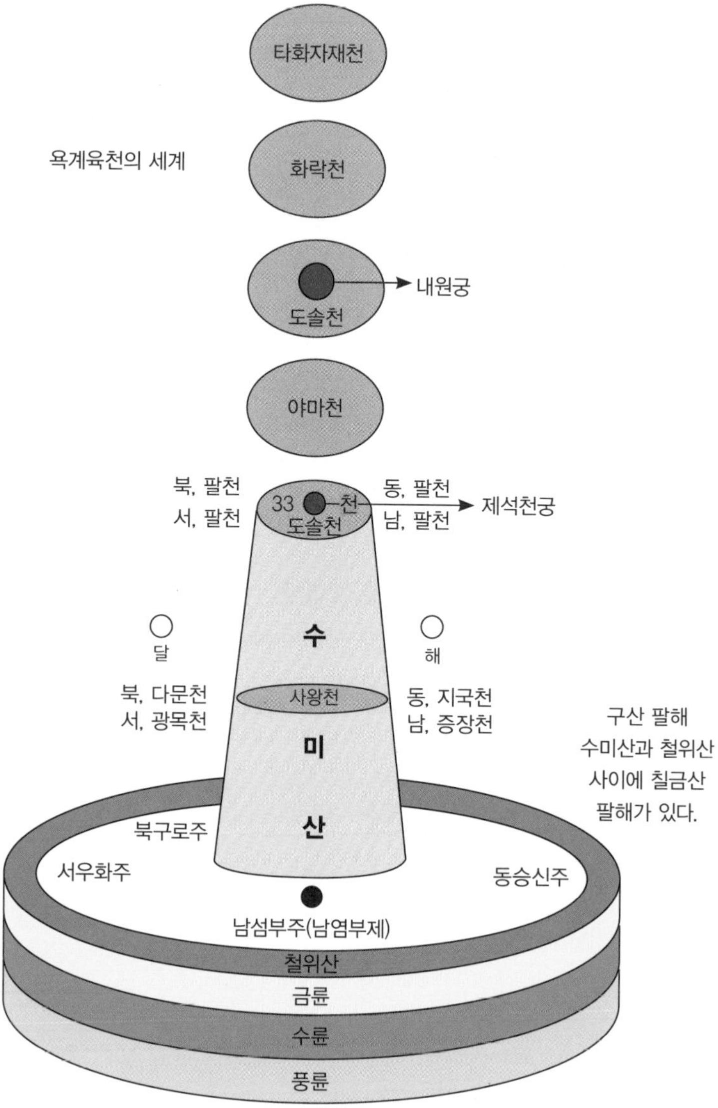

타화자재천
욕계육천의 세계
화락천
내원궁
도솔천
야마천
북, 팔천
서, 팔천
33 천
도솔천
동, 팔천
남, 팔천
제석천궁
달
수
해
북, 다문천
서, 광목천
사왕천
동, 지국천
남, 증장천
구산 팔해
수미산과 철위산
사이에 칠금산
팔해가 있다.
미
산
북구로주
서우화주
동승신주
남섬부주(남염부제)
철위산
금륜
수륜
풍륜

'타화'는 다른 사람이 만드는 것이고 '자재'는 스스로 얻는 것이니 이 하늘은 다른 이가 지은 것을 빼앗아 자기가 즐기는 것으로 그것이 마왕이다. 곧 파순이다. 타화자재천은 산스크리트 para-nirmitavaśavartin의 음사이고 의역하여 타화락천他化樂天·타화자전천他化自轉天 또는 화응성천化應聲天이라고도 한다. 이곳에 있는 하늘신은 바라는 대상을 스스로 만들어놓고 즐길 뿐만 아니라 다른 신들이 만들어낸 대상도 자유롭게 즐긴다고 하는데 그 우두머리가 마왕 파순이다. 산스크리트 pāpīyas의 음사로 악자惡者라고 번역한다. 부처와 그의 제자들의 수행을 방해한 악명 높은 이름이라 풍기는 이미지가 좋지 않다. 어떻게 타화자재천의 왕이 그러한 역할을 맡았을까. 불교에는 '역행逆行 보살'이라는 말이 있다. 석가모니를 괴롭히는 제바달다도 그에 속한다. 악역을 자청해서 대분심과 발심을 일으키는 역할을 하는데 마왕 파순도 그러한 소임을 하고 있는 것이 아닌가 생각해본다.

우리의 인생도 그렇지 않은가. 인생의 악역들 덕분에 내가 성장하고 이만큼 살아오게 되었다고 확신한다. 일례로 나는 결혼하고 나서 집을 살 생각이 전혀 없었다. 왜 죽어서 가져갈 것도 아닌 집에 인생을 저당 잡히며 살까. 집에 연연하는 우리 부모님부터 이해가 되지 않았다. 그런데 딸이 갓 태어난 전셋집의 소유주가 어찌나 경우 없이 구는지 단박에 융자를 얻어 집을 샀다. 마음씨 좋은 집주인을 만났으면 아마 아직도 무주택자로 살고 있을 것이다.

다 구루믈 브터 虛空애 잇ᄂᆞ니 이 여슷 하ᄂᆞ리 欲界六天이라

界ᄂᆞᆫ ᄀᆞᅀᅵ라 ᄒᆞ며 ᄀᆞᆯ비라 ᄒᆞᄂᆞᆫ 마리니 이 여슷 하ᄂᆞᆳ ᄀᆞ자ᇰ이 欲心을 몯 여흰 ᄒᆞᆫ ᄀᆞᆯ비니 人間도 欲界예 드니라

모두 구름이 있는 허공에 있는 세상이니 이 여섯 하늘이 욕계육천이다. 욕계의 '계'는 가장자리라 하며 겹이라 하는 말이니 이 여섯 하늘까지가 욕심을 다 여의지 못한 세계이고, 인간의 세상도 욕계에 들어간다. 제3천인 야마천부터 제6천 타화자재천까지는 모두 구름으로부터 허공에 있는 하늘이라 공거천空居天이라 한다. 수미산 중턱 사천왕천과 정상 도리천을 합하여 욕계육천이라 한다.

이제 욕계를 지나 색계와 무색계의 세계로 날아가보자.

《월인석보》 1권을 읽어 나갈수록 궁금증이 더해진다. 무엇이 이토록 글쓴이로 하여금 불교와 그 세계, 욕계육천과 색계, 무색계를 알리고자 하였을까. 아무래도 세조의 돌아가신 부모 세종과 소헌왕후 그리고 스무 살 아들 의경세자에 대한 극락왕생 발원이 눈앞의 명분이었을 것이다. 그러나 궁극적 목적은 조선 백성들에게 문자의 세계라는 새로운 우주를 활짝 열어 '월인月印'의 불국토로 인도하는 것이 아니었을까.

그동안 나는 불교에 입문한 후 무수히 들었던 욕계, 색계, 무색계 그것을 포괄하는 불교의 세계관과 우주관을 어느 정도 알고 있

다고 생각하였다. 그러나 산스크리트 원어와 그것을 한자어로 의역하는 과정에서 용어 하나하나에 새로이 눈뜨고 거기에 담긴 치밀하고 정교한 세계의 구조를 다시 공부하게 되었다. 이렇게 도도한 불교의 세계를 이토록 쉽게 풀어놓은 선지식들의 숨결을 느끼다 보면 그 실제 주인공들이 더욱 궁금해진다. 무엇이든 한 분야를 오래할수록 느끼는 한 가지, 어렵고 어려운 것을 쉽디 쉽게 풀어내는 것은 여간한 경지가 아니고서는 불가능하다.

세종과 세조의 공부력도 대단하지만 그것을 조선의 백성 누구에게나 풀어내게 한 학자들을 등용한 것 또한 대단하다. 그들을 적재적소에 써서 《월인석보》를 지어 21세기에 전하고자 한 세종과 세조의 메시지는 과연 무엇일까.

열여섯 번째 이야기

○

욕심을 여읜 세계,
색계 삼선천

●

욕계육천 이야기를 들려드렸다. 이제 《월인석보》에서 전하는 '색계色界' 이야기를 하려고 한다. 양조위와 탕웨이라는 배우가 나오는 〈색, 계色, 戒〉라는 같은 제목의 영화가 있다. 당시 꽤 충격적인 내용을 소재로 하였는데, 두 배우의 열연에 그동안 두 사람이 출연한 영화를 모두 찾아보았던 추억이 있다. 우리가 말하려는 색계와 다른 한자의 제목을 음미하며 한 번쯤 감상해보시길 권한다. 같은 '색色'이라는 글자가 영화에서는 에로스를 뜻하고, 불교에서는 그 욕망이 끊어진 세계를 뜻하는 역설적 의미!

색계色界는 중생들이 윤회하는 삼계三界 중 하나로 산스크리트로는 rūpa-dhātu라고 한다. 욕계에서 벗어난 깨끗한 물질의 세계요, 선정禪定을 닦는 사람이 가는 곳으로 욕계와 무색계의 중간 세계이

욕계육천이라
이 우희 또 初禪三天에

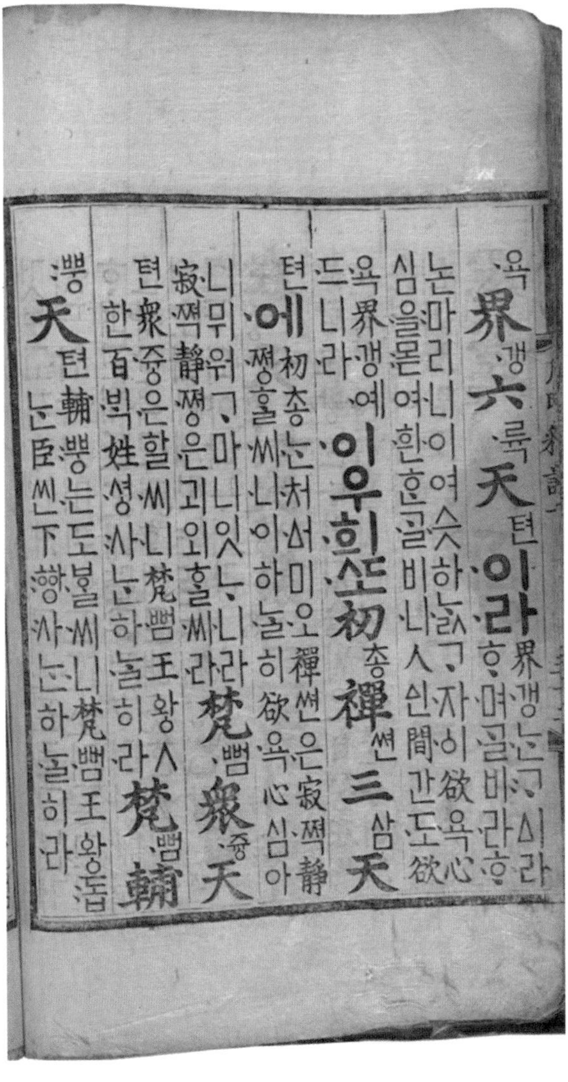
욕界갱六륙天텬이라 界갱ᄂᆞᆫ ᄀᆞᅀᅵ라 ᄒᆞ며 골ᄇᆡ라 ᄒᆞᄂᆞᆫ 마리니 이 여슷 하ᄂᆞᆯᄒᆞ자ᄋᆡ 欲욕心심을 몯 여ᄒᆡᆫ ᄒᆞᆫ 골비나 人ᅀᅵᆫ間간도 欲욕界갱예 ᄃᆞ니라 이 우희 ᄯᅩ 初총禪쎤三삼天텬에 初총ᄂᆞᆫ 처ᅀᅥ미오 禪쎤은 寂쩍靜쪙ᄒᆞᆯ 씨니 이 하ᄂᆞᆯ히 欲욕心심 아니 뮈윰 ᄀᆞ마니 잇ᄂᆞ니라 寂쩍靜쪙은 괴외ᄒᆞᆯ 씨라 梵뻠衆즁天텬 衆즁은 할 씨니 梵뻠王왕ㅅ 한 百빅姓셩 사ᄂᆞᆫ 하ᄂᆞᆯ히라 梵뻠輔뿡天텬 輔뿡ᄂᆞᆫ 도ᄫᆞᆯ 씨니 梵뻠王왕ᄋᆞᆯ 돕ᄂᆞᆫ 臣씬下ᅘᅧᆼ 사ᄂᆞᆫ 하ᄂᆞᆯ히라

다. 욕계에서와 같은 음욕·식욕 등의 탐욕은 끊어졌으나, 아직 무색계와 같이 완전히 물질을 떠나 순수한 정신적 세계에는 도달하지 못한 경지라고 정의하고 있다. 일반적으로 17천으로 알려져 있지만 《월인석보》에서는 모두 18개의 하늘로 구성되어 있다고 보았다.

이 우희 ᄯᅩ 初禪三天에
初ᄂᆞᆫ 처ᅀᅥ미오 禪은 寂靜홀씨니 이 하ᄂᆞᆯ히 欲心 아니 뮈워 ᄀᆞ마니 잇ᄂᆞ니라 寂靜은 괴외홀씨라

욕계육천 위에 색계의 초선삼천이 있다. 초선삼천의 뜻을 풀이하자면 초初는 처음이요, 선禪은 적정하다는 뜻이다. 적정寂靜은 고요하다는 의미이다. 이 초선初禪의 세 하늘은 욕심이 움직이지 않고 가만히 있는 상태이다.

1-1 범중천
梵衆天
衆은 할씨니 梵王ㅅ 한 百姓 사ᄂᆞᆫ 하ᄂᆞᆯ히라

초선천의 세 하늘 중 첫 번째 하늘 이름은 범중천이다. 범중천의 중衆은 많다는 뜻인데 범왕의 많은 백성들이 사는 하늘이다. 범왕은 '대범왕大梵王·범천梵天'이라고도 한다. Brahmapāriṣadya를 범파리사梵派梨沙라 음역한다. 원래 힌두교의 신이었으나 불교가

범왕

제석천

일어나면서 불교적 선신善神으로 수용되었다. 불교에서는 제석천帝釋天과 짝을 이루며 불교를 옹호하는 신으로 묘사된다.

《삼국유사》의 〈어산불영魚山佛影〉 조에는 신라 때 어산에 만어사萬魚寺를 짓고 여러 불상을 조성하였는데 그때 '대범천'도 봉안하였다고 나와 있다. 부처님이 이곳에서 독룡毒龍을 교화할 때 대범천이 나타나서 용과 나찰羅刹뿐 아니라 모든 중생들에게 그 가르침을 줄 것을 부탁하였다고 한다. '대범천'을 찾아볼 수 있는 기록이다.

1-2 범보천

梵輔天

輔는 도볼씨니 梵王 돕는 臣下 사는 하늘히라

초선 두 번째 하늘은 범보천이다. 범보천의 '보輔'는 돕는다는 뜻이니 범왕을 돕는 신하가 사는 하늘이다. 범다회천梵多會天이라고도 하고 원어로는 Brahmapurohita이다. 범부루혜梵富樓醯라 음역하고 정사淨師라 번역한다. 이 하늘의 천중天衆들은 모두 초선천을 주재하는 대범천왕을 돕고 있는 신하들이며, 욕계의 버릇이 없어지고 욕심을 현저히 여의여서 계율戒律을 좋아한다고 한다.

1-3 대범천

大梵天

大梵天은 梵王 사는 하늘히니 梵王이 娑婆世界예 뭇 위두ᄒᆞ야 잇

ᄂᆞ니라

대범천은 범왕이 사는 하늘이니 범왕은 사바세계에 가장 으뜸인 위치에 있다. Mahābrahmā가 원어이며 이 하늘은 계행戒行을 깨끗이 가지며, 여러 범천의 대중을 통솔하는 대범천왕大梵天王들이 나는 곳이다.

2-1 소광천

ᄯᅩ 二禪三天에

少光天

少光ᄋᆞᆫ 光明이 져글씨니 二禪天中에 光明이 ᄆᆞᆺ 져그니라

색계 중 두 번째 하늘을 이선천二禪天이라 하는데 그 안에 다시 3개의 하늘天이 있다. 그 첫 번째 하늘이 소광천이다. 소광少光은 광명이 적다는 뜻이니 이선천 중에서 광명이 제일 적다는 뜻이다. 'ᄆᆞᆺ'은 현대어의 '맏이, 맏딸' 등에 남아 있는 순우리말로 '가장, 제일, 처음'의 뜻이다. 《월인석보》에서 소소한 우리말 겨루기 실력을 키워보시기 바란다.

소광천은 Parīttābha, 파율아파波栗阿婆라 음역한다. 이 하늘은 범천梵天의 사람들을 거느리고, 범천梵天의 행을 원만히 하는 하늘이다.

2-2 무량광천

無量光天

無는 업슬씨니 無量光은 光明이 그지업슬씨라

이선천의 두 번째 하늘은 무량광천이다. 무無는 없다는 뜻이니 무량광은 광명이 그지없이 많은 것이다. '그지없다'도 끝이 없다, 헤아릴 수 없이 많다는 우리말이다. '부모님의 은혜는 그지없어라, 가이 없어라' 하는 말로 쓸 수 있다. Apramāṇābha에서 온 말로 색계 18천의 제5위의 하늘이며, 제2선천의 제2천이다. 이 하늘에 나면, 몸이 발하는 광명光明이 한량없어 시방세계가 수정水晶같이 비친다고 한다.

2-3 광음천

光音天

音은 소리니 光明에서 말ᄒᆞᄂᆞ니라

세 번째 하늘은 광음천이다. 음音은 소리이니 광명으로 말하는 것이다. Ābhāsvara를 아파회제바阿波會提婆, 아회긍수阿會亘修, 아파긍수阿波亘修, 아파회阿波會, 아파최라차阿波嗺羅遮라 음역하고 극광정極光淨, 승변광勝遍光이라 번역한다. 이 하늘의 중생은 음성이 없고 말할 때는 입으로 광명을 내어 말의 작용을 대신한다고 한다. 청정한 교화의 작용이 다함이 없다는 뜻이다.

3-1 소정천

또 三禪三天에

少淨天

少淨은 조호미 져글씨니 三禪天中에 조호미 뭇 져그니라

초선천의 세 번째 하늘 삼선천三禪天이 있다. 이 삼선천 안에 3개의 하늘天이 있다.

소정천은 삼선천 중에서 깨끗함이 가장 적은 하늘이다. 소정少淨은 깨끗함이 적다는 뜻이다.

위의 '뭇'을 기억하시라. Parīttaśubha에서 온 말로 파율다수바波栗多首婆라 음역한다. 색계 18천 중 제7위의 하늘이다. 이 하늘 사람들은 적멸寂滅의 즐거움과 통하며, 광명光明이 음성이 되고 소리를 내어 정밀한 행行을 이룬다고 한다.

3-2 무량정천

無量淨天

無量淨은 조호미 그지업슬씨라

삼선천의 두 번째 하늘은 무량정천이다. 무량정無量淨은 깨끗함이 그지없이 많다는 뜻이다. Apramāṇaśubha를 아바라나마阿婆羅那摩라 음역한다. 색계 18천 중 제8위의 하늘이다. 이 하늘에는 마음에 즐거운 감각인 낙수樂受가 있으며, 아래 소정천에 견주어볼

때 그보다 승묘勝妙하여 헤아릴 수가 없다는 뜻이다.

3-3 변정천

偏淨天

偏淨은 다 조홀씨니 몸쑨 아니라 世界 다 조홀씨라

변정천은 삼선천의 세 번째 하늘이다. 변정偏淨은 두루 다 깨끗하다는 것이다. 몸뿐 아니라 세계가 다 깨끗한 것이다. '偏'은 일반적으로 '편'으로 읽지만 불교에서는 '두루두루, 모두'라는 뜻의 '변'으로 읽는다. 불교에 처음 입문했을 당시 나도 읽기 혼동되던 글자이다. Śubhakṛtsna에서 온 말로 색계 18천 중 제9위의 하늘이다. 이 하늘은 세계와 몸과 마음이 깨끗해지고, 깨끗한 덕德을 성취하여 의탁할 만한 좋은 경계가 앞에 나타나서 적멸寂滅한 즐거움에 돌아간다.

지금까지 색계色界 중 초선천初禪天부터 삼선천三禪天까지 살펴보았다. 그다음 사선천은 아홉 하늘로 이루어져 있어 다음 이야기에서 기약하기로 한다. 필자는 우리가 몇 생을 거쳐야 갈 수 있는 하늘일지 모르는 아득한 욕계, 색계, 무색계보다 많이 듣던 '범천梵天'이 33천 중 색계 초선천을 관장하는 왕이라는 사실을 알게 된 것이 더 반갑다. 그렇게 등장한 범천이 《삼국유사》 곳곳에 스며들어 살아 숨 쉬고 있다는 사실을 확인하게 되어 기쁘다. 석굴암에 우리나라에서 가장 오래된 범천의 모습으로 남아 있는 훌륭한 부조가 서 있으니 한번 답사하여 찬찬히 살펴보시기 바란다. 유리 보호막에 막혀 보기 어렵다면 경주 박물관에 부조의 탁본이 걸려 있으니 그곳에 가보시기를 권한다.

열일곱 번째 이야기

○

아홉 하늘로 이루어진 색계 사선천

●

《월인석보》는 '욕계'와 '색계'를 조선시대 당대에 생각하고 가다듬은 방식으로 들려주고 있다. 훈민정음으로 쓰인 당시 불교의 최고·최상의 해석 버전을 21세기 한글로 함께 읽어 나가는 행운 또한 크나큰 시절 인연이라 믿는다. 지난 이야기에서 색계 초선천부터 삼선천에 대한 이야기를 하였다. 이제 아홉 하늘로 이루어진 사선천四禪天으로 떠나보자.

4-1 복생천

또 四禪九天에

九는 아호비라

福生天

(삼선삼천에) 소정천 무량정천 변정천 또 사선구천에

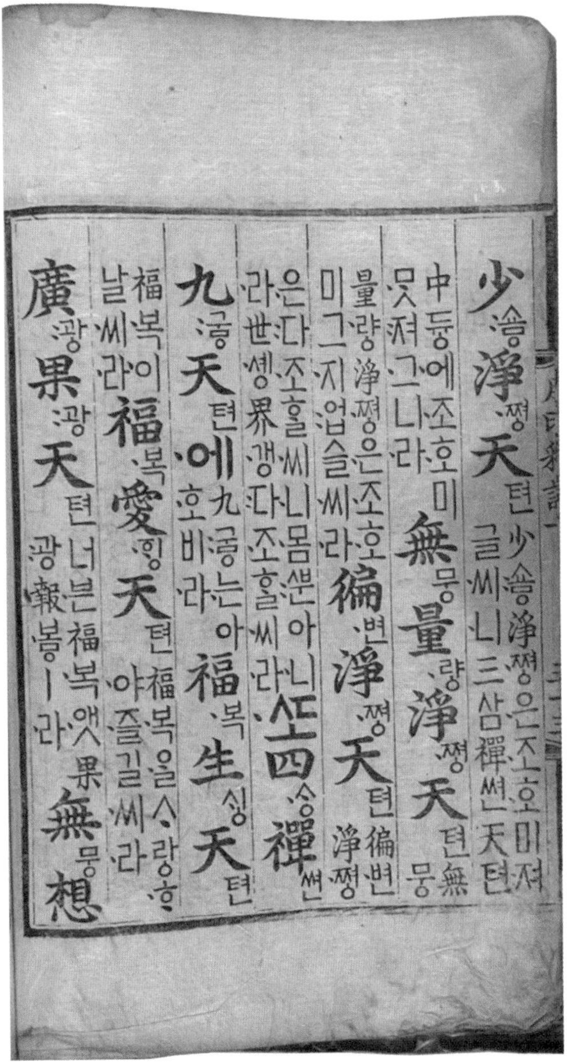
少숑淨쪙天텬 少숑淨쪙은 조호미 져글씨니 三삼禪썬天텬 中듕에 조호미 몯져그니라 無뭉量량淨쪙天텬 無뭉量량淨쪙은 조호미 그지업슬씨라 徧변淨쪙天텬 徧변淨쪙은 다 조ᄒᆞᆯ씨니 몸ᄲᅮᆫ 아니라 世솅界갱 다 조ᄒᆞᆯ씨라 또 四ᄉᆞᆼ禪썬 九궇天텬에 九궇는 아호비라 福복生싱天텬 福복이 날씨라 福복愛ᅙᆡᆼ天텬 福복ᄋᆞᆯ ᄉᆞ랑ᄒᆞ야 즐길씨라 廣광果광天텬 너븐 福복앳 果광報봉ㅣ라 無뭉想

福이 날씨라

사선천四禪天에는 아홉 개의 하늘이 있다.

첫째, 복생천福生天(Puṇya-prasava)은 그야말로 복이 생기는 하늘이다. 이제 한자와 산스크리트의 의미가 어느 정도 익숙해졌으니 괄호 안에 넣기로 하자. 색계 18천 중 제10위의 하늘이며, 제4선천의 첫 번째 하늘이다. 이 하늘은 괴롭고 즐거운 두 마음을 한꺼번에 버려서 깨끗한 복의 성품으로 태어난다.

4-2 복애천

福愛天

福ᄋᆞᆯ ᄉᆞ랑ᄒᆞ야 즐길씨라

복애천은 복을 사랑하여 즐기는 하늘로서 제4선천의 두 번째 하늘이다. 이 하늘은 깨끗하고 한정없는 복의 오묘함에 수순함으로 태어난다. 《수능엄경首楞嚴經》과 《아비달마론阿毘達摩論》에서는 무운천無雲天(Anabhraka)을 제4선천의 제1천, 복생천福生天(Puṇyaprasava)을 제4선천의 제2천이라 하기도 한다.

4-3 광과천

廣果天

너븐 福앳 果報ㅣ라

넓은 복의 과보라 일컫는 광과천廣果天(Bṛhatphala)이 제4선천의 세 번째 하늘이다. 이 하늘은 깨끗한 빛이 한량없고, 복福과 덕德이 뚜렷하게 밝아 태어난다고 한다.

4-4 무상천

無想天

想은 ᄆᆞᅀᆞ매 너길씨니 無想은 ᄆᆞᅀᆞ매 먹논 일 업슬씨라 無想天은 廣果天과 ᄒᆞᆫᄃᆡ 잇ᄂᆞ니라

무상천의 상想은 마음에 여긴다는 뜻이니 무상無想은 마음으로 먹는 일이 없다는 것이다. 여기서 '여기다'라는 말은 '생각하다'라는 뜻으로 지금도 '그렇게 여기다'라거나 '업신여기다' 등으로 남아 있는 말이지만 요즘 자주 사용하지 않게 된 말이다. '마음먹다'라는 말도 '모든 일은 마음먹기 달렸다'와 같이 자연스러운 우리말 표현이지만 15세기의 '마음에 먹다'라는 표현은 낯설게 느껴진다. 이렇게 차츰 사라져가고 있는 순수 우리말 표현을 만나면 엄마나 할머니가 살아 계실 때 쓰던 낱말 하나로 마치 어린 시절로 순간 이동하는 기분이 된다. 내가 어릴 때 듣던 낱말들이 버튼이 되어 활기차고 젊은 시절의 엄마를 회상하게 된다. 《월인석보》를 공부하며 얻는 가외의 수확이다.

무상천은 세 번째 하늘인 광과천과 함께 있는 네 번째 하늘이다. 이 하늘에 태어나면 모든 생각이 없어지므로 이러한 이름이 붙

었다 한다.

4-5 무번천

無煩天

無煩은 煩惱 업슬씨라

무번천無煩天(Avṛha)은 번뇌가 없다는 뜻의 다섯 번째 하늘이다. 욕계의 괴로움과 색계의 즐거움을 모두 끊고 몸과 마음을 번거롭게 하는 일이 전혀 없게 된다.

4-6 무열천

無熱天

熱은 더볼씨니 혀근 煩惱ㅣ 熱이라

무열천無熱天(Atapa)의 열熱은 더운 것이니 작은 번뇌를 열熱이라고 한다. 색계 18천 중 15위의 하늘이며, 제4선천의 여섯 번째 하늘이다. 이 하늘은 청량자재淸凉自在하여 열뇌熱惱가 없는 하늘이라 한다.

4-7 선견천

善見天

善은 잘홀씨니 善見은 잘 볼씨라

선견천善見天(Sudṛśa)의 선善은 잘한다는 뜻이니 선견善見은 잘 본다는 뜻의 하늘이다. 제4선천의 일곱 번째 하늘로 장애함이 없어 시방十方을 보는 것이 자유자재하다. 우리가 '착할 선善'이라고 단순히 알고 있는 글자 하나에 얼마나 많은 뜻이 있는가. '잘한다'는 훌륭하다, 좋다, 아름답다, 최선, 최고, 최상이다 등등의 뜻을 모두 함축하고 있는 단어이다. 그래서 부처의 법문에는 좋은 질문을 하거나 대답을 잘했을 때 '선재선재善哉善哉'라고 칭찬하신다. 내가 딸을 낳았을 때 들었던 첫 느낌 또한 그러하였다. 사람이 사람을 낳는다는 일, 무사히 세상에 자식이 태어나 나와 마주한다는 일대사 인연만큼 대단한 일이 어디 있으랴. 그렇게 딸의 이름이 되기도 한 '선善' 그리고 감탄의 뜻 '재哉'. 선善은 그런 의미를 품은 글자이다.

4-8 선현천
善現天

現은 나톨씨니 믈근 거우루 곧ᄒᆞ야 여러 가짓 양ᄌᆞ를 잘 나톨씨라

선현천善現天(Sudarśana)의 현現은 '나투다'라는 뜻이다. 현대어로 하면 '나타난다' 정도의 뜻이지만 지금은 사라진 표현으로 되살려 쓰고 싶은 맛깔스러운 낱말이다. '부처께서 나투시다'와 같은 용례로 사용한다. 맑은 거울 같아서 여러 가지 모습을 잘 나타내는 이 하늘은 제4선천의 여덟 번째 하늘이다. 천중天衆의 선묘善妙

한 과보가 나타나므로 그렇게 이름한다.

4-9 색구경천

色究竟天이

色ᄋᆞᆫ 비치니 얼구를 니ᄅᆞ니라 究竟은 ᄆᆞᄎᆞᆯ씨니 얼굴 이쇼ᄆᆞᆯ 이 하ᄂᆞᆯ히 ᄆᆞᄎᆞᆯᄊᆡ 色究竟이라 ᄒᆞ니라 無煩天브터 잇ᄀᆞ장ᄋᆞᆯ 不還天이라 ᄒᆞᄂᆞ니 不還ᄋᆞᆫ 아니 도라갈씨니 ᄂᆞ외야 欲界예 아니 도라갈씨라 ᄯᅩ 淨居天이라 ᄒᆞᄂᆞ니 淨居ᄂᆞᆫ 조ᄒᆞᆫ 모미 사ᄂᆞᆫ ᄃᆡ라 ᄒᆞᆫ ᄠᅳ디라

색구경천色究竟天(Akaniṣṭha)은 색계 18천의 맨 위 하늘이며, 제4선천의 아홉 번째 하늘로 색계 18천의 마지막이기도 하다. 색色은 빛이니 형체를 뜻한다. '얼굴'은 현대어에서는 이목구비가 있는 안면顔面으로 뜻이 축소되었지만 15세기에는 전신全身을 가리키는 모습이거나 형체를 의미하였다.

구경究竟은 마침이니, 형체가 있는 것을 이 하늘에서 마치게 되므로 색구경色究竟이라 하였다. 다섯 번째 무번천부터 아홉 번째 색구경천까지를 불환천不還天이라고도 한다. 불환不還은 돌아가지 않는다는 것이니 다시 욕계에 돌아가지 않는다는 것이요, 또 정거천淨居天이라고도 하니 정거淨居는 깨끗한 몸이 사는 곳이라 하는 뜻이다.

次第로 우희 잇ᄂᆞ니 初禪三天은 네 天下ᄅᆞᆯ 두퍼 잇고 二禪三天

은 小千世界를 두펴 잇고 三禪三天은 中千世界를 두펴 잇고 四禪九天은 大千世界를 두펴 잇ᄂᆞ니 이 열여듧 하ᄂᆞᆯ홀 色界十八天이라 ᄒᆞᄂᆞ니라

—

차례로 이 하늘들이 위로 있으니 초선삼천初禪三天은 사천하를 덮고 있다. 이선삼천二禪三天은 소천세계를 덮고 있고 삼선삼천은 중천세계를 덮고 있고 사선구천은 대천세계를 덮고 있으니 이 열여덟 개의 하늘을 색계십팔천色界十八天이라고 한다.

이 열여듧 하ᄂᆞ리 欲心 더러부믈 여흴씨 모도아 梵世라 ᄒᆞ고 色蘊 얼구리 이실씨 色界라 ᄒᆞᄂᆞ니라 蘊이 다ᄉᆞᆺ 가지니 色蘊은 뷔여 ᄆᆞᆰ디 몯ᄒᆞ야 빗 이쇼미오 受蘊은 受苦ᄅᆞᄫᆡ며 즐거ᄫᅳ며 受苦룹도 즐겁도 아니호ᄆᆞᆯ 바ᄃᆞᆯ씨오 想蘊은 여러 가짓 일 ᄉᆞ칠씨오 行蘊은 힝뎍홀씨오 識蘊은 ᄀᆞᆯ히지버 알씨라 五蘊을 五陰이라도 ᄒᆞᄂᆞ니 蘊은 모ᄃᆞᆯ씨오 陰은 ᄀᆞ리두플씨니 ᄒᆞᄂᆞᆫ 일 이쇼ᄆᆞᆯ 모도아 眞實ㅅ 性을 ᄀᆞ리ᄃᆞᆸ다 ᄒᆞᄂᆞᆫ ᄠᅳ디라

—

이 열여덟 하늘이 욕심의 더러움을 여의었기 때문에 모두 범세梵世라 한다. 색온色蘊의 형체가 있으므로 색계色界라 한다. 온蘊은 다섯 가지이니 색온은 비어서 맑지 못하여 빛이 있는 것이요, 수온受蘊은 수고로움과 즐거움과 수고롭지도 즐겁지도 않음을 받는 것이요. 상온想蘊은 여러 가지 일이 스치는, 곧 생각하는 것이요,

행온行蘊은 행적, 행동을 하는 것이요, 식온識蘊은 가려내어 아는 것이다. 오온五蘊을 오음五陰이라고도 하니 온蘊은 모으는 것이요, 음陰은 가려서 덮는 것이니 하는 일 있음을 모두어 진실의 성품을 가려 덮는다 하는 뜻이다.

이와 같이 《월인석보》의 욕계와 색계가 품고 있는 하늘의 특징과 그 뜻을 살펴보았다. 우리는 흔히 《반야심경》의 한 구절인 '조견 오온 개공照見五蘊皆空'을 무심코 읊조린다. 그저 "'오온'으로 이루어진 나를 비롯한 세상 모든 것들이 공하다는 것을 비추어 보고"라는 겉핥기식 알음알이는 아니었던가. 그것을 한 방에 깨뜨리는 《월인석보》 '오온五蘊'의 심오한 뜻. 600년 전에 이토록 쉬운 우리글로 설명해놓았다니 놀랍지 않은가. 우리가 이생에 넘지 못할 욕계의 6천과 색계의 18천은 굳이 몰라도 좋다. 그러나 《월인석보》의 '오온'만큼은 찬찬히 되새겨볼 일이다.

우리는 지금 《월인석보》 중 《월인천강지곡》 9장에 머물고 있다. "사선천이 보고 지나간 일로 헤아려 일천 분의 세존이 태어나실 것을 압니다"에 해당하는 9장 2절의 내용에 대하여 《석보상절》의 풀이로 11번째 이야기부터 시작해 17번째 이야기까지 시공을 초월하는 하늘 여행 중이다. 다음에는 '무색계'에 대하여 공부하기로 한다. 그리고 《월인천강지곡》 10장과 11장을 읽으면 108장으로 구성된 대망의 《월인석보》 제1권을 간경看經하게 되는 것이다. 《월인석보》 1권을 읽는 즐거운 수행. 나무 월인석보!

열여덟 번째 이야기

○

순수한 선정의 세계, 무색계

●

드디어 욕계육천과 색계십팔천 여행을 마치고 무색계로 떠나는 타임머신에 탑승할 시간이다.

마음을 다잡고 이제 15세기라는 시간 속으로 들어가 불교의 우주 속 무색계 사공처四空處의 세계 여행을 떠나보자. 무색계無色界는 삼계三界 중 하나로 형상의 속박에서 완전히 벗어난 순수한 선정禪定의 세계이다. 여기에 네 가지 경지의 세계가 있다. 오늘 우리는 과연 어느 경지까지 이해할 수 있을까.

(1) 공무변처空無邊處 : 허공은 무한하다고 체득한 경지.

(2) 식무변처識無邊處 : 마음의 작용은 무한하다고 체득한 경지.

(3) 무소유처無所有處 : 존재하는 것은 없다고 체득한 경지.

(4) 비상비비상처非想非非想處 : 생각이 있는 것도 아니고 생각이 없는 것도 아닌 경지. 욕계·색계의 거친 생각은 없지만 미세한 생각이 없지 않은 경지.

사공처

이 우희 ᄯᅩ 四空處에
四空處는 네 뷘 ᄯᅡ히라

이 욕계 18계 위에 또 사공처가 있다. 사공처는 네 가지 비어 있는 세계이다. 여기서 '처處'는 세계이자 하늘을 말한다. 우리는 '곳 처'라 외고 있지만 장소만을 가리키지 않는다. 《월인석보》에서는 '자리, 처소, 곳, 땅, 경계, 지위' 등 다양하게 쓰이고 있다. '지地'도 같은 의미이다. 그리하여 '처지處地'가 되는 것이다.

1-1 공처
空處
이 하ᄂᆞᄅᆞᆫ 色ᄋᆞᆯ 슬히 너겨 뷔유믈 브터 잇ᄂᆞ니라
—
첫째, 공처라는 하늘은 색色을 싫다고 여겨 비어 있음을 말미암아 존재하는 하늘이다. 공무변처空無邊處를 줄인 것으로 허공은 무한하다고 체득한 무색계 제1천의 경지이다.

이 위에 사공처에 공처, 식처

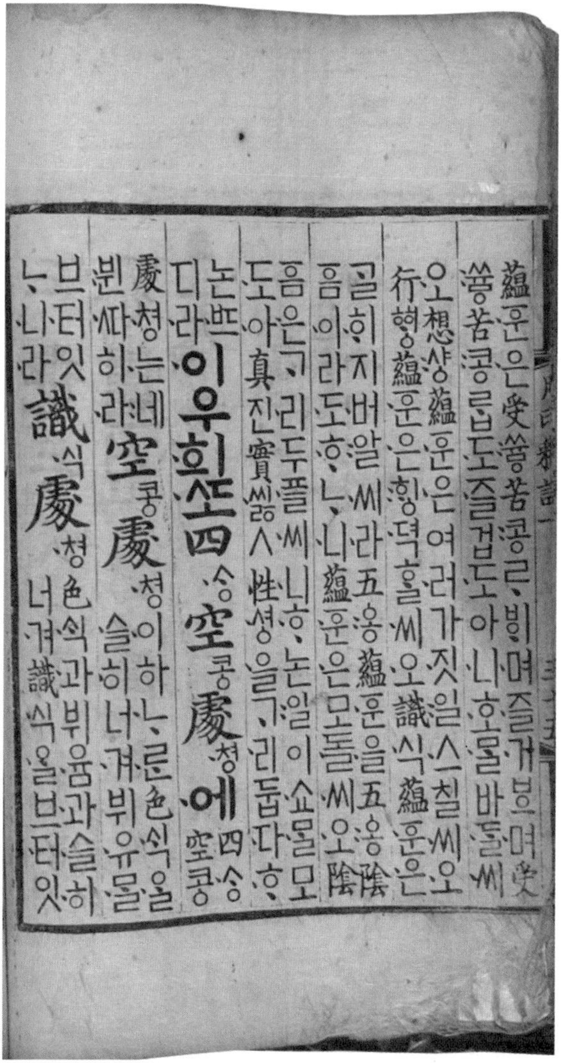
蘊운은 受쓯苦콩ᄅᆞᆯ 비ᄒᆞ며 즐거ᄫᅳ며 受
쓯苦콩ᄅᆞᆸ도 즐겁도 아니ᄒᆞᆯ 바ᄃᆞᆯ씨
오 想샹蘊운은 여러가짓 일 ᄉᆞ칠씨오
行ᅘᆡᆼ蘊운은 ᄒᆡᆼ뎍ᄒᆞᆯ씨오 識식蘊운은
골ᄒᆡ히 지버알씨라 五옹蘊운을 五옹陰
음이라도 ᄒᆞᄂᆞ니 蘊운은 모돌씨오 陰
음은 ᄀᆞ리두플씨니 ᄒᆞᆫ논 일이 ᄉᆈ몰 모
도아 真진實씷ㅅ 性셩을 ᄀᆞ리둡다 ᄒᆞ
논 ᄠᅳ디라 이 우희 ᅀᅵ 四ᄉᆞᆼ 空콩處청에 四 空콩
處청는 네 空콩處청이 ᄒᆞᄂᆞ 色식을
뷘 ᄡᅡ히라 空콩處청 슬히 너겨 뷔유믈
브터 잇 識식處청 色식과 뷔윰과 슬히
ᄂᆞ니라 너겨 識식을 브터 잇

1-2 식처

識處

色과 뷔윰과 슬히 너겨 識을 브터 잇ᄂᆞ니라

—

둘째, 식처識處는 색(형상)과 비어 있음(공처)을 싫다고 여기고 식識을 말미암아 있는 세계이다. 식무변처識無邊處의 줄임말로 마음의 작용은 무한하다고 체득한 경지이다.

1-3 무소유처

無所有處

無所有는 잇ᄂᆞᆫ 것 업슬씨니 이 하ᄂᆞᄅᆞᆫ 色과 空과 識心괘 다 업고 識性이 잇ᄂᆞ니라

—

셋째, 무소유처無所有處는 있는 것이 없다는 뜻이니 이 하늘은 형상과 허공과 마음이 모두 없고 식성識性이 있는 경지이다.

1-4 비상비비상처

非想非非想處

識性을 뮈우디 아니ᄒᆞ고 ᄯᅩ ᄀᆞ장 더 업게 ᄒᆞ니 그러나 識을 브터 업게 ᄒᆞᆯᄊᆡ 乃終내 긴ᄂᆞᆺ 업수미 아니니 잇ᄂᆞᆫ ᄃᆞᆺ ᄒᆞ니 잇디 아니ᄒᆞ미 ᄉᆞ초미 아니오 업슨 ᄃᆞᆺ ᄒᆞ딕 업디 아니ᄒᆞ미 ᄉᆞᄎᆞᆷ 아뇨미 아니라

—

넷째, 비상비비상처非想非非想處는 유상有想(식처)에 움직이지 않고 또 무상無想(무소유처)을 더 이상 없게 하는 경지이다. 그러나 식識, 생각을 의지하여 없게 하므로 끝내 참 없음이 아니다. 있는 듯하되 있지 않음이 생각이 아니다. 없는 듯하되 없지 아니함이 생각 아님도 아니다.

참 알쏭달쏭한 비상과 비비상의 해석이다. 유상有想은 두 번째 식무변처지識無邊處地를 말하는데, 식무변처지는 '마음〔識〕이 무한히 확장되는 것〔無邊〕'을 관하는 것이므로 유상有想이라 하고, 무상無想은 세 번째 무소유처지無所有處地를 말하는데, 무소유처지는 '마음〔識〕의 비존재〔無所有〕'를 관하는 것이므로 무상無想이라 한다. 비상비비상처지非想非非想處地는 이들 유상有想과 무상無想을 다 함께 버리고 떠나는 경지 또는 마음 상태이다. 비상비비상처지非想非非想處地의 상태에 머물러 있는 동안에는 욕계·색계의 거칠거나 미세한 생각은 없지만 아주 미세한 생각은 없지 않다. 이 상태를 넘어가면 곧 열반涅槃, 즉 부처의 상태인 것이다.

이 四空處ㅣ 業果앳 굴근 비츤 업고 定果앳 ᄀᆞᄂᆞᆫ 비치 잇ᄂᆞ니 ᄒᆞᆫ 比丘ㅣ 無色定에 드렛다가 나아 虛空ᄋᆞᆯ ᄆᆞᆫ지거늘 ᄂᆞ미 무로ᄃᆡ 므스글 얻ᄂᆞᆫ다 對答호ᄃᆡ 내 몸 얻노라 ᄒᆞ니 이 定 得ᄒᆞ야도 모ᄆᆞᆯ 몯 보니 四空處ㅣ 業果色 업수믈 아ᄅᆞᇙ디로다

—

이 사공처四空處가 업과業果의 굵은 색은 없고 정과定果의 가느다란 색이 있다. 한 비구가 무색정無色定에 들었다가 나아가 허공을 만지거늘 사람들이 묻되 '무엇을 얻습니까' 하니 대답하되 '내 몸 얻노라' 하니 이 정定을 얻어도 몸을 못 보니 사공처가 업과색業果色이 없음을 알 것이다.

'굵고 가느다란' 색色을 논하기 전에 이 '추麤'와 '세細'에 대한 우리말이 재미있다. 일반적으로 '거칠 추麤'라고 배운 이 한자는 성글다, 굵다, 대범하게 대강 나누다 등의 뜻으로 쓰이고 '자세할 세細'는 이에 대립되는 상대어이다. 그것을 '굵다'와 '가느다랗다'라고 번역하였다. 《석보상절》을 읽다보면 '대비구大比丘'가 나오는데 이때도 '굵은 비구'라고 한다. 사공처에는 업과라는 큰 색色이 없고 정과라는 그보다 미시적인 색이 있는 경지이다 정도로 이해하고 넘어가자. 구체적으로 업과와 정과의 이해는 다음에 시작된다.

定果色ᄋᆞᆫ 定力이 至極ᄒᆞᆯᄊᆡ 一切色애 다 自在ᄒᆞ야셔 定으로 色ᄋᆞᆯ 니ᄅᆞ왇ᄂᆞ니 經에 닐오ᄃᆡ 菩薩ㅅ 고해 無色界옛 香ᄋᆞᆯ 마ᄐᆞ시다 ᄒᆞᆫ 말도 이시며 舍利弗 涅槃ᄒᆞᇙ저긔 無色界옛 눉므리 ᄀᆞᄅᆞᄫᅵ ᄀᆞ티 ᄂᆞ리다 ᄒᆞᆫ 말도 이시며 無色諸天이 世尊ᄭᅴ 저ᄉᆞᆸ다 ᄒᆞᆫ 말도 이시며 無色이 머리 좃다 ᄒᆞᆫ 말도 이시며 無色界天에 이셔 香과 곳과ᄅᆞᆯ 비ᄒᆞ니 香이 須彌山 ᄀᆞᆮ고 고지 술위ᄢᅵ ᄀᆞᆮ다 ᄒᆞᆫ 말도 잇ᄂᆞ니 이러

ᄒᆞᆫ ᄠᅳ든 聲聞 緣覺ᄋᆡ 몰롤 이리라

—

정과색(선정禪定의 결과로 나타나는 형상)은 정력定力이 지극하므로 일체 색에 다 자재하여 정定에서 색色을 일으킨다. 경전에 이르기를 "보살의 코로 무색계無色界의 향을 맡으시다" 하는 말도 있으며 "사리불舍利弗이 열반할 적에 무색계의 눈물이 가랑비같이 내리다" 하는 말도 있다. "무색제천이 세존께 절하다" 하는 말도 있으며 "무색無色이 머리를 조아리다" 하는 말도 있으며 "무색계천에서 향과 꽃을 뿌리니 향이 수미산 같고 꽃이 수레바퀴 같다" 하는 말도 있으니 이러한 뜻은 성문聲聞과 연각緣覺의 경지에서는 모를 일이다.

'무색無色'의 설명이 어려운지 열거법을 사용하면서 깜냥껏 이해하도록 시도하고 있다. 그러면서 성인의 경지에 이른 성문과 연각도 이해 못 하는 경지라고 함으로써 위로를 건넨다.

聲聞은 제 空ᄋᆞᆯ 得ᄒᆞ야셔 至極ᄒᆞᆫ 고ᄃᆞᆫ 다 빗 업스니라 ᄒᆞ건마ᄅᆞᆫ 大乘은 世界 밧긔도 오히려 法性色이 잇거니 이 四天이 ᄒᆞᆫ갓 다 뷔리여 이럴씨 聲聞 緣覺ᄋᆡ 몰롫 고디라

聲聞 緣覺ᄋᆞᆫ 아래 사겨 잇ᄂᆞ니라 業은 이리니 됴ᄒᆞᆫ 일 지ᄉᆞ면 됴ᄒᆞᆫ 몸 ᄃᆞ외오 사오나ᄫᆞᆫ 일 지ᄉᆞ면 사오나ᄫᆞᆫ 몸 ᄃᆞ외요미 業果ㅣ라 大乘은 큰 술위니 菩薩ᄋᆞᆯ 가ᄌᆞᆯ비고 小乘은 聲聞 緣覺ᄋᆞᆯ 가ᄌᆞᆯ비ᄂᆞ

니라

—

성문은 스스로 공空을 얻어서 지극한 곳은 모두 색이 없다고 하지만 대승大乘에서는 세계 밖에도 오히려 법성색法性色이 있거니와 이 네 하늘이 단지 다 비어 있으리오. 그러므로 성문과 연각은 모르는 경지이다.

성문과 연각은 다음에 설명하겠다. 업業은 일이니 좋은 일 지으면 좋은 몸이 되고 사나운 일 지으면 사나운 몸 되는 것이 업과業果이다. 대승大乘은 큰 수레이니 보살을 비유한 것이고 소승小乘은 성문과 연각을 비유한 것이다.

이처럼 《월인석보》는 꽤 깊숙이 불교사상을 천착하고 있어 직역도 의역도 여간 어렵지 않다. 이 15세기 직역을 현대 불교 사전에 따르면 '사공처가 생각이 있는 것도 아니고 생각이 없는 것도 아닌 경지'라는 것이요, '욕계·색계의 거친 생각은 없지만 미세한 생각이 없지 않은 세계'로 정의할 수 있다.

이 네 하ᄂᆞᄅᆞᆯ 無色界四天이라 ᄒᆞᄂᆞ니라

色蘊이 업슬ᄊᆡᆫ뎡 受想行識ᄋᆞᆫ 잇ᄂᆞ니라 欲界 色界 無色界ᄅᆞᆯ 三界라 ᄒᆞᄂᆞ니라

—

이 사공처四空處를 무색계無色界 네 하늘이라 하는 것이다. 색온이

없을 뿐이고 수상행식受想行識은 있는 것이다. 이상으로 욕계, 색계, 무색계를 통틀어 삼계三界라고 한다.

이렇게 욕계와 색계 그리고 무색계 여행까지 마쳤다. 나 또한 이러한 경지는 다음 생에도 근처조차 가지 못할 것을 확신한다. 솔직히 별로 경험하고 싶지도 않다. 그럼에도 이 정교한 묘사와 천착은 마치 하늘에 닿겠다고 '바벨탑'을 쌓았다는 전설의 실체를 보는 것만 같다. 사유와 철학의 바벨탑이라고 할까. 바벨탑을 쌓은 벌로 언어만 다종다양해진 것이 아니라 이처럼 하늘 위 하늘들까지 섭렵한 선조의 철학과 사고의 탑까지 무너뜨리며 인간은 망각의 벌을 받은 것은 아닐까. 그래서 아무리 자세히 설명해도 처음 보는 듯 까막눈이 된 것은 아닐까. 삼계는커녕 그저 사바세계 지금 여기서 온갖 잡사에 일희일비하며 부처의 세계로 상상의 나래를 펴는 일. 오늘 하루 욕계육천 아래 남섬부주 이생에서 잘 살 일. 오직 그뿐이다.

삼계三界와 육도六道

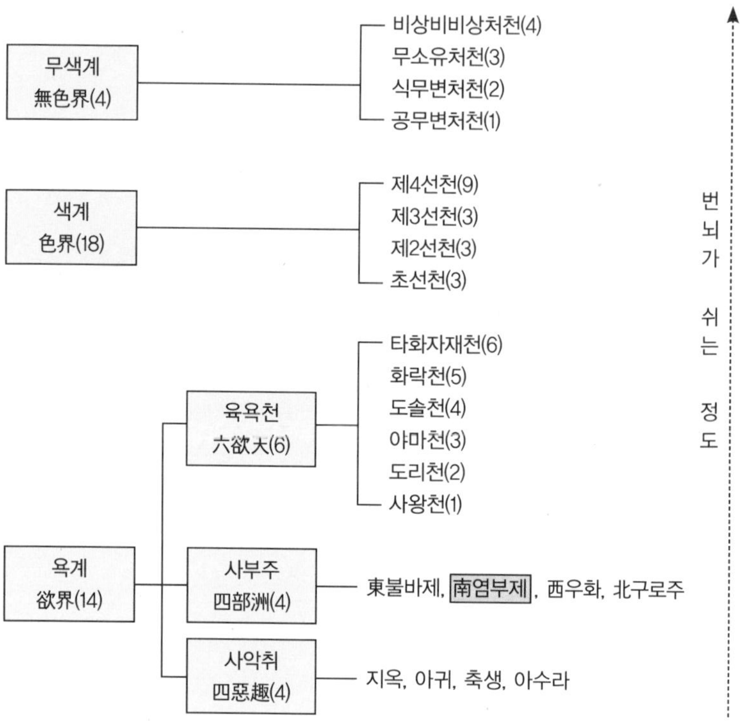
무색계
無色界(4)
비상비비상처천(4)
무소유처천(3)
식무변처천(2)
공무변처천(1)
색계
色界(18)
제4선천(9)
제3선천(3)
제2선천(3)
초선천(3)
욕계
欲界(14)
육욕천
六欲大(6)
타화자재천(6)
화락천(5)
도솔천(4)
야마천(3)
도리천(2)
사왕천(1)
사부주
四部洲(4)
東불바제, 南염부제, 西우화, 北구로주
사악취
四惡趣(4)
지옥, 아귀, 축생, 아수라
번뇌가 쉬는 정도

열아홉 번째 이야기

○

삼계를 아우르는 불교의 우주관

●

나는 유럽 한국학의 태동기인 2000년도에는 터키에서, 2010년 한류가 활발해져 동반 상승세를 타던 시기에는 헝가리에서 한국학 교수를 하였다. 거기서 또 10년이 지난 지금 관련 학회에 다녀올 때마다 한국학의 근간인 한글과 한국 문화로 우리나라 위상이 이토록 높아진 것에 새삼 감탄하게 된다. 외국인 교수와 외국 학생들이 주 언어를 영어보다 한국어로 발표하는 일이 흔해진 것이다. 이 모두가 세종과 세조의 선견지명, 훈민정음과 《월인석보》 덕분이라고 생각한다. 글자만 만든다고 끝이 아니다. 600년 후를 내다본 탁월한 운용 체계의 결정판 《월인석보》가 있었기에 21세기 세계인들이 다투어 한국학과를 설립해 배우고 있는 것이다.

이제 무색계 이야기를 끝냈다. 무색계無色界는 삼계三界 중 욕계와 색계의 다음에 위치한 세계로 속박에서 완전히 벗어난 순수한 선정禪定의 세계이다. 이 삼계를 아우르는 하늘들을 거시적인 안목으로 조망해보자.

이 하ᄂᆞᆯ돌히 놉디옷 목수미 오라ᄂᆞ니 四王天 목수미 人間앳 쉰 ᄒᆡ를 ᄒᆞᄅᆞ옴 혜여 五百 ᄒᆡ니 그 우히 漸漸 하아 四禪天에 가면 ᄆᆞᆺ 져근 목수미ᅀᅡ 一百 스믈 다ᄉᆞᆺ 大劫이오

非想非非想天에 가면 목수미 八萬大劫이라

世界地輪 아래 金輪이 잇고 金輪 아래 水輪이 잇고 水輪 아래 風輪이 잇ᄂᆞ니

地ᄂᆞᆫ ᄯᅡ히니 ᄯᅡ해 자본 것 시루미 술위예 시루미 ᄀᆞᄐᆞᆯᄊᆡ 地輪이라 ᄒᆞᄂᆞ니 金輪 水輪 風輪이 다 ᄒᆞᆫ가지라 金은 쇠오 風은 ᄇᆞᄅᆞ미라

—

삼계의 이 하늘들이 높을수록 목숨이 길어지니 사왕천四王天 목숨이 인간 세계의 50년을 하루씩으로 헤아려 500년이다. 그 위의 하늘들은 점점 많아져 사선천四禪天에 가면 가장 적은 목숨의 수명이 125 대겁大劫이요, 비상비비상천非想非非想天에 가면 목숨이 8만 대겁이다.

세계의 지륜地輪 아래 금륜金輪이 있고 금륜 아래 수륜水輪, 수륜 아래 풍륜風輪이 있다.

지地는 땅이니 땅에 여러 가지 물건을 싣는 것이 수레에 싣는 것과 같으므로 지륜地輪이라 하였으니 금륜, 수륜, 풍륜도 모두 같은 뜻

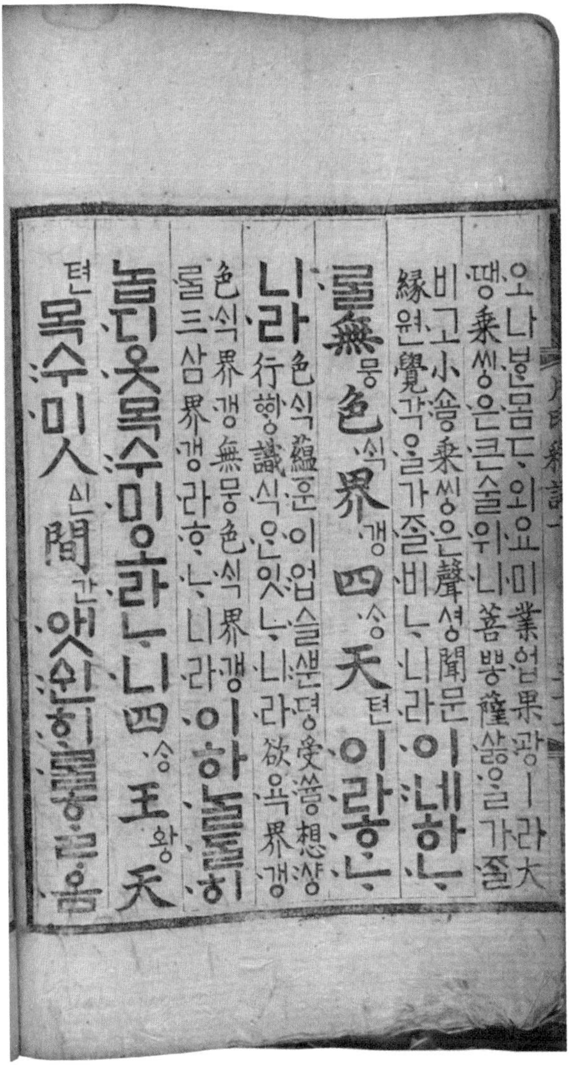
오나 ᄇᆞᆫ 몸ᄃᆞ외요미 業업果광ㅣ라 大땡乘씽은 큰 술위니 菩뽕薩삻을 가ᄌᆞᆯ비고 小숗乘씽은 聲셩聞문 緣원覺각을 가ᄌᆞᆯ비ᄂᆞ니라 이 네 한ᄂᆞ로 無뭉色식界갱 四ᄉᆞᆼ天텬이라 ᄒᆞᄂᆞ니라 色식蘊운이 업슬ᄊᆡ 受쓯想샹行ᅘᆡᆼ識식은 잇ᄂᆞ니라 欲욕界갱 色식界갱 無뭉色식界갱로 三삼界갱라 ᄒᆞᄂᆞ니라 이 하ᄂᆞᆯ히 ᄂᆞᆸ디옷 목수미 오라ᄂᆞ니 四ᄉᆞᆼ王왕天텬 목수미 人신間간앳 쉰 ᄒᆡ를 ᄒᆞᄅᆞ 옴

사왕천 목숨이 인간 세계의 오십 년을 하루씩으로 헤아려 오백 년이다.

이다. 금金은 쇠요, 풍風은 바람이다.

삼계 중 욕계의 사천왕천에서는 하루라는 시간 길이가 우리 인간 세상의 50년이라고 한다. 어릴 적 들었던 옛날이야기 중 잠시 낮잠을 자고 어느 나라에 다녀오니 마을 사람 모두 늙은이가 됐더라는 그 나라인 모양이다. 그 50년을 하루로 계산해 수명이 500년이면 2만 5,000년이다.

현재 인간 100세 시대도 고령화 시대라고 하는데 그 긴 세월의 시간을 그 옛날에 어떻게 계산한 것일까. 영원히 살고 싶은 인간의 염원이 만들어낸 소산일까. 어쩌면 시간은 상대적일지도 모른다. 하루살이에게는 하루가 우리의 100살처럼 길지도 모른다. 인간이 마음대로 하루살이의 삶을 재단할 수 없듯이 우리보다 오래 사는 세상이 실제 있다면 그들에게는 우리가 하루살이로 보일 것이다.

게다가 그렇게 욕계를 넘어 색계의 네 번째 상위 층위인 사선천에 이르게 되면 수명은 이제 인간의 숫자 단위로 어림없는 겁劫의 단위가 된다. 그중에서도 대겁大劫은 네 겁으로 이루어진다. 곧 세계가 성립되는 지극히 긴 기간을 성겁成劫, 머무르는 기간을 주겁住劫, 파괴되어가는 기간을 괴겁壞劫, 파괴되어 아무것도 없는 상태로 지속되는 기간을 공겁空劫이라 하는데, 이 네 겁을 1대겁이라 이른다. 이 어마어마한 대겁도 가장 적은 수명이 125대겁, 무색계 비상비비상천의 수명은 8만 대겁이라는 것이다.

어쨌든 남섬부주에 태어나기 정말 다행이다. 색계, 무색계의 수

불교의 우주관

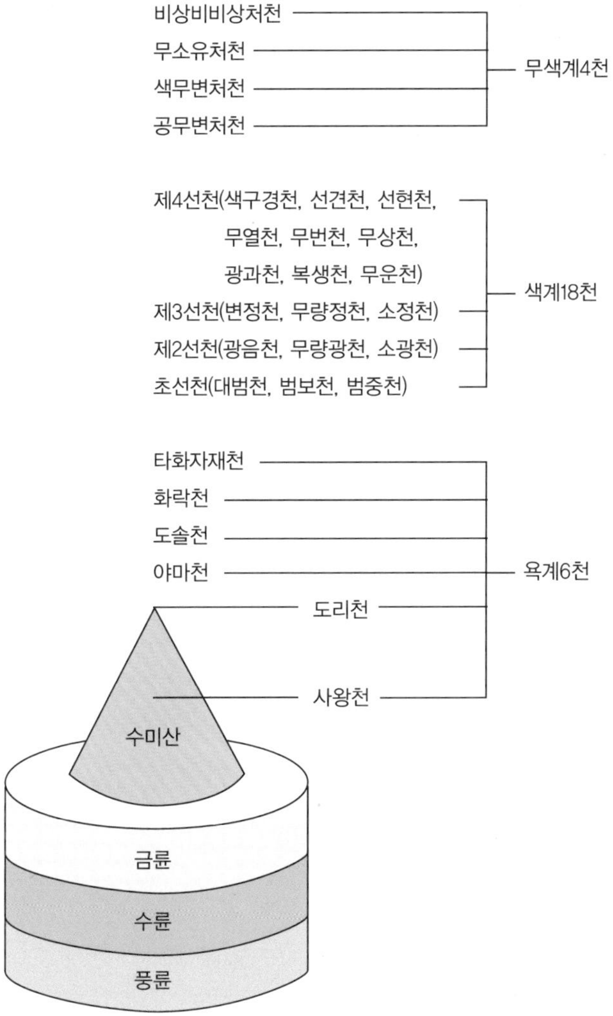
비상비비상처천
무소유처천
색무변처천
공무변처천
무색계4천
제4선천(색구경천, 선견천, 선현천,
무열천, 무번천, 무상천,
광과천, 복생천, 무운천)
제3선천(변정천, 무량정천, 소정천)
제2선천(광음천, 무량광천, 소광천)
초선천(대범천, 범보천, 범중천)
색계18천
타화자재천
화락천
도솔천
야마천
도리천
사왕천
욕계6천
수미산
금륜
수륜
풍륜

명은 그만두고라도 사천왕천 2만 5,000년이라니……. 지금 인간 세상의 생로병사만으로도 충분히 족하다.

世界 처ᅀᅥᆷ 이ᇙ 저긔 大梵天이 ᄆᆞᆺ 몬져 일오

이 世界 고텨 ᄃᆞ욇 저긔 初禪이 조차 고텨 ᄃᆞ욀ᄊᆡ 처ᅀᅥᆷ 이ᇙ 저긔 大梵天이 ᄆᆞᆺ 몬져 이ᄂᆞ니 二禪으롯 우흔 이 世界 여러 번 고텨 ᄃᆞ외야ᅀᅡ ᄒᆞᆫ 적곰 고텨 ᄃᆞ욀ᄊᆡ 이 世界이로매 아니 브터 니ᄅᆞ니라

—

그런데 세계가 처음 이루어질 때 풍륜이나 사바세계부터 이루어진 게 아니라 색계 대범천大梵天이 가장 먼저 이루어진다.

이 세계가 고쳐 다시 이루어질 때 초선初禪의 대범천부터 고쳐서 제일 먼저 이루어진다. 그다음 하늘인 이선천二禪天 이상은 이 세계가 여러 번 고쳐지게 되어야만 한 번씩 고쳐서 이루어지기 때문에 이 세계가 이루어짐에 붙여 이르지 않는다.

신기한 일이다. 집을 하나 지을 때에도 기초 공사부터 다지고 하는데 불교의 우주는 갑자기 수미산 넘어 허리 한가운데서 생겨난다. 대범천이 사바세계의 주인이어서일까, 제석천과 함께 부처를 좌우에서 모셔서일까. 이 또한 깊은 뜻이 있을 터이지만 다음 시절 인연을 기약하기로 하자.

버거 녀느 梵輔天과 梵衆天과 欲界六天엣 他化自在天 化樂天 兜

率天 夜摩天이 次第로 일오 버거 下界예

下界는 아랫 世界니 忉利天으롯 아래를 다 닐온 마리라

大風輪이 닐어늘 光音天이 한 비를 누리와 므리 下界예 ᄀᆞ득ᄒᆞ야

기픠 十一億二萬由旬이러니

億은 열 萬이라 由旬은 마ᄉᆞᆫ 里라 ᄇᆞᄅᆞ미 아니 닐면 믈 담ᄋᆞᆶ 거시 업스릴ᄊᆡ 風輪이 닐어늘 므리 디니 風輪에 담겨 므리 ᄀᆡᆺ더니라

—

그다음 초선천의 다른 범보천과 범중천, 욕계육천의 타화자재천, 화락천, 도솔천, 야마천이 차례로 이루어지고 그다음 하계下界인 도리천 아래에 대풍륜이 일어난다. 광음천이 큰 비를 내리게 해서 물이 하계에 가득하게 되는데 그 깊이가 11억 2만 유순이다.

하계는 아래 세계이니 도리천부터의 아래를 모두 이르는 말이다. 억은 10만이다. 유순은 40리이다. 바람이 일어나지 않으면 물을 담을 것이 없어지므로 풍륜이 일어나는 것이다. 물이 떨어지므로 풍륜에 담겨 물이 괴는 것이다.

중세국어를 처음 공부할 때 '억億'이 '십만' 단위라는 것에 놀랐던 기억이 있다. 숫자는 한 번 정해지면 영원한 줄 알았다. 1이 하나이고 2가 둘인 것처럼 말이다. 그러나 옛날 길이의 단위도 삼국시대, 조선시대 다 다르고 중국과도 달랐던 것처럼 시대에 따라 단위 기준이 달라지는 것이다.

後에 ᄇᆞᄅᆞ미 믈 우흘 부러 三億二萬由旬은 金輪이 ᄃᆞ외니 水輪이 八億由旬이러라 ᄯᅩ 虛空애셔 金輪 우희 한 비와 므리 ᄀᆞᄃᆞᆨᄒᆞ고 靑蓮花ㅣ 一千이 냇거늘 四禪天이 아랫 劫 이ᄅᆞᆯ 보고 自中에 닐오ᄃᆡ

自中은 ᄌᆞ갸 냇 中이라

이 世界옌 千佛이 나시리로소니 이 劫 일후믈란 賢劫이라 ᄒᆞ져

賢은 어딜씨라

—

후에 바람이 물 위를 불어 3억 2만 유순(실제는 32만 : 필자 주)은 금륜金輪이 되니 수륜水輪은 80만 유순이다. 또 허공에서 금륜 위에 큰 비와 물이 가득하고 청련화靑蓮花 일천 송이가 피었거늘 사선천四禪天이 지난 겁의 일을 보고 스스로 말하기를 "이 세계에 천불千佛이 태어나실 것이니 이 겁의 이름을 현겁賢劫이라 하리라" 하였다. 현賢은 어질다는 뜻이다.

이상으로 《월인천강지곡》 9장에 해당되는 《석보상절》 대장정이 끝났다. 지금까지 읽은 장 중 가장 긴 장이기도 하다. 기념으로 9장을 다시 읽어보자.

其九

名賢劫이 엻 제 後ㅅ 일ᄋᆞᆯ 뵈요리라 一千靑蓮이 도다 펫더니

四禪天이 보고 디나건 일로 혜야 一千世尊이 나싫둘 아니

〈月釋 1:21〉

—

명현겁의 세상이 열릴 때 후세의 일을 보이고자 일천 송이 청련화가 돋아 피었습니다.

사선천이 보시고 지나간 일을 헤아려 일천 분의 세존이 나실 것을 아셨습니다.

이 《월인천강지곡》 9장의 노래 한 수에 대하여 《석보상절》은 단지 색계 사선천을 설명하지 않는다. 사선천 아랫 세상인 사바세계의 중심 수미산과 욕계육천을 먼저 풀이한다. 그리고 다음 단계인 색계를 설명하고 사선천을 언급한다. 그러나 거기서 끝이 아니다. 그 뒤에는 윗단계 하늘인 무색계를 차례차례 탑을 쌓듯이 기단부터 우주관을 세우고 있다. 이로써 우리는 비로소 600여 수 가까운 《월인천강지곡》 서두에 해당되는 9장에서 불교의 세계관과 우주관의 구성을 알게 되는 것이다. 《석보상절》의 넙넙함이여.

《월인석보》 9장의 내용으로 불교의 세계관과 우주관을 섭렵할 수 있으리라고 누가 상상이나 할 수 있을까. 꽤 긴 이야기로 11번째부터 19번째까지 장장 아홉 장에 걸쳐 우리는 남섬부주(남염부제) 사바세계에 살고 있는 인간으로서 우리가 처한 공간의 가로세로 좌표를 세세히 알게 되었다. 우리는 수미산을 중심으로 이루어진 세상, 그중에서도 그야말로 기슭에, 동서남북 네 개의 대륙 중 남쪽에 살고 있지만 우리 세상 아래에는 풍륜·수륜·금륜·철위산이 층층이 깔려 있다는 사실을 알게 되었다. 이것만도 놀라운데 우리 남섬부주 위에는 수미산 중턱에 사천왕천이 있고 그 정상에 도리천이 자리하고 있다. 그 위에는 네 하늘까지 모두 욕계육천이 뻗쳐 있다. 그것이 끝이 아니라 그 위로 색계의 18천과 무색계의 4천까지 끝없는 우주가 펼쳐져 있는 것이다.

남섬부주에 사는 우리들이 인생 100세 희로애락에 연연할 동안 어느 하늘에선 인간 세상의 50년이 하루로 계산되고, 그 위 하늘은 아예 겁의 시간 단위로 차원을 뛰어넘는다. 상대적이고도 절대적인 불교의 시간관과 우주관을 들여다보며 과연 인간은 사고의 차원이 진화한 것인지 퇴보한 것인지 혼란스러워진다. 그만큼 불교 관념의 스케일과 세부적인 디테일에 놀라움을 금치 못하게 되는 것이다. 다시 한 번 우리가 얼마나 작은 존재인지, 또 얼마나 유한한 존재인지 되돌아보게 된다. 이 광활한 우주 속에 활짝 백척간두 진일보하지 못하고 어느 세상의 하루밖에 안 되는 인생을 쩨쩨하게 살고 있는 내 모습이 보인다.

스무 번째 이야기

○

인류 탄생과 고타마 구담씨의 등장

●

〈폴란드로 간 아이들〉이라는 영화를 보았다. 6·25 한국전쟁 때 북한에 있던 남북한 고아들이 10만 명인데 그중 몇 만이 중국과 소련을 통해 폴란드와 동유럽 사회주의 국가로 보내졌고, 그 국가에서 형제애로 그들을 위탁하여 보살펴준 이야기이다. 우리가 몰랐던 전쟁의 역사 뒤안길에서 우리 아이들을 보듬고 품어준, '아우슈비츠'가 있는 나라, 폴란드의 선생님들. 알고 보니 그들도 그 어린 나이에 제2차 세계대전을 겪은 동병상련이 있어 60년이 지나도 잊지 못하고 한국의 부모 잃은 아이들의 이야기를 절절히 풀어낸 것이다. 국어를 전공하는 나에게 가장 인상적으로 남았던 영화 속 한 마디가 있다. 그들을 폴란드 말로 선생님으로 부르게 하지 않고 한국말 "아버지, 어머니"라고 부르게 한 장면이다. 말의 힘과 모국

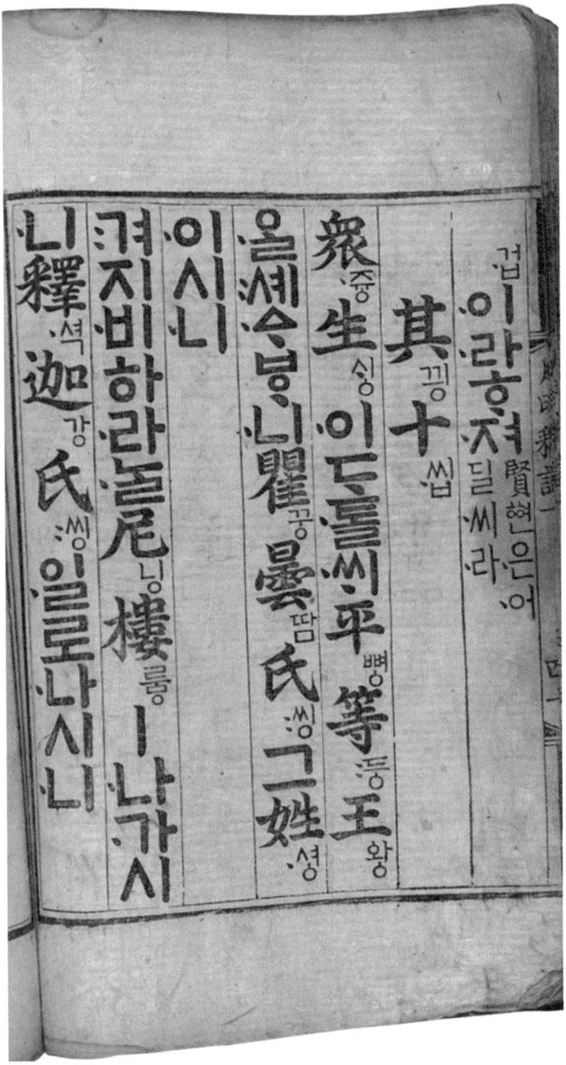

중생이 (소유욕으로) 다투므로 평등왕을 세우시니 구담씨가 그 성이시니 장생의 어머니가 (장생의 왕위를 위해) 훼방을 놓거늘 서자 니루가 쫓겨 나가시니 석가씨가 이로 인해 생기시니

어가 부모 그 이상임을 가슴으로 느끼게 하는 순간이었다. 일제 강점기의 시대에서 모국어와 한글이 없어졌다면 우리는 지금 어떻게 됐을까. 우리 문자에 날개를 달아준 《월인석보》가 이런 순간 새삼 다시 보인다.

이제 드디어 《월인천강지곡》 10장과 11장을 읽어보는 시간이다. 《월인석보》 1권의 마지막 부분이기도 하다. 불교의 우주 속에 어떻게 인간이 생겨나고 그중에 석가모니의 조상인 고타마, 한역으로 '구담'이라 불리는 성씨와 샤카의 성씨 '석가'가 어떻게 유래되었나를 알려주고 있다.

其十

衆生이 ᄃᆞ톨ᄊᆡ 平等王ᄋᆞᆯ 셰ᅀᆞᄫᆞ니 瞿曇氏 그 姓이시니

겨지비 하라ᄂᆞᆯ 尼樓ㅣ 나가시니 釋迦氏 일로 나시니

—

《월인천강지곡》 10장

중생이 (소유욕으로) 다투므로 평등왕을 세우시니 구담씨가 그 성이시니

장생의 어머니가 (장생의 왕위를 위해) 훼방을 놓거늘 서자 니루가 쫓겨 나가시니 석가씨가 이로 인해 생기시니

其十一

長生인 不肖ᄒᆞᆯᄊᆡ ᄂᆞᆷ이 나아간ᄃᆞᆯ 百姓ᄃᆞᆯ히 ᄂᆞᆷᄋᆞᆯ 다 조ᄎᆞ니

尼樓는 賢ᄒᆞᆯᄊᆡ 내 나아간ᄃᆞᆯ 아바님이 나ᄅᆞᆯ 올타 ᄒᆞ시니

—

《월인천강지곡》 11장

장생이는 불초하므로 남(다른 서자들)이 나아가면 백성들이 남을 다 따르니

(서자 중 막내) 니루는 어질어 내가 나아간다 하여도 아버님이 나를 옳다 하시니

그런데 《월인천강지곡》 10장과 11장 노래가 끝나고 그에 대한 《석보상절》의 설명이 이어지는 것이 아니라 《월인석보》 9장의 마지막 부분에 이어서 세상의 지륜地輪 아래 금륜金輪, 수륜水輪, 풍륜風輪이 있다는 불교의 우주관을 마저 설명하고 있다. 그 후 그곳에 내려와 살게 되는 인간의 이야기가 시작된다.

그 後에 ᄇᆞᄅᆞ미 므를 부러 地輪이 ᄃᆞ외니 몯 貴ᄒᆞᆫ 氣韻이 須彌山이 ᄃᆞ외오

忉利天 四王天도 이제ᅀᅡ 나니라

버근 氣韻은 닐굽 山이 ᄃᆞ외오 몯 사오나ᄫᆞᆫ 氣韻은 네 天下ㅣ ᄃᆞ외야 우브터 녯 양ᄌᆞ로 다 일어늘

녯 世界 이롬도 이 ᄒᆞᆫ가지라

그 후 명현겁이 열린 뒤 바람이 물을 불어서 지륜이 되니 지륜

중 가장 귀한 기운이 수미산이 되는 것이다. 그러고 나서 도리천과 사천왕천이 생긴다. 두 번째 기운이 수미산을 둘러싼 일곱 산이 되는 것이요, 가장 사나운 기운은 사천하가 되어 위에서부터 옛 모습으로 다 이루어진다. 그것이 동쪽나라 불바제東弗婆提·서쪽나라 구타니西瞿陁尼·남쪽나라 염부제南閻浮提·북쪽나라 울단월北鬱單越인데 우리가 사는 남염부제가 여기에 속한다.

불교의 중생과 인간의 탄생

불교에서 생각하는 우주와 세계가 생성되고 드디어 그곳에 사는 사람이 등장한다. 불교의 인류관이나 인간관이라 할 수 있을 것이다.

光音天에 이셔 福 다ᄋᆞᆫ 光音天이 ᄂᆞ려와
福ᄋᆞᆯ ᄃᆞᆺ가 하ᄂᆞᆯ해 나앳다가 福이 다ᄋᆞ면 도로 ᄂᆞ리ᄂᆞ니라
사ᄅᆞ미 ᄃᆞ외니 歡喜로 밥 삼고
歡喜ᄂᆞᆫ 즐길씨라

—

광음천이라는 하늘나라에서 복이 다한 광음천이 내려와 사람이 된다는 것이다. 광음천에 살고 있는 이들은 복을 닦아서 하늘에 태어났다가 그 복이 다하면 도로 내려오는 것이다. 사람이 되었지만 그들은 환희 곧 즐거움으로 밥을 삼는 존재들이다.

모매 光明도 이시며 虛空애 ᄂᆞ라ᄃᆞᆮ니며 남진 겨지비 업고 노ᄑᆞ니
ᄂᆞᆽ가ᄫᆞ니 업더니 모다 世界예 와 날씨 일후믈 衆生이라 ᄒᆞ니라

—

하늘에서 내려온 하늘사람들은 몸에 광명이 있으며 허공에서 날아다닌다. 남자나 여자의 구분도 없고 높은 사람과 낮은 사람의 차별도 없이 모두 이 세계에 와서 태어나므로 이름을 '중생'이라 한다.

그저긔 ᄯᅡᆺ 마시 ᄢᅮᆯᄀᆞ티 ᄃᆞᆯ오 비치 ᄒᆡ더니 그 衆生이 머거 보고 맛
내 너겨 漸漸 머그니 모매 光明도 업스며 ᄂᆞ라 ᄃᆞᆮ늠도 몯ᄒᆞ고 만
히 머그닌 양ᄌᆡ 셩가ᄉᆡ더니 그제ᅀᅡ ᄒᆡ ᄃᆞ리 처ᅀᅥᆷ 나니라

—

그때 하늘사람들이 내려온 땅의 맛이 꿀같이 달고 색깔도 희었다. 그 중생이 먹어보고 맛있게 여겨 점점 먹게 되니 몸에 광명도 없으며 날아다니지도 못하게 되었는데 많이 먹은 사람은 모습이 본성이 없어져 변하게 되었다.
그제야 해와 달이 처음 나타나게 되었다.

그 후에ᅀᅡ 외니 올ᄒᆞ니 이긔니 계우니 홀 이리 나니라 그 後에 ᄯᅡᆺ
마시 업고 열본 ᄯᅥᆨ ᄀᆞᄐᆞᆫ ᄯᅡᆺ 거치 나니 비치 누르고 마시 香氣 젓더
니 그 머근 後에ᄂᆞᆫ 서르 ᄂᆞᆷ 업시울 이리 나니라 ᄯᅡᆺ 거치 업거늘 ᄯᅡᆺ
술히 나니 그 머근 後에ᄂᆞᆫ 여러 가짓 샹ᄃᆞᄫᆡᆫ 이리 나니라 ᄯᅡᆺ술히
업거늘 ᄯᅡᆺ 기르미 나니 마시 수을 ᄀᆞᆮ더라 ᄯᅡᆺ 기르미 업거늘 버거

너추렛 여르미 나니 버혀든 뿔ᄀᆞᄐᆞᆫ 지니 흐르더라 버거 두가지옴 가진 蒲萄ㅣ 나니 마시 쏘 ᄃᆞ더니 그 머근 後에 우숨우ᅀᅵ 나니라 蒲萄 업거늘 粳米 나ᄃᆡ 한 됴ᄒᆞᆫ 마시 다 ᄀᆞᆺ더니 거플 업고 기리 닐굽 치러니 그 머근 後에ᅀᅡ ᄆᆞᆯ보기ᄅᆞᆯ ᄒᆞ니 남진 겨지비 나니라

—

그 후에 옳다, 그르다, 이기니 지니 하는 일이 생겼다.
그다음부터는 땅의 맛이 없어지고 엷은 떡 같은 땅거죽이 생기니 색깔이 누르스름하고 향기로웠다. 그러나 그것을 먹은 후에는 서로 남을 업신여기는 일이 생겼다. 땅거죽이 없어진 후에는 땅의 살이 생겨났는데 그것을 먹은 후에는 여러 가지 상스러운 일이 일어났다. 땅의 살이 없어지니 땅의 기름이 생겼는데 맛이 술 같았다. 땅의 기름이 없어진 다음에 넝쿨의 열매가 나니 베이내면 꿀 같은 진이 흘렀다. 다음에 가지마다 두 개씩 나는 포도가 열렸는데 맛이 또 달았다. 그것을 먹은 후에는 웃음 웃을 일이 생겼다. 포도가 없어지거늘 갱미라는 멥쌀이 생겼는데 많은 좋은 맛을 다 갖추었다. 멥쌀은 꺼풀이 없고 길이는 일곱 치였는데 이 쌀을 먹은 후에야 뒤보기(대소변)를 하고 남자와 여자가 생겼다.

하늘 중생이 땅의 사람으로 변화하는 과정

하늘에서 내려온 하늘 존재 중생들이 인간으로 변화해 나가는

과정이 흥미진진하다. 처음에는 남녀 구별도 없고 하늘을 날아다니며 즐거움만으로도 배가 부르던 시절이 있었다는 것이다. 몸에서는 빛이 나던 그들이 땅에 내려와 땅의 맛을 알게 되면서 점차 필요 이상으로 먹게 되고, 빛을 잃고 본래의 모습이 없어지고 낮과 밤의 구분이 생기는 해와 달이 나타났다는 것이다. 구분이 생기고 나니 이기고 지고 옳고 그른 일도 벌어지게 되었다.

처음에는 땅의 겉만 맛봐도 충분했던 중생들이 마치 사람이 살갗, 살, 기름이 있는 것처럼 땅의 살과 기름에 맛들이게 되고 그것이 다한 뒤에는 넝쿨 포도나 멥쌀이 생겨나 먹게 되는 과정이 신기하기까지 하다. 그 후에 중생은 대소변을 보게 되고 남자와 여자의 구분이 생겼다는 것이다.

이 이야기는 그리스도교의 젖과 꿀이 흐르는 가나안 땅도 연상된다. 인간의 상상력이나 천지창조의 뼈대는 기본적으로 비슷하거나 어쩌면 서로 습합하는 과정을 밟는지도 모르겠다. 이슬람 국가인 터키에서 잠시 살았던 필자는 남자들이 염주 같은 것을 늘 들고 다니는 것이 신기하였는데 가톨릭의 묵주와 함께 불교까지 세 종교가 주거니 받거니 수용했다는 기록을 읽고 놀라웠던 적이 있다. 인간이 그리는 이상향은 어쩌면 아주 순수하고 단순한 공통분모에서 출발하는지도 모른다.

하늘을 훨훨 날아다니고 먹지 않아도 배부르고 먹지 않으니 배설할 일도 없는 삶, 오직 즐거움만이 삶의 에너지원이 되는 그런 세상이 있었을 것이고 그런 조상에게서 점차 멀어져 탐진치貪瞋癡

의 때가 묻어 우리는 잠시 이렇게 살고 있을 뿐이라고. 그러니 그 본성을 되찾으려 노력하면 다시 광음천이 될 날이 있으리라고. 단순하고 소박하지만 지금부터 정진하면 될 수 있을 것 같은 정말 인간적인 불교의 인간관이다.

이번에 건진 주옥같은 우리 토박이말 하나! '성가시다'라는 말이 번거롭고 귀찮다 정도로 알고 있었는데 '본성이 가시다'에서 온 단어라는 것이다. 본래의 성품을 잃거나 본래 성품이 없어지다는 말에서 세월에 따라 의미가 바뀌게 된 낱말이다. '웃음 웃이'라는 말도 '웃음 웃을 일'이라는 객관적인 뜻보다 하늘 사람에서 점차 탐진치에 물들어가는 과정을 보여주므로 '웃음거리' 정도로 해석된다는 것이다.

《월인석보》는 읽으면 읽을수록, 요모조모 들여다볼수록 감칠맛이 나는 조선 최고의 걸작이다. 다음에는 남자와 여자가 어떻게 생기고 구분되는지, 어떻게 부부가 되고 아이를 낳게 되는지에 대한 이야기가 동짓달 긴긴 밤처럼 펼쳐지니 기대하시라.

스물한 번째 이야기

○

모계 중심의 행복한 세계 출현

●

엄마 세대나 할머니 세대에나 존재한다고 느꼈던 나이를 내가 먹어가며 드는 생각은 새록새록 어리둥절하다는 것이다. 그렇다면 엄마도 할머니도 그렇지 않았을까. 어느새 내가 이 나이라니……. 그러나 요점은 한탄할 일이 아니라 생각보다 그 나이가 괜찮다는 것이다. 이 또한 살아가면서 알게 된 장족의 발전이다.

이번 글에는 인간이 생기고 나서 남녀로 나뉘고 아이를 출산하는 이야기부터 시작한다. 광음천에 살던 하늘 사람들이 중생이 되어 인간으로 변화해 나가는 과정이 흥미진진하다.

《월인석보》에 전하는 모계 중심 사회의 시작

《월인석보》 1권 43장은 이렇게 시작한다.

> 그 時節에 情欲 한 사ᄅᆞ미 겨지비 ᄃᆞ외야
> 情은 ᄠᅳ디니 情欲은 ᄆᆞᅀᆞ매 나ᄂᆞᆫ 貪欲이라
> 그ᅀᅦ 밍ᄀᆞᆯ오 남진ᄃᆞ려 드러 더러ᄫᅳᆫ 이ᄅᆞᆯ ᄒᆞ거늘 衆生이 보고 더러ᄫᅳᆯ쎠 엇뎨 이런 더러ᄫᅳᆫ 일 ᄒᆞ거뇨 ᄒᆞᆫ대 그 남지니 뉘으처 ᄯᅡ해 업더옛거늘 그 겨지비 밥 가져다가 머기고 자바 니르ᅘᅧ니 그 後로 夫妻라 ᄒᆞᆫ 일후미 나니 그ᅀᅦ 밍ᄀᆞ노라 집지ᅀᅵᄅᆞᆯ 처ᅀᅥᆷ ᄒᆞ니 그제ᅀᅡ 아기 나히ᄅᆞᆯ 始作ᄒᆞ니라
>
> —
>
> 그러한 시절에 정욕이 많은 사람이 여자가 되었다. 정욕은 마음에서 나는 탐욕이라는 뜻이다. 여자가 은밀한 곳을 만들고 남자에게 들어오게 하여 깨끗지 못한 일을 하거늘, 중생이 '더럽구나, 어찌 이러한 더러운 일을 하는가' 하였다.
> 그랬더니 남자가 뉘우쳐 땅에 엎드려 있거늘 여자가 밥 가져다 먹이고 잡아 일으켰다. 그 후로 부부夫婦라는 이름이 생겼다. 은밀한 곳을 만드느라고 집 짓기를 처음 하니 그때부터 아기를 낳게 되었다.

옛날 같으면 여자가 유혹을 했네, 부정한 짓을 했네, 말이 많았

겠지만 21세기 해석은 그렇지 않다. 남자와 여자 중 여자가 주도적으로 집을 짓고 남자를 맞이하여 출산을 시작했다는 것이 의미심장하다. 여자가 중심인 모계 중심 사회였다는 단서이다. 심지어 소극적인 남자를 일으켜 먹이고 거두어 부부의 연을 맺었다. 나는 페미니스트이기보다 인간 중심의 휴머니스트를 지향하지만 이러한 구절에서 여성의 당당함과 장부 스타일을 발견하면 통쾌해진다. 부계 중심 가부장제가 오랫동안 존재하는 사회에서 살다 보니 가끔 이렇게 남녀가 엎치락뒤치락 주도한 흔적의 역사를 건져 올리는 일이 즐겁기만 하다.

춤추고 노래하는 지상낙원의 첨파성과
민주라는 이름의 평등왕 선출

그 後에ᅀᅡ 놀애 브르며 춤 츠며 롱담ᄒᆞ야 남진 어르기ᄅᆞᆯ ᄒᆞ며 ᄆᆞᆺ 몬져 瞻婆城을 ᄊᆞ니
瞻婆ᄂᆞᆫ 곳 일후미니 비치 노ᄅᆞ고 香氣 저스니라 이 城의 이 고지 할씨 일훔지흐니라
城 싸 사리ᄅᆞᆯ 始作ᄒᆞ니라
그저긔 粳米ᄅᆞᆯ 아ᄎᆞᆷ 뷔여든 ᄯᅩ 나조ᄒᆡ 닉고 나조ᄒᆡ 뷔여든 ᄯᅩ 나 아ᄎᆞᄆᆡ 닉더니
게으른 ᄒᆞᆫ ᄂᆞ미 서르 ᄀᆞᄅᆞ쳐 사나ᄋᆞᆯ 머구릴 뷔여 오니 그 粳米 거플도 나며 이운 그르히 잇거늘 衆生ᄃᆞᆯ히 슬허 울오 받도 제여곰

ᄂᆞᆫ호며 집도 제여곰 짓더니

그 後에 제 ᄡᆞᆯ란 ᄀᆞ초고 ᄂᆞᄆᆡ 것 서르 일버ᅀᅮ믈 ᄒᆞᆯᄊᆡ 외니 올ᄒᆞ니 決ᄒᆞᇙ 사ᄅᆞ미 업서 모다 平等王ᄋᆞᆯ 셰ᅀᆞᄫᆞ니 姓이 瞿曇氏러시니

平等은 ᄀᆞᄐᆞᆯᄊᆡ니 ᄒᆞᆫ녁 츤 公事 아니ᄒᆞᆯᄊᆡ라 이 王ㅅ일후믄 摩訶三摩多ㅣ시니 小瞿曇ㅅ 後身이실ᄊᆡ ᄯᅩ 姓을 瞿曇氏라 ᄒᆞ니라 後身은 後ㅅ 모미니 前生애 ᄃᆞᆫ니다가 後生애 다시 난 모미 後身이라

—

그 후에야 노래 부르며 춤추며 농담하여 남자를 얼러서 제일 먼저 첨파성을 쌓고 살림살이를 시작하였다. 첨파는 꽃 이름인데 색깔이 노랗고 향기롭다. 이 성에 이 꽃이 많으므로 이렇게 이름 지었다. 그때 멥쌀을 아침에 베면 또 저녁에 익고, 저녁에 베면 또 새로 나서 아침에 익었다. 게으른 사람이 서로 가르쳐 사나흘 먹을 것을 베어 오니 그 멥쌀이 껍질도 생기고 시들어버린 그루도 있었다. 중생들이 슬퍼하며 울고 밭도 제각기 나누며 집도 제각기 지었다. 그 후에 자기의 쌀은 감추고 남의 쌀을 서로 훔치기를 하니 그르고 옳은 것을 결정할 사람이 없어 모두 모여 평등왕을 세웠다. 그의 성이 구담씨였다. 평등은 같다는 뜻이니 한쪽에 치우친 공사를 하지 않는다는 것이다. 이 왕의 이름은 마하삼마다이시니 소구담의 후신後身이므로 성을 또 구담씨라 하였다. 후신은 후생의 몸이니 전생에 살다가 후생에 다시 태어난 몸이다.

그야말로 행복한 세상의 절정, 여자는 남자와 노래하고 춤추고

(부부라고) 하는 이름이 생기니 몸 둘 곳을 만들기 위해 집짓기를 처음 하였다. 그제야 아기 낳기를 시작하였다. 그 후에 노래 부르며 춤추며 농담하여 남자와 어울려 제일 먼저 첨파성을 쌓으니

농담을 주고받으며 유쾌하게 지낸다. 그리고 그 힘을 성을 쌓는 데 쓰고 안전하게 생활을 영위하는 과정을 보여준다. 어쩌면 이곳이 지상낙원이 아닐까 싶다. 성의 이름은 노란 꽃이 흐드러진 향기로운 첨파꽃 성이다. 쌀도 아침과 저녁 두 번씩 익는다. 그런데 어디에나 게으르고 욕심 많은 사람은 있기 마련인가. 욕심껏 베고 나니 쌀은 더 이상 화수분이 아니고 뉘도 생기고 시들어버리는 것도 생긴다. 그러니 이제 서로 쟁여놓고 남의 것을 탐낸다. 마치 미국이 제 나라 석유는 그대로 두고 중동의 석유를 쓰느라 중동 나라들끼리 서로 싸움이 붙듯이 말이다.

그리하여 우리의 석가모니 전생인 소구담씨가 후생에 다시 태어나 '평등왕'이 된다. 옳고 그른 것을 정확히 가려주고 어느 한쪽에 치우치지 않는 공평한 왕이라는 뜻이다. 그의 이름이 마하삼마다이다. 마하삼마다는 최초로 대중들이 뽑은 왕으로서 《아함경》에서는 '민주民主'라고 번역하고 있다. 신기하지 않은가. 고타마 붓다의 전생 이름이 우리가 지금도 그토록 열망하는 평등한 세상의 민주라는 이름이었다는 것이…….

《청정도론淸淨道論》 제13장 '곧바른 앎'에 표현된 마하삼마다 이야기를 보면 다음과 같다.

> 그런데 이와 같이 뭇 삶들이 결의할 때, 현겁에서는 세존께 아직 보살로서 그 무렵 그들 뭇 삶들 가운데 가장 수려하고 가장 용모

가 뛰어나고 가장 권능이 있고 지혜를 갖추고 자제와 책려의 능력이 있었다. 그들은 그에게 다가가서 청원하여 그를 선출했다. 그는 그 대중들이 선출했기 때문에 마하삼마다이고, 국토의 주인이기 때문에 왕족이고, 여법하고 평등하게 타인을 선무하기 때문에 왕이라는 세 가지 이름으로 알려졌다. 세상에서 희유한 지위에 관한 한, 보살이 거기서 최초의 사람이었다.

– Vism.13.54

납세의 시작과 수명 그리고 윤회의 세계관

그제ᅀᅡ 낛 바도ᄅᆞᆯ ᄒᆞ니 그럴ᄊᆡ 일후믈 刹利라 ᄒᆞ니라
刹利ᄂᆞᆫ 田地ㅅ 님자히라 ᄒᆞᄂᆞᆫ ᄠᅳ디라
그저긔 閻浮提 天下ㅣ 가ᄉᆞ며고 孔雀ᄋᆡ ᄉᆞᆯ릿 빗 ᄀᆞᄐᆞᆫ 프리 나고 八萬 나라해 ᄆᆞᄉᆞᆯ히 盛ᄒᆞ야 ᄃᆞᆯᄀᆡ 소리 서르 들여 ᄒᆞᆫ ᄀᆞᅀᅢ 니ᅀᅦᆺ고 天下애 病이 업서 사ᄅᆞᄆᆡ 나히 그지업시 오라더니 사ᄅᆞ미 漸漸 邪曲ᄒᆞ야 모딘 일 지ᅀᅮᆫ 다ᄉᆞ로 餓鬼 畜生 地獄애 가아 나며
餓鬼ᄂᆞᆫ 주으린 귓거시라 畜生ᄋᆞᆫ 사ᄅᆞᄆᆡ 지븨셔 치ᄂᆞᆫ 즁ᄉᆡᆼ이라
모딘 일 보고 됴ᄒᆞᆫ 일 닷ᄀᆞ니ᄂᆞᆫ 漸漸 東西北洲와 四王 忉利天에 가 나니
洲ᄂᆞᆫ 믌 가온ᄃᆡ니 四天下ㅣ 다 바ᄅᆞᆳ셔 밀ᄊᆡ 四洲ㅣ라 ᄒᆞᄂᆞ니라
—

이때부터 세금을 받기 시작하여 그 이름을 찰리(크샤트리아)라고 하였는데 찰리는 밭의 임자라는 뜻이다. 그때 인간들이 사는 남염부제는 부유하고 공작의 꼬리 같은 색깔의 풀이 자라고 팔만 나라에 마을이 번성하여 닭의 소리가 서로 들려 한 길로 연이어져 있고 천하에는 병이 없어 사람의 나이가 그지없이 오래오래 살았다. 그러더니 점점 샂되어져 나쁜 일을 지은 탓으로 아귀, 축생, 지옥에 가서 태어났다. 그러나 나쁜 일 보고 좋은 일을 닦는 사람은 점점 동승신주, 서우하주, 북구로주와 사왕천, 도리천에 가서 태어났다. 아귀는 굶주린 귀신이요, 축생은 사람의 집에서 기르는 짐승이다. 주洲는 물 가운데이니 사천하가 모두 바다에서 밀고 있으므로 사주四洲라고 하는 것이다.

인간이 생기고 남녀가 나뉘었는데 여성이 중심이 되어 성을 쌓고 부부의 연을 맺어 아이를 낳아 행복하게 사는 세계. 이것이 불교의 세계관이다. 춤추고 노래하며 유쾌한 농담을 주고받으며 남성들을 격려하여 처음 한 일이 그들의 생활을 보호하는 성을 쌓는 일이라는 것이 퍽 인상 깊다. 그 성의 이름도 글쎄 우리나라로 치면 개나리꽃이나 유채꽃 성쯤 되지 않을까. 그렇게 알콩달콩 살아가며 복숭아꽃, 살구꽃, 아기 진달래도 피었을 것이다. 사람이 많아지고 게으르고 욕심 많은 이도 생겨나 모두 모여 '민주'라는 이름의 평등왕을 세우는 과정도 많은 것을 시사한다. 불교에서 세계가 처음 생길 때 이루어졌던 일들이 어쩌다가 21세기에는 아직도 요원한 일이 된 것일까. 그러나 그런 선조들이 있었기에 부단히 지치지 않고 민주국가를 이루려 노력하는 사람들이 이만큼의 평화와 통일로 가는 길을 닦고 있는지도 모르겠다.

세계 유일의 분단국가인 우리나라, 앞으로 남한과 북한이 이렇게 민주적으로 사이좋게 손잡고 아시아를 넘어 유럽으로 기차 타고 갈 일이 생기기를 훈민정음 소의경전所依經典 '월인석보'의 이름으로 간곡히 빌고 또 빈다.

스물두 번째 이야기

○

성주괴공의 세계와 인간 수명

●

《월인석보》의 욕계, 색계, 무색계 이야기는 우리를 삼계의 우주로 데려가는 우주선의 역할을 하고 있다. 《월인석보》를 타고 찰나와 겁을 종횡무진 누벼보는 시간. 어쩌면 그 시대에도 살고 있었을 우리 전생도 찬찬히 기억해보자. 우리는 수미산 기슭 인간들이 사는 남염부제에 대한 이야기를 하고 있다. 그곳은 부유하고 공작의 꼬리 같은 곱고 화려한 색깔의 풀이 자라고 있었다. 팔만 나라에 마을이 번성하여 닭 우는 소리가 연이어졌고 천하에는 병이 없어 사람이 그지없이 오래오래 살았다고 한다. 그러다가 점점 삿되어져 나쁜 일을 지은 탓으로 아귀, 축생, 지옥에 가서 태어나고, 좋은 일을 닦는 사람은 점점 동승신주, 서우하주, 북구로주와 사왕천, 도리천에 가서 태어났다고 하였다. 이번에는 어떻게 그 세계가 성주괴공成住壞空의 순서를 밟는지 들어보자.

성주괴공의 겁에 대하여

이리 ᄒᆞ야ᅀᅡ 世界 다 이니 긔 成劫이오

成은 일씨니 처ᅀᅥᆷ브터 다 일 ᄊᆞᅀᅵ 成劫이라

다 이러 이싫 저근 住劫이라

住는 머므러 이실씨라

—

이렇게 하고 나서야 세계가 다 이루어지니 그것을 성겁成劫이라고 한다. 성成은 이루어진다는 뜻으로 처음부터 다 이루어지는 동안이 성겁이다. 다 이루어져 존재하고 있을 때는 주겁住劫인데 주住는 머물러 있다는 뜻이다.

그저긔 王이며 百姓ᄃᆞᆯ히 正티 몯ᄒᆞ야 사ᄅᆞᄆᆡ 목수미 減ᄒᆞ야

減은 덜씨라

十萬 히 ᄃᆞ외니 이러트시 減ᄒᆞ야 一百 ᄒᆡ예 ᄒᆞᆫ ᄒᆡ옴 조려 열 ᄒᆡ ᄃᆞ욇 ᄀᆞ장 조료ᄆᆞᆯ 減이라 ᄒᆞ고 열 ᄒᆡ로셔 도로 더어 가ᄃᆡ 아ᄃᆞ리 아비 나해셔 곱기곰 사라 八萬 ᄒᆡ ᄃᆞ욇 ᄀᆞ장 더우믈 增이라 ᄒᆞᄂᆞ니 ᄒᆞᆫ 번 增으로셔 減ᄒᆞ고 減ᄋᆞ로셔 增ᄒᆞᇙ ᄉᆞᅀᅵᄅᆞᆯ 增減劫이라 ᄒᆞᄂᆞ니

ᄀᆞ장 增ᄒᆞ면 八萬 ᄒᆡᄅᆞᆯ 산오 ᄀᆞ장 減ᄒᆞ면 열 ᄒᆡᄅᆞᆯ 살리라

—

이렇게 하고 나서야 세계가 다 이루어지니 그것을 성겁(成劫)이라고 한다.

그리고 그때부터 왕과 백성들이 바르지 못하여 사람의 목숨이 감소하였다. 감減은 줄어든다는 것이다. 수명이 십만 년이 되었는데 이와 같이 줄어들어 100년에 한 해씩 줄어 10년이 될 때까지 줄어드는 것을 감減이라 하고 10년부터 도로 더해가되 아들이 아비의 나이에서 두 곱씩 살아 8만 년이 될 때까지 더해짐을 증增이라 한다. 한 번 증增한 다음에 감減하고 감에서 증할 동안을 증감겁이라 하는데 가장 증하면 8만 년을 살고 가장 감할 때는 10년을 산다.

世界 다 인 後로 스믈 디위 增減ᄒᆞ면 無間地獄브터

無間ᄋᆞᆫ 쉴 ᄊᆞᅀᅵ 업슬씨니 西天 마래 阿鼻라

숨ᄐᆞᆫ 거시 ᄒᆞᆫ 낫도 업서 欲界六天 니르리 다 뷔여 ᄒᆡᆺ 光이 倍倍히 더ᄫᅥ

倍ᄂᆞᆫ 고ᄫᆞᆯ씨라

모시 다 여위며 남기 다 이울며 두 ᄒᆡ 돋다가 세 ᄒᆡ 도ᄃᆞ면 江이 다 여위며

江ᄋᆞᆫ ᄀᆞᄅᆞ미라

다ᄉᆞᆺ ᄒᆡ 도ᄃᆞ면 바ᄅᆞ리 다 여위며 닐굽 ᄒᆡ 도ᄃᆞ면 뫼히여 돌히여 다 노가디여 더ᄫᅳᆫ 氣韻이 初禪天에 ᄢᅵ야 初禪天이 二禪天에 올아가리니 이ᄅᆞᆯ 壞劫이라 ᄒᆞ고 世界 다 ᄒᆞ야딘 後ㅣ면

空劫이라 ᄒᆞᄂᆞ니

壞ᄂᆞᆫ ᄒᆞ야딜씨오 空ᄋᆞᆫ 뷜씨니 世界ᄒᆞ야ᄃᆞᆳ ᄉᆞᅀᅵᄂᆞᆫ 壞劫이오 ᄒᆞ야딘 後에 뷔여이싏 ᄉᆞᅀᅵᄂᆞᆫ 空劫이라

壞劫空劫 ᄉᆞᄉᆡ 成劫 住劫과 ᄒᆞᆫ가지라

이 ᄒᆞᆫ 큰 劫이니 이리 ᄒᆞ면 賢劫이 다ᄋᆞ리라

—

세계가 모두 이루어진 후에 스무 번 증감하면 무간지옥으로부터 목숨을 타고난 것이 하나도 없어져 욕계육천에 이르기까지 다 비어서 햇빛이 두 배의 배를 곱해 더워진다. 그러면 연못이 다 마르고 나무가 다 시든다. 여기서 무간無間은 쉴 사이가 없다는 뜻으로 인도 말로 '아비'이니 아비지옥이란 말이다.

아비阿鼻는 산스크리트어 avīci의 음사인데 고통의 '간격이 없다'는 뜻이다. 따라서 무간지옥無間地獄이라고 한다. 아버지를 죽인 자, 어머니를 죽인 자, 아라한을 죽인 자, 승가의 화합을 깨뜨린 자, 부처의 몸에 피를 나게 한 자 등 지극히 무거운 죄를 지은 자가 죽어서 가게 된다는 지옥이다. 살가죽을 벗겨 불 속에 집어넣거나 쇠매〔鐵鷹〕가 눈을 파먹는 따위의 고통을 끊임없이 받는다고 한다.

그다음에는 해가 두 개가 돋다가 세 개가 돋으면 강이 다 마르고 다섯 해가 돋으면 바다가 마른다. 일곱 해가 돋으면 산이며 돌이 다 녹아 더운 기운이 초선천에 쪼여 초선천이 이선천에 올라갈 것이다. 이를 괴겁壞劫이라 하고 세계가 다 허물어진 후면 공겁空劫이라 한다.

괴壞는 허물어지는 것이요, 공空은 비어 있다는 것이다. 세계가 무너지는 동안이 괴겁이요, 허물어진 뒤에 비어 있을 동안이 공겁이다.

괴겁과 공겁 사이의 성겁과 주겁도 모두 마찬가지이다. 이것이 하나의 큰 겁이니 이렇게 하면 우리가 살고 있는 현겁賢劫이 다할 것이다.

화재·수재·풍재에 대하여

이리 火災ᄒᆞᆫ 後에 ᄯᅩ 世界 이렛다가 다시 成住壞空ᄒᆞ야 ᄯᅩ 火災ᄒᆞ리니 이리곰 火災호ᄆᆞᆯ 여듧 번 ᄒᆞ면

火災ᄂᆞᆫ 븘 災禍ㅣ니 ᄒᆡ 만히 도ᄃᆞᆯ 니ᄅᆞ니라 災禍ᄂᆞᆫ 머즐씨라

二禪天에셔 므리 나아 아래 ᄀᆞ독ᄒᆞ얫다가 믈도 업ᄂᆞ니라 이리 水災ᄒᆞᆫ 後에 다시 火災 여듧 번짜히ᅀᅡ ᄯᅩ 水災ᄒᆞ리니 이리곰 水災호ᄆᆞᆯ 여듧 번 ᄒᆞ면 三禪天에셔 ᄇᆞᄅᆞ미 니러 아래 ᄀᆞ독ᄒᆞ얫다가 ᄇᆞᄅᆞᆷ도 업ᄂᆞ니라

ᄒᆞᆫ 風災劫 ᄉᆞᅀᅵ예 水災劫이 여들비오 ᄒᆞᆫ 水災劫 ᄉᆞᅀᅵ예 火災劫이 여들비오 ᄒᆞᆫ 火災劫 ᄉᆞᅀᅵ예 成住壞空 네 劫이오 成住壞空ㄱ ᄉᆞᅀᅵ예 各各 스믈 增減이리

四禪天으롯 우흔 세 災 업수ᄃᆡ 그엣 宮殿과 諸天괘 ᄒᆞᆫᄣᅴ 냇다가 절로 ᄒᆞᆫᄣᅴ 업ᄂᆞ니라

宮殿은 지비라 諸天은 여러 하ᄂᆞᆯ히라

—

이렇게 화재火災가 일어난 후에 또 세계가 이루어졌다가 다시 성주괴공하여 또 화재가 일어나기를 거듭한다. 이처럼 화재가 여덟 번 생기면 이선천에서 물이 나와 아래에 가득하였다가 물도 없어진다.

화재는 불의 재앙이니 불이 많이 돋는 것이고 재앙은 궂은일이다. 그렇게 이선천에서 수재가 일어난 후에 다시 화재가 여덟 번째 나고서야 또 수재가 날 것이니 이렇게 수재가 여덟 번 나며 삼선천에서 바람이 일어나 아래 가득하였다가 바람도 없어지게 된다.

하나의 풍재風災의 겁 사이에 수재水災의 겁이 여덟 번이요, 한 수재겁 사이에 화재겁이 여덟 번이요, 한 화재겁 사이에 성주괴공이 네 겁이요, 성주괴공 사이에 각각 스무 번의 증감이 있다.

사선천으로부터 위로는 세 재앙이 없되 그곳에 궁전과 제천이 함께 났다가 저절로 함께 소멸한다. 궁전은 집이요, 제천은 여러 하늘이다.

세계가 이루어지고 머물러 있다가 무너지고 텅 빈 상태로 된다. 그것이 성주괴공이요, 주기적으로 반복되는데 스케일이 우주적이다. 우리 선조들은 이 어마어마하고 대단한 시공간의 생각을 우리가 흔히 사용하는 '일, 십, 백, 천, 만'의 개념 정도로 손쉽게 다루고 있다. 인간의 수명도 무려 10만 년에서 시작해 줄어들고 줄어들어 10년으로 단축되었다가 다시 8만 년으로 증감을 거듭한다. 이웃 종교의 《성서》〈창세기〉 정도는 발뒤꿈치에도 따라오지 못할 경지이다. 오죽하면 외계인 선조설이 생겼을까 싶다. 우리도 이 티끌 같은 세상에서 《월인석보》 '반야용선'에 올라 우주의 성주괴공에 몸을 맡기고 찰나와 겁에서 자유자재할 순 없을까. 태산도 하늘에 오르면 손톱만 한데 인간의 작은 머릿속 근심쯤이야 먼지만도 못한 것을!

스물세 번째 이야기

○

과거·현재·미래의 겁 이름과 부처님 명호

●

《월인석보》 1권의 다빈치 코드 108

드디어 대망의 《월인석보》 제1권 마지막 장에 도달했다. 총 108장임에 주목! 불교에서 108의 의미는 특별하다. '108번뇌, 108염주, 108배' 등 아주 친숙하고 대표적인 불교의 상징 숫자이다. 제1권과 합편돼 이어지는 《월인석보》 제2권이 총 79장인 것과 대조적이다. 일단 분량부터 차이가 크다. 정확히 제1권은 114장 반으로 이루어져 229쪽이라 할 수 있다.

문제는 제1권의 내용이 마무리되지 않고 제2권으로 이어진다는 것이다. 《월인천강지곡》 제1권의 10장과 11장의 내용인 《석보상절》이 제2권의 7장까지 계속된다. 다시 말해 제1권은 일부러 108장으

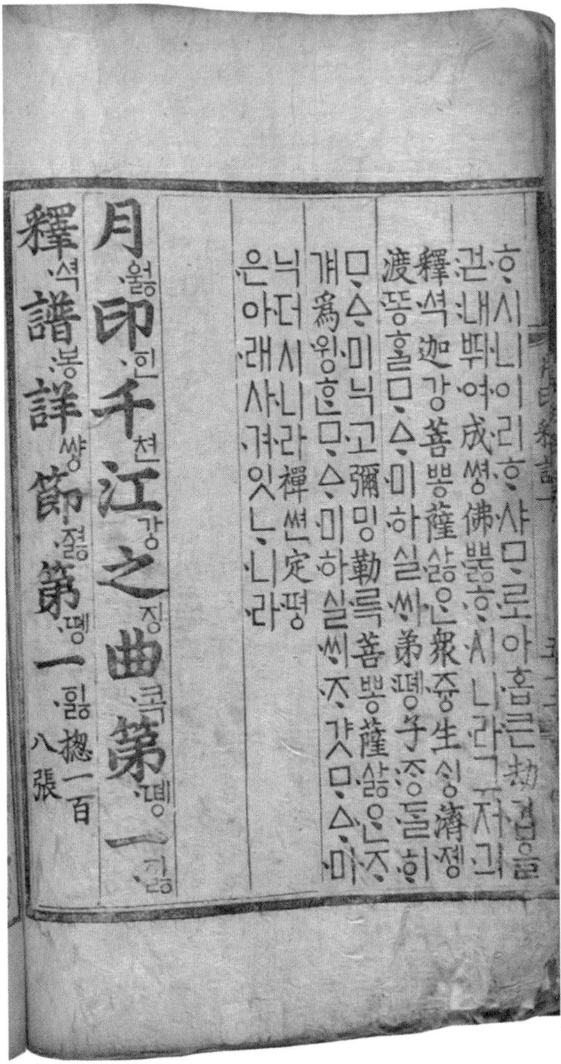
月印千江之曲 第一

釋譜詳節 第一

摠一百八張

월인천강지곡 제일
석보상절 제일 총 백팔 장

로 맞추려고 고심한 흔적이 역력하다는 것이다.

나는 여기에 세조의 강력한 108배 염원이 담겨 있다고 생각한다. 간절한 바람으로《월인석보》가 조선의 대장경이 되기를 '지심귀명至心歸命' 하는 의식이라고 보는 것이다. 누구라도 일심으로 108배를 해본 사람이라면 '108'이란 의미를 그냥 지나치거나 가벼이 할 수 없음을 안다.

108, 그중에서도 108번뇌의 의미는 다양하게 해석되고 있지만 '안이비설신의' 6근, '색성향미촉법'의 6진, 6경에 대한 번뇌에 과거·현재·미래 3세를 곱해 108번뇌라 하는 것이 일반적이다. 어떻게 풀이한다 해도 살아가면서 인간이 느끼는 괴로움이 많은 것만은 틀림없는 사실이다. 불교의 세 가지 진리는 그래서 모든 것이 괴롭다(一切皆苦)는 인식에서 출발한다. 세조는 이미 살아생전 자신의 병과 가족의 죽음으로 인하여, 그리고 나라의 기반을 다지기 위해서라는 대의명분으로 수많은 살생으로 점철된 고통과 번뇌의 삶을 살았다. 간절히 108번뇌를 소멸하고 참회하는 108배의 마음이 이《월인석보》글귀마다 배어 있는 것이다. 과연 그런지 알고 싶다면 오늘부터《월인석보》정독과 함께 108배를 해볼 일이다.

과거·현재·미래의 겁 이름과 관련 부처님 명호

제1권 마지막에는 과거·현재·미래 삼세 겁의 이름과 현재 겁과 미래 겁의 부처에 대한 설명이 이어진다.

> 디나건 劫 일후미 莊嚴劫이오 이젯 劫 일후미 賢劫이오 아니 왯ᄂᆞᆫ 劫 일후미 星宿劫이니 이 賢劫 첫 부텨는 拘樓孫如來시고
>
> 如ᄂᆞᆫ ᄀᆞᄐᆞᆯ씨니 本來ㅅ ᄆᆞᆯᄀᆞᆫ 性이 가ᄉᆡ디 아니ᄒᆞ야 처ᅀᅥᆷ ᄀᆞᆮᄒᆞ야 이실씨오 來ᄂᆞᆫ 올씨니
>
> 如來ᄂᆞᆫ 本來ㅅ 性을 가져 世間애 오샤 正覺ᄋᆞᆯ 일우시다 ᄒᆞ논 ᄠᅳ디라 正覺ᄋᆞᆫ 正히 알씨니 그르 알면 外道ㅣ오 正히 알면 부톄시니라
>
> —
>
> 지나간 과거의 겁 이름이 장엄겁莊嚴劫이요, 현재의 겁 이름이 현겁賢劫이요, 아직 오지 않은 겁의 이름이 성수겁星宿劫이다. 이 현겁의 첫 부처는 구루손여래이시다. 여如는 같다는 뜻이니 본래의 맑은 성품이 가시지 않고 처음같이 있는 것이요, 래來는 온다는 뜻이니 여래如來는 본래의 성품을 가지고 세간에 오셔서 정각을 이루시다 하는 뜻이다. 정각은 바르게 안다는 뜻이니 그릇되게 알면 외도外道요, 바르게 알면 부처이다.

구루손불이라고 하는 것은 krakucchanda-buddha의 음사로 과거칠불過去七佛의 한 분이다. 현겁賢劫 중에 출현하여 시리사수尸利沙樹 아래에서 성불하였다고 한다. 일반적으로 과거 칠불은 '① 비바시불, ② 시기불, ③ 비사부불, ④ 구루손불, ⑤ 구나함불, ⑥ 가섭불 그리고 ⑦ 석가모니불'이 마지막으로 등장한다.《월인석보》

에서는 장엄겁인 과거세에 등장하는 앞의 세 부처가 빠지고 현세인 현겁에 나타나는 구루손불부터 헤아리고 있다. 석가모니는 네 번째 부처로 그리고 다섯 번째를 미래불인 미륵불로 등장시킨다. 《월인석보》의 방식인 것이다.

한편 '여래'의 뜻을 아주 쉽고 명료하게 설명하고 있다. '본래의 성품을 가지고 처음 그대로 지닌 채 세간에 오셔서 정각을 이루'신 분이다. 정각을 이루면 부처이고 이루지 못하면 외도이다. 혹시 우리는 외도의 삶을 살고 있지는 않은가 날마다 스스로 등을 밝혀 자등명自燈明해볼 일이다.

둘차힌 拘那含牟尼佛이시고 세차힌 迦葉波佛이시고 네차힌 釋迦牟尼佛이시니 우리 스스이 네찻 부톄시니라

다ᄉᆞᆺ차힌 彌勒尊佛이 나시리라

梅哩麗耶롤 그르 닐어 彌勒이시다 ᄒᆞᄂᆞ니 梅哩麗耶ᄂᆞᆫ 慈氏라 혼 ᄠᅳ디니 ᄂᆞᆷ 어엿비 너기실씨라

—

둘째는 구나함모니불이시고 셋째는 가섭파불, 넷째는 석가모니불이니 우리 스승이 넷째 부처이시다. 다섯째는 미륵존불이 나실 것이다.

매리려야梅哩麗耶를 잘못 일러 미륵이라 하니 매리려야는 자씨慈氏라 하는 뜻으로 다른 이를 가엾이 여기는 것이다.

《월인석보》 편찬자는 자씨의 음사 매리려야보다는 미륵을 미래불로 정한 것 같다. 매리려야는 마이트레야maitrya의 음사이므로 잘못이라 할 수는 없는데 말이다. 이렇게 《월인석보》에는 편찬자의 해석과 편집이 현재 우리가 알고 있는 것과 종종 다르다. 15세기 편찬자의 불교 외연을 엿볼 수 있는 중요한 부분이다. 그리고 다시 과거 장엄겁 시절의 현세 부처 석가모니와 미래 부처 미륵의 전생 이야기를 풀어 나가고 있다.

> 디나건 오란 劫에 弗沙佛ㅅ 時節에 두 菩薩이 겨샤ᄃᆡ ᄒᆞᆫ 일후믄 釋迦牟尼시고 ᄒᆞᆫ 일후믄 彌勒이러시니 釋迦ᄂᆞᆫ ᄌᆞ갸 ᄆᆞᅀᆞ미 다 닉디 몯ᄒᆞ샤도 弟子ᄃᆞᆯ히 ᄆᆞᅀᆞᄆᆞᆫ 다 닉고 彌勒은 ᄌᆞ갸 ᄆᆞᅀᆞ미 다 니그샤도 弟子ᄃᆞᆯ히 ᄆᆞᅀᆞᄆᆞᆫ 몯 다 닉더니 弗沙佛이 너기샤ᄃᆡ ᄒᆞ나ᄒᆡ ᄆᆞᅀᆞᄆᆞᆫ 수ᄫᅵ 고티려니와 모ᄃᆞᆫ ᄆᆞᅀᆞᄆᆞᆫ ᄲᆞᆯ리 몯 고티리로다 ᄒᆞ샤 釋迦菩薩이 ᄲᆞᆯ리 成佛케 호리라 ᄒᆞ샤 雪山寶窟에 드르샤 火禪定에 드르샤 큰 光明 펴고 겨시거늘 〈月釋 52a〉
>
> —
>
> 지나간 오래된 겁에 불사불의 시절에 두 보살이 계셨는데 한 분의 이름은 석가모니이시고 한 분의 이름은 미륵이시다. 석가는 자기의 마음이 다 익지 못하셔도 제자들의 마음은 다 익고 미륵은 자기의 마음이 다 익었어도 제자들의 마음이 다 익지 못하니 불사불이 여기시되 하나의 마음은 쉬이 고치려니와 모든 마음은 빨리 못 고칠 것이다 하여 석가보살을 빨리 성불케 하리라 하여 설산

보굴에 들어가 화火 선정에 들어가 큰 광명을 펴고 계셨다.

석가와 미륵 중 왜 석가가 현세의 부처로 낙점되었는지 서술한 이야기를 보면 스승보다 제자들 교화에 더 큰 비중을 두고 있음을 확인할 수 있다. '상구보리上求菩提', 위로 깨달음을 구하는 것보다 '하화중생下化衆生', 중생을 교화하는 것이 우선인 것이다. 어쩌면 보살에게도 깨달음의 과정은 끊임없이 진행형인 것이다.

釋迦菩薩이 藥 ᄏᆡ라 가 보ᄉᆞᄫᆞ시고 깃ᄉᆞᄫᆞ며 信ᄒᆞ며 恭敬ᄒᆞ샤 ᄒᆞᆫ 발로 고초드듸여 셔샤 부텨 向ᄒᆞᄉᆞᄫᅡ 손 고초샤 ᄒᆞᆫ ᄆᆞᄉᆞ모로 밤낫 닐웨를 곰ᄌᆞᆨ도 아니ᄒᆞ야 보ᄉᆞᄫᆞ시며 偈로 讚歎ᄒᆞᄉᆞᄫᆞ샤ᄃᆡ 하ᄂᆞᆯ 우 하ᄂᆞᆯ 아래 부텨 ᄀᆞᄐᆞ시니 업스시며 十方世界예도 ᄯᅩ 가ᄌᆞᆯ비리 업스시니 世界예 잇ᄂᆞᆫ 거슬 내 다 보ᄃᆡ 一切 부텨 ᄀᆞᄐᆞ시니 업스샷다 ᄒᆞ시니 이리 ᄒᆞ샤ᄆᆞ로 아홉 큰 劫을 건내ᄠᅱ여 成佛ᄒᆞ시니라

—

석가보살이 약을 캐러 가서 보시고 기뻐하며 믿고 공경하여 한 발로 곧추 디디고 서서 불사불부처를 향하여 손을 곧추어 합장하며 한마음으로 밤낮 이레를 꼼짝도 하지 않고 게송으로 찬탄하였다. "하늘 위 하늘 아래 불사불 같으신 이 없으며 시방세계에도 또 비교할 이 없으시니 세계에 있는 것을 내가 다 보았는데 일체 불사불 같으신 이 없으시다." 석가보살은 이렇게 하심으로 아홉의 큰 겁을 건너뛰어 성불하셨다.

그저긔 釋迦菩薩은 衆生 濟渡홀 ᄆᆞᅀᆞ미 하실ᄊᆡ 弟子ᄃᆞᆯ히 ᄆᆞᅀᆞ미 닉고 彌勒菩薩ᄋᆞᆫ ᄌᆞ개 爲ᄒᆞᆫ ᄆᆞᅀᆞ미 하실ᄊᆡ ᄌᆞ갸 ᄆᆞᅀᆞ미 닉더시니라 禪定은 아래 사겨 잇ᄂᆞ니라

—

그때 석가보살은 중생 제도함을 마음이 크시므로 제자들이 마음이 익고 미륵보살은 자기를 위한 마음이 많으므로 자기의 마음이 익었던 것이다. 선정은 다음에 풀이할 것이다.

月印千江之曲第一

釋譜詳節第一

棇一百八張

—

월인천강지곡 제일

석보상절 제일

총 108장

'선정'은 다음에 풀이해 놓는다고, 다음 책에 계속됨을 명시하는 것으로 제1권이 끝난다. 그러나 정작 제2권에서 바로 이어지는 것은 석가모니의 석씨 유래에 대한 이야기이다. 상식적으로 책을 마무리할 때 1권에 대한 주석은 제1권에 달고 끝내야 정상이다. 얼마나 '108'장에 맞추고자 했는지를 알려주는 또 하나의 단서이다. 그러니까 제1권은 108을 맞추기 위한 '끝인 듯 끝이 아닌 끝'인 것이

다. 제2권으로 바로 이어져야 할 대의명분이다. 그래서 조선시대 처음 책을 낼 때 1권과 2권을 한 책으로 묶었을지도 모른다. 언제쯤 몇 권에 '선정'에 대한 풀이가 나오는지 지켜보는 것도 관전 포인트!

맺는 글

○

108배의 가피

●

《월인석보》로 1권을 맺으며 108장으로 끝나는 이야기에 대한 나의 소회를 적어 마무리하고자 한다. 나는 딸이 고3이 된 2014년부터 꾸준히 아침마다 인생의 두 번째 108배를 하고 있다. 눈뜨자마자 하는 이 의식은 하루의 등뼈를 세워주는 역할을 한다고 믿는다. 그보다 앞서 2006년 난치병이라는 진단을 받았을 때 300배씩 2년가량 해본 적이 있다. 처음에는 그저 지푸라기를 잡는 심정으로 운동에 더 뜻을 두고 하였다. 그 후 기적인지 오진인지 그 병이 나았다. 나는 이제야 108배의 가피라고 믿는다. 지금 하고 있는 108배도 어쩌면 운동이 더 큰 의미일지 모른다. 티베트의 오체투지 절을 하고 있는데 우리 절의 3배나 되는 운동 효과가 있다고 한다. 무엇보다도 무릎이 아프지 않다는 장점이 있다.

처음엔 나를 위해서 시작했던 절을 두 번째는 딸을 위해서 하게 되었다. 그 기도를 가르쳐주고 병이 났을 때 인도 다람살라에서 가서 요양하게 해주셨던 청전 스님이 있다. 또 기도는 크게 하라고도 가르쳐주셨다. 그뒤로 말씀에 따라 세상의 모든 유정 무정의 건강과 행복, 극락왕생을 위해 절을 하고 있다. 청전 스님은 티베트불교 14대 달라이라마의 한국 상좌로 30년 수행을 마치고 귀국한 송광사 스님이다.

절을 하노라면 자연스럽게 그 안에 자신이 기도하고자 하는 나와 나의 가족, 내가 사랑하는 모든 이들이 포함된다. 그리고 그들에 대한 축원까지 모두 나에게로 귀결되고 있음을 나날이 믿고 있는 중이다.

그리하여 나의 경험에 비추어 세조의 마음을 헤아려본다. 아버지 세종의 《월인천강지곡》과 자신의 《석보상절》로 조선의 기반을 굳건히 하고 싶었을 그가 보인다. 조카 단종을 비롯하여 사육신과 생육신의 소용돌이 속에서 동생 안평마저 죽게 한 후 왕위에 오른 그가 잡은 왕권은 고작 13년(1455~1468년)이었다. 1437년 조카 단종이 사약을 받은 해는 아들 의경세자도 스무 살에 병으로 요절한 해이다. 얼마나 무섭고 괴로웠을까. 어떤 부모도 자기 대신 자식이 죽기를 원치 않는다. 세조가 죽고 뒤를 이은 둘째 아들 예종도 재위 1년 2개월 만에 스무 살에 요절한다. 그렇다면 세조와 두 아들 그리고 단종의 목숨으로 지킨 것은 과연 무엇일까. 또 남긴 것은 무엇일까. 그들은 예상하지 못했겠지만 그것은 우리 조선의 문자 훈민정음과 조선 대장경《월인석보》를 위시한 훈민정음 불경이 아니었을까.

모국어를 가진 나라는 많다. 문자를 가진 나라도 많다. 그러나 유구한 역사와 소용돌이 속에 사어死語가 되지 않고 그 생명을 유지하기는 쉽지 않다. 그렇게 사라지고 죽어가는 언어들이 얼마나 많은가. 가까운 예로 인도의 산스크리트로 표기된 언어는 사어가 되어 학문적으로만 연구된다. 최근에 가장 아름답고 완벽한 형태로 발굴된 거란 대장경을 본 적이 있는데 정작 거란의 문자는 죽어서 해독이 불가능하다. 그렇다. '언어言語'는 살아 움직이게 하는 생명력이 있어야 한다. 우리말과 글을 말살하려던 일제강점기를 극복한 데에는 모국어와 한글 지키기에 대한 사투가 바탕이 되었음을 우리는 잘 알고 있다.

우리 훈민정음 문자를 살아 숨 쉬게 하고 날개를 달아 600년을 비상하게 한 것은《석보상절》과《월인천강지곡》이요, 그것을 완성도 높게 합편한《월인석보》라고 감히 말할 수 있다. 이것이 왜 이리 생명력 있게 우리를 감싸고 끊어질 듯 이어지고 있는지 곰곰이 생각해야 할 것이다. 곧 이어질 2권에는 본격적으로 석가모니 성씨의 유래와 족보 이야기가 펼쳐지는 그야말로 석가모니의 족보《석보상절釋譜詳節》이 전개된다. 2권으로 더 힘차게 날갯짓을 하여 삼계에 다다르도록, 그에 앞서 세계가 함께 노래할 수 있도록《월인석보》1권 108장을 만든 모든 이에게 108배로 절을 드린다.

월인석보, 훈민정음에 날개를 달다

초판 1쇄 찍음 2019년 8월 10일
초판 1쇄 펴냄 2019년 8월 15일

지은이. 정진원
발행인. 정지현
편집인. 박주혜

사장. 최승천
편집. 서영주, 신아름
디자인. 이선희
마케팅. 조동규, 김영관, 김관영, 조용, 김지현
구입문의. 불교전문서점(www.jbbook.co.kr) 02-2031-2070~1

펴낸곳. (주)조계종출판사
서울 종로구 삼봉로 81 두산위브파빌리온 232호
전화 02-720-6107~9 | 팩스 02-733-6708
출판등록 제2007-000078호(2007. 04. 27.)

ISBN 979-11-5580-125-3 03810

이 도서의 국립중앙도서관 출판예정도서목록(CIP)은 서지정보유통지원시스템 홈페이지(http://seoji.nl.go.kr)와 국가자료공동목록시스템(http://www.nl.go.kr/kolisnet)에서 이용하실 수 있습니다.
(CIP제어번호 : CIP2019029934)